예옥 제7소설

약산의 진달래

김정애 지음

예옥 제7소설

약산의
진달래

김정애 지음

예옥

/ 차례 /

1장

약산동대

1

　따뜻한 봄볕이 쏟아지는 양지쪽 산마루는 어느새 분홍빛 진달래로 붉게 물들어 있었다. 스치는 바람결에 영롱한 이슬을 머금었던 꽃잎이 처녀의 수줍은 입술처럼 파르르 떨며 진한 향기를 풍겼다. 산기슭을 거슬러 등성이까지 번진 달콤한 꽃향기에 고은아는 두 눈을 살며시 감았다. 진달래와 개나리가 아롱진 약산동대에서 좋아라고 뛰노는 자신과 강호영의 모습이 영화의 한 장면처럼 어른거리며 지나간다. 그 남자의 그윽한 눈빛, 잔잔한 호수처럼 퍼져 나가던 엷은 미소는 늘 가슴을 설레게 했다. 호영을 만난 지도 벌써 3년. 오늘도 은아는 처음 그를 만난 날처럼 두근거리는 마음으로 약산동대에 올랐다. 파란 하늘과 맞닿아 굽이치는 산능선은 울긋불긋 진달래와 어우러져, 마치 비단천에 수놓은 한 폭의 그림처럼 아름답다.

싱그러운 봄 내음이 물오른 초목을 흠뻑 적셔 놓고 그 향기로움이 천지를 진동했다. 은아는 산 중턱 평평한 곳에 이르자 가방을 내려놓고 진달래가지를 꺾기 시작했다. 활짝 피어난 꽃을 한아름 안고 기뻐할 호영의 얼굴을 떠올리자 벌써 가슴이 떨렸다. 귓불을 스치는 바람결에도 짙은 진달래 향기가 물들어 있을 때 은아는 문득 노래하듯 읊조렸다. 누가 약산동대의 봄을 이렇게 절절하게 노래했던가. 꽃향기에 취한 그녀의 입술 사이로 조용히 〈평북녕변가〉가 흘러 나왔다.

평북녕변 찾아가자 약산동대 찾아가자
울긋불긋 무르녹아 봉이마다 진달래요
오를수록 승지로다
제일봉에 올라서니 바위마다 기암이요
절승강산이 예 아니냐

예로부터 영변의 약산동대는 아름답기로 유명하다. 석회암이 희뜩희뜩한 산봉우리가 병풍처럼 둘러선 약산, 봄이면 산기슭 거북바위 아래까지 온통 진분홍빛으로 물드는 눈부신 절경(絶景)은 보는 이의 숨결을 멎게 한다. 산골짝을 누비던 새벽 물안개가 한낮의 햇살에 흩어질 즈음, 갑자기 허공을 가르는 휘파람 소리가 들려왔다. 진달래에 정신이 팔렸던 은아는 귀에 익은 소리에 몸을 돌렸다.
"휘익- 휘익-"

산등성이 후미진 오솔길로 건장하고 활기찬 호영의 모습이 나타났다. 붉게 상기된 얼굴, 자신을 향해 성큼성큼 다가오는 그를 본 은아는 반가움을 주체하지 못하고 달려갔다.

"호영 동지, 여기에요, 여기! 나 여기 있어요."

은아는 한달음에 달려가 호영에게 꽃다발을 내밀었다.

"은아 동무! 보고 싶었소. 오래 기다렸지?"

"아, 아니에요. 저도 방금 전에 도착한 걸요."

박속같이 흰 이를 가지런히 드러낸 은아의 얼굴이 꽃처럼 붉게 상기됐다.

"정말 보고 싶었어. 은아동무……."

말끝을 채 맺지 못한 호영은 은아를 와락 그러안았다. 은아는 잠시 밀쳐내는 듯 하다가 살포시 그의 품에 안겼다. 진달래 향기가 진동하는 싱그러운 대지 위에서 두 사람은 그렇게 하나가 되었다. 묵은 낙엽들 사이로 얼굴을 내밀던 연두색 새싹들마저 그들의 뜨거운 숨결에 숨죽였다. 호영의 숨결이 거칠게 달아오르고, 은아의 눈동자에 파란 하늘이 비쳐 들었다. 망설이던 그녀의 손길이 호영의 등을 감싸안자 둘의 심장은 하나로 뛰기 시작했다. 자신들의 사랑을 막을 자가 이 세상 어디에도 없다는 듯 그들의 사랑은 봄의 대지 위에서 불타올랐다. 약산의 진달래처럼.

얼마나 시간이 흘렀을까. 꿈결 같은 황홀함이 가라앉자, 호영은 은아의 눈동자를 바라보다가 그의 도톰한 입술에 조심스레 입을 맞추었다. 그녀의 천진한 모습은 햇살 아래서 더욱 눈부시게 빛났다.

시계를 본 호영은 망설이며 말을 고르다가 결국 떨리는 손으로 담배를 꺼냈다. 라이터를 켜는 그의 손이 미세하게 흔들린다. 은아는 그가 하려는 말을 이미 알고 있었다. 평소 고향과 장래를 이야기하던 그였지만 오늘의 침묵은 어딘가 낯설고 불안하다.

호영은 오늘 은아에게 꼭 전해야 할 말이 있었다. 마음속에서 수없이 되뇌던 말이지만 막상 그녀를 마주하니 입이 떨어지지 않았다. 함께 고향에 가서 살자고 약속하며 세상을 다 가진 듯 기뻐하던 그녀가 이제 영변에 남게 된 이유를 알면 뭐라고 할까. 당에서 영변핵시설의 군인들을 제대시키지 않아도 우린 나갈 수 있다고 할까. 무작정 "당의 결정이라고 해도 우리는 빠져나갈 수 있어"이렇게 말할까, 아니면 "어떤 대가를 치르더라도 둘이서 이곳을 빠져나가야 해"라고 말할까. 호영은 결국 아무말도 못하고 은아가 건넨 진달래꽃 한 송이를 하나 둘 손끝으로 뜯었다. 그의 불안을 닮은 꽃잎은 바람에 흩날리며 시야에서 사라져 갔다.

북한은 1974년 국제원자력 기구(IAEA)에, 1985년엔 핵확산금지조약(NPT)에 가입했다. 이미 1950~1960년대부터 원자력 연구와 발전의 필요성을 외쳐온 북한은 평화적 이용 권리를 내세워 핵무기개발을 본격화했다. 북한은 국제기구의 비확산 조약과 규범에도 불구하고 원자력의 연구, 발전, 이용은 군사적 목적이 아니라 평화적 이용(에너지)이라는 속임수로 일관했다. 한편, 국제원자력 기구(IAEA)는 북한의 평화적 핵물질 연구와 개발이라는 표어에 숨겨진 위험한 의도를 간파하고 모든 가입국은 국제사회의 철저한 감시와 검증 절차를 거쳐야 한다는 규정을 내세워 투명한 사찰과 검증을 요구했다. 북핵에 대한 세계의 감시망은 점점 좁혀들고 있는 형국이었다. 결국 국제사회의 감시체계에서 북한의 핵무기 군사화는 의심단계를 벗어나 현실로 드러났고 불신의 벽은 더욱 높아졌다. 한반도의 군사적 긴장상태가 어느 때 없이 악화되고 북한은 세계평화질서에 도전한 주범으로서 유엔과 국제사회로부터 응당한 비난과 제재에 직면하게 되었다.

급기야 북한은 국제적인 긴장상태를 조건부로 군 의무 복무제 연한을 변경했다. 10년이던 군사의무복무제가 13년으로 늘어났고 영변의 군인들은 제대(전역) 대신 분강 핵시설 노무자로 재배치 되었다. 열일곱에 입대한 청년이 서른이 되어도 고향을 밟지 못했다. 영변에 발을 들이는 순간 세상과의 문은 닫히고 다시 나갈 수 없는 처지가 된 셈이다. 영변의 군인들은 마흔을 넘기지 못하고 스러졌다. 핵 방사능물질에 피폭된 것이다. 이곳 군인들은 서른 살에 제대해도 몇 년을 더 살지 못했다. 북한은 핵개발의 비밀보장을 이유로 제대 군인들을 핵기지 노무자로 떨구었다.

군복무로 입대했다가 영주노무(永住勞務)라니. 처음엔 복무였으나 끝내는 감금이었다. 만기복무를 마치고 돌아가려던 군인들은 자신들의 운명이 봉인되었음을 깨달았다. 호영 역시 그 캄캄한 구렁텅이에 빠져 있었다. 하루하루가 무덤에 갇힌 시간이었다. 그러나 그에게는 하나의 불씨가 있었다. 반드시 살아서 은아와 함께 이곳을 벗어나는 것, 고향의 백사장을 거닐며 새 삶을 꿈꾸는 일이다. 기어이 고향에 돌아가리라. 하지만 국가의 방침을 따를 수밖에 없다는 현실을 직시하며 호영은 며칠째 잠을 설쳤다.

특별출입증을 가진 은아가 군부대 지역을 드나들고 있지만 그마저 언제까지 가능할지 모를 일이다. 그녀의 부모가 영변을 떠나지 못하는 군인에게 딸의 삶을 맡기려 할 리가 없다. 군인이든 민간인이든 이곳 사람들은 모두가 보이지 않는 죽음의 방사능 오염으로부터 벗어나려고 죽을힘을 다해 몸부림치고 있었다. 이곳에 남는다는 것은 사랑의 끝을 예감한다는 뜻이기도 했다.

호영은 하늘을 올려다 보았다. 하얀 뭉게구름이 바람결에 유유히 흘러가고 있었다. 그것은 그에게 허락되지 않은 자유의 형상이었다.

"호영 동지, 무슨 생각을 그렇게 하고 있어요?"

은아의 목소리가 등 뒤에서 들려왔다.

"아, 그게……."

호영은 은아에게로 고개를 돌렸다. 은아는 늘 그랬듯 그의 군복 상의에 목가라(깃 안의 흰 천)를 갈아댔다. 익숙한 손길이 바느질을 마치자 군복은 순식간에 새옷처럼 변했다. 목가라의 안쪽에는 그녀가 정성을 담아 수놓은 붉은 진달래 한 송이가 피어 있었다. 마치 은아의 마음이 실려 있는 듯 향기가 느껴졌다. 은아를 만나면서부터 호영은 '부대에서 가장 단정한 군인'으로 불렸다. 담담하게 미소를 짓던 호영은 부대가 있는 해발 450미터의 오봉산에서 눈길을 돌려 은아를 바라보았다.

"호영 동지, 이상해요. 무슨 일이 있죠? 꼭 할 말이 있는 사람 같아요. 그렇죠?"

웃고 있어도 깊은 고민이 있음을 은아는 안다. 어언 3년이란 세월을 지내면서 그는 호영의 숨소리, 눈빛만으로도 그 마음을 쉬이 알아차렸다. 지금 옅은 미소를 담은 호영의 얼굴에는 할 말이 많아 보였다.

영변지역 군인들을 제대시키지 않는다는 소문이 사실일까. 장래가 고민되기는 은아도 마찬가지다. 그녀가 다니는 농장도 조만간 부대내 과수원과 남새밭을 그대로 두고 철수하게 된다. 핵시설에 대한 비밀보장을 위해 지역내 주민 접근을 원천 차단하라는 지시가 있었다. 이별의 시각이 다가오고 있다. 명령 체계로 움직이는 호영은 부대를 마음대로 벗어날 수 없고 농장이 철수되면 은아는 핵기지로의 출입이 차단된다. 핵기지에 협동농장을 배치해 강냉이와 콩 등 밭작물을 재배하라더니 별안간 철수하게 되었다. 소문대로면 호영과의 이별은 정해졌다. 얄궂은 운명의 장난에 희롱당하는 것 같아 은아는 치미는 불안감에 몸을 떨었다. 호영이 잠시 숨을 고른 뒤 낮은 소리로 말했다.

"은아 동무, 우리 결혼 말인데⋯⋯."

"잠깐만요. 호영동지, 미안하지만 제가 먼저 말할게요."

은아의 손이 재빨리 호영의 입을 막았다. 그가 무슨 말을 하려는지, 그것이 얼마나 힘든 결단인지 그녀는 이미 알고 있었다.

"호영 동지! 우리 농장이 조만간 철수하게 된대요. 군사기밀 때문에 민간인 출입을 전면 차단한다는 거예요. 중앙에서 내려온 지시라는데, 그 소식이 어쩐지 무섭고 불안해요."

"뭐라고?" 호영의 눈이 커졌다. "농장이 철수된다고?"

순간 그의 목소리가 갈렸다. 자신의 문제만으로도 버거운 와중에 이제 은아의 농장마저 철수된다니, 청천벽력 같았다. 머릿속이 하얘지고 명치끝에 돌덩이가 막힌 것처럼 숨이 가빠왔다. 도대체 영변을 벗어날 방법을 어디서 찾아야 할지 갈피를 잡을 수 없다. 영변을 벗어나려던 희망이 한순간에 허물어지는 것 같았다. 그는 한동안 아무말도 할 수 없었다. 은아를 더는 볼 수 없을지도 모른다는 생각이 심장을 죄어왔다. 호영은 이내 그녀를 조용히 끌어안았다. 말 없이, 단단히, 한참을 그렇게 안고 있을 때 은아의 손끝이 그의 등에 닿았다. 그 순간만큼은 세상의 모든 불안이 잠시 멎는 듯했다.

"은아 동무, 긴히 할 말이 있소." 호영은 품에서 그녀를 밀어내고, 침착하지만 떨리는 목소리로 말을 이었다.

"요즘 상부에서 제대군인들을 이곳 노무자로 남기라는 지시가 내려왔소. 명목상 군복을 벗는다고 하지만 결국 노동자로 갇히게 되었소. 하지만 나는 꼭 나갈 것이오. 어떤 일이 있어도 우리 꼭 결혼해서, 고향으로 같이 갑시다. 나를 믿어주오."

호영의 어조는 비장했다. 그의 말에는 확고한 결의와 떨쳐낼 수 없는 두려움이 뒤섞여있었다. 마치 호영 자신에게 다짐하는 고백처럼 들렸다.

호영은 누구보다 우수한 군인이었다. 포(砲) 지도국 주최로 열리는 각 부대별 군사학습 대회에서 매번 1등을 차지했다. 고등중학교 시절에 도내 학과목 수학경연대회에서 미분·적분 문제를 가장 빠르게 풀어 수학영재라 불렸다. 그의 인생엔 언제나 목표와 열정이 있었지만 지금은 그것이 커다란 쇠사슬처럼 무겁게 발목을 잡고 있다.

'13년 만기 복무를 해도 나갈 수 없다니, 이건 군복이 아니라 국방색 수의야.'

그는 속으로 그렇게 중얼거렸다. 태어나 지금껏 바다를 보지 못한 영변의 시골 처녀 은아, 제대하면 그녀를 푸른 파도가 출렁이는 고향 청진으로 데려가 행복하게 살겠노라던 호영의 약속은 허망해졌다.

호영의 답답한 마음과 달리 은아의 모습은 어느 때보다 담담했다. 그녀는 호영이 절망 가운데서도 결코 자신의 목적을 포기하지 않으리란 걸 알고 있었다. 죽음이 다가와도 그의 사랑만은 변하지 않을 것이라 믿고 싶었다. 은아는 잠시 눈을 감았다. 지금의 이 침묵이, 이별보다 깊은 고통으로 밀려왔다.

그녀는 열흘 뒤 농장 공일(空日)에 약산동대에서 만나기로 약속하고 호영과 헤어졌다. 마음의 번거로움을 감춘 채 은아는 끝까지 웃음을 잃지 않았다.

해가 서쪽으로 기울 무렵, 호영은 부대로 돌아왔다.

다행히 교대시간 전에 도착한 그는 부분대장에게서 그 사이 아무 이상이 없었다는 보고를 받고 짧게 고개를 끄덕였다. 그리고는 여느 때처럼 포진지를 돌아 보았다. 산허리를 감싸듯 하늘을 향해 빼곡히 장착된 로켓포들과 위장막을 씌운 가짜 진지, 은폐된 격납고들, 그 기계적인 일상속에서 호영은 점점 인간의 감각을 잃어가는 자신을 느꼈다. 참호를 따라 지휘부로 이어진 좁은 통로를 지나 병실에 들어섰다. 그는 얼른 펜을 꺼내들고 편지를 쓰기 시작했다.

영변지구의 모든 우편물은 평양을 거쳐야 한다. 핵기지의 우편대호는 평양으로 돼 있다. 영변 지구에서 외부에 보내는 편지와 우편물은 전부 평양에서 검열을 받았고 조금이라도 사적 문장이 들어가면 편지는 전해지지 않았다. 돌아온 편지로 인해 대상 군인은 부대의 비판 대상이 되었다. 그래서 군인들은 언제나 판에 박힌 문장으로 자신을 포장했다. 누구도 진솔한 마음을 담은 편지를 쓰지 못했다. 호영도 입대 후 한 번도 솔직한 마음의 편지를 보내지 못했다. 입대하자마자 처음 호영은 부모님께 자신이 복무하는 곳은 평안북도 영변이라는 것과 군사복무의 과정들을 자세하게 써서 보냈다. 그러나 편지는 '평양'이라는 붉은 도장이 박힌 채 되돌아 왔다. 시설의 모든 것이 봉쇄됐다는 의미였다. 그 후부터 호영은 우편검사를 무사히 통과할 수 있게 문장을 포장했다. '위대한 수령님과 친애하는 지도자 동지의 크나큰 사랑과 배려에 의해 군사복무를 건강하고 즐겁게 하고 있다'는 식의 판에 박힌 편지를 보냈다. 편지는 서로의 필체를 교환함으로써 살아있다는 것을 확인하는 유일한 통로였다.

하지만 이번만큼은 달랐다. 핵기지 초소에서 근무하는 고향 친구가 잠시 휴가를 간다고 했다. 그 친구의 아버지는 당기관의 간부였다. 친구가 직접 전하는 것이어서 검열에 대한 불안감을 가질 필요가 없었다. 호영은 자신의 처지를 있는 그대로 써 내려갔다.

"어머니, 부대의 형편이 많이 어렵습니다. 식량은 부족하고 군복는 낡아 해어졌습니다. 군생필품 보급이 안되어 많은 병사들이 구멍난 신발을 신고 근무합니다. 어머니, 원호물자를 마련하여 부대를 방문해 주십시오. 아들을 위해, 굶주리는 병사들을 위해서."

그는 쓰는 내내 마음이 떨렸다. 아들의 편지를 보고 충격을 받을 어머니의 모습이 떠올랐다. 하지만 이곳을 벗어나려면 무엇인가를 해야 한다. 국방과학원 산하 연구소의 연구사로, 최근 영변 기지로 발령을 받은 정연자 박사, 그녀만이 이곳에 들어올 수 있는 유일한 사람이었다.

호영은 희망과 두려움이 교차하는 마음으로 편지를 봉했다.

'뇌물이 곧 힘'이며 '돈이 곧 법'이라는 말은 북한 사회와 군부대를 관통하는 수식어다. 그 부정의한 현실에서도 어머니라면 자신을 구할 수 있다는 기대감에 부풀어 있었다. 며칠 뒤, 휴가를 다녀온 초소 친구가 돌아왔다.

"호영아, 네 어머니가 답장을 보냈다." 순간 호영은 귀를 의심했다. 편지를 받아 쥔 호영의 손이 미세하게 떨렸다. 자신을 구할 어떤 힘이 들어 있는 것 같아 가슴이 설레였다.

몇 년 전까지만 해도 고은아의 아버지는 평양에서 내려온 국방과학원 연구소에서 근무했다. 평북 운전군에서 살던 그는 총참모부 산하 포 지도국 직속 제2여단본부 소속부대인 오봉산 포대에 장기간 출장 근무를 나갔었다. 그곳은 바로 호영이 분대장으로 있는 부대. 은아의 아버지는 구소련제 로켓 탄두 엔진을 오랫동안 관리해온 로켓 전문 기술자였다. 그는 분강지구의 집으로 돌아올 때면 늘 한 젊은 군인을 칭찬했다. 처음엔 지나치는 말로 이름을 불렀지만, 날이 갈수록 그 칭찬이 길어졌다.

"정말 똑똑하고 성실한 젊은이야, 목소리는 또 얼마나 좋은지, 노래까지 잘하더구나."

과묵한 아버지에게서 그런 칭찬은 드문 일이었다. 딸 은아조차도 처음 보는 모습이었다.

"아버지! 대체 그 남자답고 멋진 청년이 누군데요?"

딸의 궁금한 눈빛에도 아버지는 들은 체도 하지 않고, 낮게 한숨을 내쉬었다.

"휴, 아까운 청년이 다쳐서 어떡하나."

"다쳤다고요? 그 사람이 누구예요?"

은아가 팔을 잡아 흔들어서야 아버지는 고개를 돌렸다.

"아버지, 그새 어디에 괜찮은 사윗감이라도 봐두신 거예요?"

은아가 장난스레 물었지만 그 말끝에는 묘한 두근거림이 섞여 있다.

"이 딸이 아까워서 어디에도 시집 안 보낸다면서요. 누가 우리 아버지 마음을 이렇게 흔들어 놓았을까."

"아빠는 네가 천년만년 곁에 있어 줬으면 좋겠지만……. 사람은 때가 되면 제 짝을 만나 훨훨 날아가야지."

평소 딸의 인물도 성품도 세상 어디에 내놔도 으뜸이라던 아버지의 자부심은 여전했지만 요즘은 정체 모를 청년에 대한 찬사가 입버릇처럼 따라 붙었다. 은아도 이젠 그 청년의 말이 나올 때마다 아버지의 마음이 읽혀 귀뿌리가 발그레 달아올랐다. 차츰 그 남자에 대한 궁금증이 하나둘 생겨나기 시작했다. 어느 순간 은아는 아버지가 말하던 그 청년을 자신도 마음속으로 깊이 사모하고 있다는 걸 느꼈다. 아버지의 말대로라면 그는 부리부리한 눈매에 선명하게 돋은 콧날이며 훤칠한 키와 쩍 벌어진 어깨를 가진 사내일 것이다. 젊음의 기상과 패기를 품고, 무엇보다 사람냄새가 나는 청년일테지.

"어머! 나 정신이 나갔나 봐. 뭘 그렇게 상상해?'

은아는 자신이 저도 모르게 아버지가 말한 그 청년을 상상하고 있다는 걸 깨닫고 화들짝 어깨를 움찔했다.

"아버지, 그 사람 이름은 뭐예요?"

잠시 침묵이 흘렀다. 아버지는 창밖을 내다 보다가 짧게 말했다.

"호영이야, 강호영."그 한마디는 은아의 가슴에 꼭 담겼다. 그날 이후 그녀의 일상에는 '강호영'이라는 이름이 조용히 자리 잡았다.

어느 해 12월, 동지를 며칠 앞둔 저녁 무렵이었다. 밖에서 문 두드리는 소리와 함께 익숙한 목소리가 들려왔다.

"은아야, 집에 있니? 나야."

인민학교(북한의 초등학교. 현재는 소학교라 불린다) 시절 단짝 친구였던 유미였다. 그는 들어오자마자 신발장 옆에 나무로 만든 68식 모형 자동보총을 세워두고 하얀 눈가루가 묻은 속눈썹을 털 새도 없이 방으로 뛰어 들었다.

"오늘 노동적위대 비상소집 때문에 갔다 오는 길이야. 네 생각이 나서 잠깐 들렀어" 유미의 볼은 추위에 발갛게 얼어 있었고 눈가에 반가움이 가득 번졌다.

"난 오늘 누굴 좀 기다리고 있었어."

"누구야? 남자야? 여자야? 어서 말해봐 어서!"

유미의 호들갑에도 은아는 차분히 웃으며 따뜻한 물을 건넸다.

"어서 말해, 남자 생긴 거 맞지?"

뜨거운 김이 오르는 찻잔을 손에 쥐고 호호 불며 말했다.

"야아, 애태우지 말고 얼른 말해줘. 너 진짜 남자라도 생긴 거야?"

"아니, 그게……."

"맞네! 네 표정이 다 말하잖아. 어떤 사람이야, 잘생겼어? 어디서 뭐하는 사람인데?"

은아는 어이없이 웃었지만 얼굴이 조금 붉어졌다.

"우리 아버지가…… 누굴 봐두신 것 같아."

"너희 아버지가? 세상에, 너 아까워서 절대 시집 안 보낸다고 하시던 분이 그런 말을 다 하셔?"유미는 놀랍다는 듯 눈을 동그랗게 떴다.

"그러게, 나도 모르겠어. 아버지 말을 들으면 그 사람이 정말 괜찮은 사람 같기도 해."

유미는 팔짱을 끼며 장난스럽게 깔깔 웃었다.

"아 정말? 벌써 만나봤구나? 너희 아버지가 봐두신 사람인데 어련하겠어?"

"아직 만나보지 못했어. 그냥 이름만 들었을 뿐이야."

"이름만? 아직 만나지도 못했고? 난 또 만나보고 그런 소릴 하는 줄 알았잖아."

유미는 입술을 비죽 내밀며 탄식하듯 말했다.

"야, 은아야, 세상에 생각만으로 되는 일이 어딨어? 사랑은 더욱 그래. 넌 너무 얌전해서 탈이야. 나처럼 대담하게 행동해야 한다고, 나처럼."

"때가 되면 만나지겠지." 은아가 웃었다. "그나저나 넌? 그 총각 선생님하고 요즘은 어때?"

은아의 질문에 유미의 얼굴이 순식간에 환해졌다.

"아, 그이? 완전 잘 되고 있지. 그 쪽에서 먼저 결혼하자고 해"

그녀는 들뜬 목소리로 자신의 연애담을 늘어놓았다.

"그러니까 말이야, 나처럼 용감하게 다가가야 한다니까. 세상에 백마 탄 왕자님이 스스로 오길 기다리는 사람에겐 아무 일도 일어나지 않아. 특히 너처럼 조용한 사람한테는 더더욱"

은아는 대꾸 대신 창밖을 내다보았다. 밤하늘엔 눈이 내리고 있었다. 사실 유미는 친구에게 말을 하면서도 머릿속은 복잡했다. 성격이 시원시원하고 쾌활한 자신과 달리 학창시절부터 내성적인 은아는 마을의 순둥이로 불렸다. 어렸을 때부터 한 마을에서 자란 유미는 그런 은아가 내심 걱정되었다.

유미는 잠시 생각에 잠기더니 평양에 사는 사촌오빠를 떠올렸다.

영변군 인민위원회 교육과 산하 교원강습소 소장인 아버지는 며칠 전, 방학이 시작되기 전에 정무원 교육위원회의 호출을 받아 평양으로 출장을 다녀왔다. 북한의 교육체계에서 교원양성소와 교원강습소는 새 학기가 되면 달라진 당의 교육지침과 개편된 수업방침을 하달하기 위해 학교의 교사들을 불러 단기강습을 진행한다. 그 때문에 교원강습소의 간부들은 방학이면 어김없이 평양과 각 도소재지에 나가 선별 해설과 교육을 받는다. 유미의 아버지도 마찬가지였다. 출장 때마다 그는 늘 평양의 처형댁에 들렀고 그 인연으로 사촌들간에 유대가 깊었다.

유미는 종종 사촌오빠를 여러 면에서 뛰어난 남자라고 자랑스럽게 말했다.

"우리 사촌오빠 정말 대단한 사람이야. 머리도 비상하고 생김새도 영화배우 같아."

그의 칭찬은 끝이 없었다. 청진에 살던 시절에도 평양에서 열리는 수학올림피아드 성적에서 1, 2등을 다투며 이름을 날렸다고 한다. 그 재능을 인정받아 평양의 김일성종합대학 물리학부 이론물리학과에 입학해 수석으로 졸업했고 대학원까지 마쳤다. 그런 오빠가 몇 달 전에 영변으로 내려왔다. 구룡강 다리 건너편 영변읍의 '국방과학원' 산하 '영변물리대학'에 교원 겸 연구사로 배치된 것이다. 유미의 목소리는 자랑과 애정이 동시에 섞여 있었다.

한때 유미의 사촌오빠의 아버지도 국방과학원에서 종사했지만 개인적인 과오로 청진시 라남구역 '5월 10일 탄광기계공장(군수품 생산공장)'에서 혁명화를 했다고 한다.

며칠간 이모 집에 머물던 그는 우연히 유미의 앨범을 보다가 은아의 사진을 발견했다. "이 애는 누구야? 시골처녀치곤 참 곱구나."

그 말이 처음에는 칭찬처럼 들렸지만, 유미는 오빠의 엉뚱한 고백에 묘한 진지함이 있음을 느꼈다. 그녀는 내심 웃으며 생각했다.

'은아가 오빠의 새 신부가 되면 좋겠는데……'

그날 밤 유미는 은아와 오빠와의 만남을 이어주겠다고 마음속으로 다짐했다. 그러나 며칠이 지나자 그 계획은 까맣게 잊고 은아의 짝사랑 얘기에 푹 빠져 있었다. 한편 은아는 마음속 깊은 곳에 몰래 간직한 호영에 대한 애정을 들켜버릴까봐 두려웠다.

"은아야! 너 보아하니 그 남자 꽤 좋은가 보구나?"

유미가 놀리듯 묻자 은아는 손사래를 쳤다.

"아직 보지도 못했는데 좋고 싫고가 어디 있어? 그냥 조금 마음이 간다는 거지."

유미는 빙긋 웃었다.

"그런데 네 표정이 다 말하고 있거든. '나 지금 무지하게 진지하다' 는 얼굴 말이야."

그 말에 당황한 은아는 시선을 내리깔았고, 유미는 장난스러운 웃음을 터뜨렸다.

"하, 나를 속이느니 차라리 귀신을 속여라."

유미는 은아의 팔에 깍지 끼며 몸을 기울였다.

"너 솔직히 말해봐. 그 남자 만나고 싶지? 만나고는 싶은데 용기는 안 나고, 그렇지?"

귓불이 붉어진 은아는 지금껏 속생각을 다 터놓던 친구에게도 말 못할 것이 있다는 게 이상해 그저 미소를 짓는 것으로 답했다. 여자들의 가벼운 수다거리가 되지 않길 바라는 마음도 있었지만 호영에 대해서만은 순수한 애정으로 고이 간직하고 싶은 심정이었다. 또 지금은 자신의 혼자 생각일 뿐, 그 남자는 은아의 존재를 어떻게 생각할는지 모른다.

"아직 몰라."

그녀의 목소리는 낮았지만 분명했다. 그러나 마음속 깊은 곳에서는 이미 대답을 내렸음을 자신도 느꼈다. 문득, 은아는 그를 처음 보았던 날을 떠올렸다. 사실 그들은 초면이 아니었다.

잊혀지지 않는 그날은 지난 5월, 봄에 핀 꽃들이 하나둘 지며 산천이 깊은 초록빛으로 물들던 늦봄이었다. 협동농장관리위원회에서 당

비서실로 급히 오라는 연락이 왔다. 은아는 곧장 달려갔다. 그런데 당위원회 사무실은 비어있고 각 작업반 반장들과 세포비서들이 농장관리위원회 문화선전실에 모여 있었다. 은아는 문가에 앉아있는 '김일성 동지혁명 사상연구실' 관리원에게 도착했다는 쪽지를 써서 비서에게 건넸다.

중요한 회의가 시작된 듯 실내는 물을 뿌린 듯 조용했다. 당비서가 얼굴을 붉히며 커다란 목소리로 농장 간부들에게 해당 지시문을 읽는 중이었다. 내용은 이해하기 어려웠다. 분강지구의 모든 공장, 농장, 학교가 총동원되어 멀리 가서 각종 곤충과 파충류, 식물을 채집해 바치라는 것이다. 얼마나 터무니없는 지시인가. 회의에 참가한 사람들의 표정에는 당혹감이 번졌다. "여기에도 많은데 왜 다른 곳에서 잡아야 합니까?"

여기에도 있는데 왜 다른 지역에서 채집해야 하느냐는 말이다. 앞뒤 눈치를 살피던 옆 사람이 그의 옆구리를 쿡 찌르고 벽면을 가리켰다. 벽에는 붉은 글씨로 '당이 결심하면 우리는 한다!'는 구호가 붙여져 있다. 맹랑하게 왜 당의 지시에 토를 다느냐며 잠자코 있으라는 뜻이었다. 당비서가 눈살을 찌푸리며 욕을 퍼붓듯 말했다.

"아니, 조선말이 어렵소? 대체 지금까지 뭘 들은 거요? 분강에서 백리 이상 떨어진 곳에 나가 곤충이든 식물이든 산채로 채집하라고 그만큼 말했는데, 말 뜻을 모르겠소?"

비서가 역정을 내자 방금 질문한 사람이 목을 움츠렸다. 방안은 다시 침묵에 잠겼다. 다들 앉은 사람에게 마뜩찮은 눈길을 보내자 그제야 안색을 편 비서가 작업반별 채집과제를 분담하기 시작했다. 과제물을 채집하면서 지켜야 할 것과 종합해서 바치는 장소, 현장에서의 사고방지 사항을 일일이 강조하느라 몇 시간이 훌쩍 지났다.

지루한 회의가 끝나고 작업반장들과 세포비서들이 흩어진 후에야 은아는 당비서를 만날 수 있었다. 농장의 청년동맹 비서가 타지로 출장을 가면서 그의 공백을 청년동맹위원회 부비서가 맡아야 한다며 은아를 호출한 것이다. 작업반에 돌아온 은아는 청년동맹원들을 집합시켜 농사일을 일시 중단하고 분강지구에서 100리 떨어진 곳에서 곤충과 파충류를 채집해 바치라는 당의 지시를 전달했다. 산과 강, 들에서 개구리며 물고기, 나비, 메뚜기를 반드시 산 채로 채집해 바치라는 지시에 사람들이 제멋대로 수군댔다. 아무리 당의 지시라지만 왜 살아있는 파충류와 곤충을 잡아들이라는 것인지 이해할 수 없다는 반응이다. 게다가 분강지구의 벌레는 절대 안 된다는 말에는 신경을 곤두세우고 있었다. 분강지구의 방사선 때문에 주민 수명이 짧아진다면서 나름대로 해석하며 열을 올렸다. 다음날, 수백 명의 인원이 소집되어 박천군 방면으로 향했다. 은아도 그중 한 팀을 이끌었다. 매 팀에는 구룡인민학교(지금의 소학교)의 학생들을 10명씩 붙여 놓았다. 갑자기 조직된 채집 인원들이 분강지구를 빠져나갔다.

출발은 순조로웠다. 어쩌다 멀리 길을 떠나게 된 사람들은 음식과 간식을 준비하며 등산 가는 것처럼 들떠 있었다. 과연 박천군의 박천

읍에서 좀 떨어진 산속의 옛 절간 삼원사 주변에는 다양한 색깔의 나비와 벌레들이 많았다. 다만 산세가 급하고 바위가 많아 자칫하면 산 아래로 돌이 굴러 내려가 다칠 위험성이 있었다. 바위투성이 산을 누비며 벌레를 찾는 아이들 때문에 은아는 한시도 마음을 놓을 수 없었다. 다행히 몇 시간째 산속을 헤매며 잡은 곤충과 파충류가 꽤 많았다. 점심을 먹은 지 조금 지나고 떠들던 아이들도 잠잠해지자 은아는 더 지치기 전에 철수하려고 서둘렀다. 아이들과 함께 골짜기의 물줄기가 점차 개천을 이룬 산기슭에 내려설 무렵, 아래쪽에서 갑자기 아이들의 다급한 비명이 들려왔다. 위급한 상황이 발생한 것이다.

"선생님, 여기요! 거기 누가 없어요!"

아이들의 고함 소리에 은아는 풀벌레와 나비가 담긴 양동이를 팽개치고 소리 난 쪽으로 달려갔다. 골짜기 끝에 우묵하니 작은 연못처럼 패인 늪에 두 아이가 물 위에 잠깐 솟구쳤다가 사라졌다. 물가의 애들도 발을 동동 구르며 울고 있었다. 올챙이와 잔챙이를 잡던 아이들 중 하나가 발을 헛디뎌 물에 빠지게 되자 다른 애가 그를 구하려다가 봉변을 당한 상황이었다. 깜짝 놀란 은아는 망설임 없이 물속으로 뛰어들었다. 차가운 물에 숨이 막혔다. 아이들을 잡아 보려고 애를 썼지만 손끝조차 닿지 않았다. 함께 따라온 청년동맹원이 가지고 온 노끈을 연결해 은아에게 던졌다. 하지만 끈이 짧았다. 코밑까지 차올라 온 물을 삼키면서 아이들에게 다가가려는데 발끝이 닿지 않았다. 순간 은아는 공포감에 휩싸였다. 사실 은아는 헤엄을 모르는 수영 초보다. 일단 아이들을 구해야 한다는 다급한 마음에 저도 모르는 새에 본능적으로 뛰어들었지만 자신마저 위험한 처지가 되었다. 기진맥진한 아이들은 얼핏 수면 위에 솟구쳤다가 다시 사라졌다. 그렇게 다시 수면 위로 올라와 "살려 달라"고 소리치고 물밖에는 놀란 다른 아이들이 "저기 성철이다!"고 다급하게 외치며 발만 동동 굴렀다.

그 순간, '첨벙'하는 소리와 함께 세찬 물보라가 튀었다. 누군가 물속으로 뛰어든 것이다. 자세히 살펴보니 뜻밖에 군복을 입은 한 젊은 이가 눈앞에 어른거렸다. 그는 힘차게 팔을 휘저으며 허우적대던 아이를 건져내고 다시 물속에 가라앉은 다른 아이에게 다가가 물가로 밀어냈다. 이어 그는 은아에게로 헤엄쳐 왔다. 막상 물에 뛰어들어서도 아무것도 하지 못하고 군인의 도움을 받게 된 은아는 아이들을 살렸다는 안도감과 감사함에 몸 둘 바를 몰랐다.

"지금 뭐 하고 있어요? 당장 인공호흡을 해야죠!"

군인은 은아에게서 아이를 빼앗듯 안으며 소리쳤다. 그리고는 잽싸게 자기의 군용 하족(여름 신발)을 아이 목 뒤에 고이고 기도를 확보한 뒤 아이의 코를 막고 입으로 숨을 불어넣기 시작했다. 그래도 의식이 돌아오지 않자 이번에는 두 손을 맞잡고 심폐 부위를 눌러 이완하기를 반복했다. 그렇게 3, 4분쯤 지나자 아이의 막혔던 숨이 탁 터지며 '푸푸' 물을 토해냈다. 이윽고 아이들의 얼굴에 혈색이 피고 눈동자가 움직이자 군인은 자리에서 일어섰다.

"저기……."

군인을 따라 일어서 감사의 인사를 하려던 은아는 깜짝 놀라며 멈칫했다. 한 번도 본 적이 없는데 너무나 낯익은 모습에 자신의 눈을 의심했다. 훤칠한 키에 그린 듯 선명한 눈매, 햇볕에 그을린 구릿빛 피부, 탄탄하게 벌어진 어깨는 오래전에 알고 지내던 사람의 느낌이다. 은아는 뭔가에 홀린 것처럼 젊은 군인의 얼굴을 쳐다보았다. 아버지가 어느 군인을 때없이 칭찬한 탓일까. 눈앞에 선 군인은 평소 자신이 마음속에 그리던 사람과 신통하게 닮아있었다. '그일까? 아니면 꿈일까?' 아주 잠깐 은아는 둘이서 지구를 벗어나 다른 행성에서 만났다는 환각에 사로잡혔다. 사람의 일생에는 극적 변곡점이 되는 만남이 몇 번 있다고 한다. 아마도 지금이 은아에게 그런 순간이 아닐까. 누구나 겪게 되는 피할 수 없는 운명의 장난 같은 필연일지도 모른다. 혼자 생각에 빠져있는 사이 군인은 은아를 지나쳐 군복에 묻은 진흙과 검불을 뜯어내며 급히 어디론가 뛰어갔다. 오늘 그가 아니었다면 자신은 물론 두 아이는 어떻게 되었을까?

　'감사하다는 말도 못했는데. 정말 아버지가 말씀하신 그분일지도 몰라. 아니야! 그럴 수 없어. 닮은 사람일 거야.'

　한순간 자신의 영혼을 쏙 빼놓은 군인의 뒷모습에서 눈길을 떼지 못하던 은아는 그제야 소스라쳐 놀라 주위를 둘러보았다. 아이들이 멍하니 정신이 팔린 자신을 쳐다보고 있었다. 잠깐 만나고 청춘의 뜨거운 감정을 느꼈다는 게 좀 민망하지만 지금은 그게 중요하지 않다. 일단 오늘의 인명사고를 막아준 생명의 은인은 그 군인인 것이 사실이니. 젖은 옷을 쥐어짜고 얼른 자리를 뜨려고 서두르는데 같이 갔던 친구가 웬 수첩을 내민다. 방금 떠난 군인이 군복을 벗어놓았던 자리에서 발견했다는 것이다. 은아는 주변 부대들을 찾아가면 주인을 찾아 돌려줄 수 있다고 안심시키며 첫 장을 펼쳐보았다. 거기에는 활달한 필체의 강호영이라는 이름 석 자가 또렷이 적혀 있었다.

농장에 돌아온 은아는 수소문 끝에 수첩 주인이 어디에서 무엇을 하는지 알아냈고, 그렇게 은아와 호영의 첫 만남이 이루어졌다. 그날 이후 둘은 종종 만나며 사랑의 감정을 키워갔다. 둘의 사이에서 은아의 친구 유미는 초기에 서먹서먹했던 감정이 불같은 사랑으로 번져가는 데 톡톡한 역할을 했다. 누구도 예측할 수 없는 두 청춘의 사랑은 오봉산에 떠오른 태양처럼 붉은 노을로 타올랐다.

3

을씨년스러운 1992년 봄 어느 날.

한스 국제원자력기구(IAEA) 사무총장은 널따란 사무용 책상에 놓여있는 에스프레소 한 잔을 조금 들이마셨다. 커피를 마실 때면 언제나 그러하듯 버릇처럼 한 모금을 마시고는 사색에 잠겼다. 회전의자를 돌려 흐린 창밖을 내다보던 그는 비서 수잔 라이스를 호출했다. 평소에도 진한 커피를 마시고서야 일을 시작하는 자신을 오랫동안 보필

해온 수잔이 사무실 밖에서 대기하고 있었다. 지극히 평범한 하루처럼 보이지만 결코 평범하지 않은 날이 될 것임을 한스는 오랜 경험을 통해 예감하고 있다. 오늘 새벽 한스는 집으로 걸려온 도쿄 소재 IAEA 아시아사무소와의 중요한 극비전화로 단잠을 깼다. 시차가 맞지 않아서인지 아시아에서 걸려오는 중요한 전화는 대개 스트레스성 불면증이 있는 그에게 불안과 긴장을 더하곤 했다.

"잠시 후 팩스로 관련 문서를 보내도록 하겠습니다."

간단하고 짧은 통화였지만 전신의 신경이 곤두섰다. 관련 문서란 요즘 국제사회의 이목이 집중된 북한의 핵 관련 극비문서를 말하는 것이다. 여느 때보다 조금 일찍 출근한 한스는 팩스 문서와 함께 금고에 이미 보관되어 있던 관련 문서들을 꺼내 들고 한 장씩 천천히 넘기기 시작했다. 서류 윗부분 한쪽의 네모난 칸에 '극비문서(Top Secret)' 도장이 박힌 문서철에는 최근 북한의 핵 개발 상황에 대해 미국과 영국, 프랑스 내 유수의 정보기관들이 제출한 북한 핵 개발 관련 비공개 담화 및 관련 보고서, 그리고 위성 자료가 따로따로 첨부되어 있었다.

'지금의 상황을 바로잡지 않으면 지구의 평화적 안정과 중장기적인 생태환경 유지는 어렵게 되겠는데……. 뾰족한 방법이 없다는 게 문제지.'

한스는 앞에 누가 있기라도 한 것처럼 혼잣말로 중얼거린다. 첫 보고서에는 지난 1986년부터 본격적으로 시작된 북한의 핵무기 개발이 극비리에 민간에서 진행되다가 군에서 관리하기 시작했다는 내용이 핵심적으로 정리되어 있고, 국방 관련 당 기관에 의해 추진되는 '군수공업부' 상황에 대해서도 상세히 기록되어 있다. 또 다른 문서에는 1989년에는 북한이 핵무기 비슷한 것, 즉 조잡한 핵무기를 만들어냈으며 이미 이러한 기술을 중동의 이란과 이라크, 시리아 등에 기술이전 등을 타진하고 있다는 증거들이 나열되어 있었다.

한스는 중앙당 군수공업부 담당 비서이자 군수공업부 부장인 전병호, 군수공업부 제1부부장인 박송봉, 제2경제위원회 서철 위원장, 김일성의 과학서기로 일하고 있는 김일성대학 물리학부 서상국 학부장, 평북 영변물리대학 김명화 학장 등의 신상정보를 그들의 유학 및 연수기록까지 주의 깊게 읽어보았다. 금고에 보관되었던 자료에는 평북 영변 분강 지역에 있는 방사화학연구소의 '12월기업소'의 재처리 능력 등 특기할 상황에 대해 구체적으로 서술한 자료들도 얼핏 보인다.

바로 12월기업소가 실제로 한스와 함께 그의 동료들이 주목하고 있는 앞으로 사찰할 핵연료봉 재처리 대상지인 것이다. 1989년 동유럽 사회주의 국가들의 심장이라고 일컫던 구소련이 해체되면서 김일성과 김정일은 핵무기 개발에 올인했다. 그 결과 북한은 플루토늄-239가 95% 이상인 무기급 핵물질을 이곳에서 정제하는 데 성공하게 되었고, 이런 '극비정보'가 입수된 전 과정이 그의 손끝에 지면으로 기록되어 있는 것이었다. 북한 핵무기 제조에 대하여 초기에 제공한 이스라엘 정보기관과 프랑스 인공위성 사진해석 자료들에 기초해 미 중앙정보국(CIA)과 미 국방정보국(DIA)에서 구체적으로 확보한 증거들은 국제원자력기구 사무총장인 한스의 주의를 끌기에 충분한 것들이었다. 최근 이란과 북한, 파키스탄과 북한 간 '블랙 커넥션'에 대한 구체적인 자료들도 뒷받침되었다.

'1992년 이란의 샤하브-2 미사일이나 파키스탄의 가우리 탄도미사일 성공도 이미 북한의 스커드-C형 미사일 기술로 이루어진 것이라는 의미군.'

한스는 향후 북한과 파키스탄, 이란의 대량파괴무기(WMD) 제조가 점점 더 확산될 가능성이 높다는 것을 짐작했다. 자칫 유럽이 아니라 아시아에서 '핵도미노' 현상이 일어나지 말란 법도 없다. 북한으로 인해 일본과 한국은 물론 대만과 베트남까지. 자기의 재임 기간 중에 이것만은 반드시 막아야 할 막중한 임무가 어깨를 짓누르고 있음을 새삼스레 자각했다.

'이젠 결정을 내려야 하는데……'

그때에야 자기 생각에만 잠겨있던 한스는 중요한 결정을 내리기 위한 참모진 회의가 있다는 것을 기억하고 서둘러 초인종을 눌렀다. 미국 측에서 북한의 핵 개발에 대해 가장 잘 알고 있어 이번 사찰단의 북핵 관련 견문을 넓혀줄 지그프리드 해커 박사의 브리핑을 듣게 되는 반(半) 브리핑 겸 세미나 회의이다. 잠시 후 수장이 지그프리드 해커 박사와 함께 사무실로 들어왔다. 중키의 은빛 머리칼이 잘 정돈된 해커는 조금 피곤해 보였으나 눈빛만큼은 아직 그 누구에게도 지지 않게 빛났다.

"한스 사무총장님 안녕하십니까? 닥터 해커입니다."

"반갑습니다, 박사님. 오시느라 많이 힘드시지요?"

"아, 괜찮습니다. 저는 어차피 출장을 자주 다니다 보니 습관이 되어서……."

이미 십여 차례 이상 만나 허물이 없다는 듯 자연히 서로의 가족 안부를 물어본다. 하지만 오늘따라 닥터 해커는 그동안 자주 연락해온 사이임에도 불구하고 한스에게 각별한 예의를 갖춰 인사를 한다. 가끔 푹신한 카펫 때문인지 발을 헛디뎌 몸의 중심이 잠깐 흐트러질 때도 당황하는 기색이 없다. 오히려 허리를 꼿꼿이 펴는 자세며, 한스의 기척을 기다리다가 손을 앞으로 쑥 내밀며 기품 있게 악수하는 모습은 관록 있는 연구자의 품격 그대로다.

해커 박사는 스탠퍼드 대학에서 교편을 잡기도 한 로스엘러모스 국립핵연구소장으로서 현재 북한의 핵 개발에 대해 가장 정확하게 파악하고 있는 핵 전문가 중 한 사람이다. 그는 일생을 후진국의 핵 개발 관련 연구를 해온 터라 지구상에서 북한이 개발하는 핵의 목표가 무엇인지를 정확히 파악할 수 있는 자타가 공인하는 북핵 전문가다. 소회의실에는 핵 관련 전문가들과 함께 사찰단 성원으로 북한에 가게 된 각 부문 전문가들까지 열대여섯 명이 와 있다. 간단한 자기소개를 마친 해커 박사는 입꼬리를 살짝 끌어올려 애써 부드러운 표정을 지어 보이더니 브리핑을 시작했다.

"종합적으로 볼 때 지금 북한의 핵 개발 관련 기관은 IAEA의 사전보고 요구사항을 정확히 이행하지 않고 있다는 분석입니다. 북한의 핵은 김일성에 의해 시작되었고, 이미 많은 노력에 의해 자체로 개발할 수 있는 핵주기(Nuclear Circle)를 완성했다는 증거들이 제기되고 있습니다."

해커 박사는 자신의 브리핑을 듣고 있는 인원들을 쭉 훑어보더니 크게 놀랄 일이 아니라는 듯이 브리핑을 이어갔다.

"1975년경 러시아가 연구용으로 지어준 IRT-2000원자로를 통해 북한은 3.5그램 정도의 무기급 플루토늄을 만들어 냈으며, 이후 확장을 거듭하여 1986년에는 300여 그램 정도의 중간급 시험에 성공했다는 것이 일관된 저의 연구결과입니다. 그 이후 현재 운영하고 있는 5MWe(메가와트) 원자로는 이미 상당한 무기급 플루토늄 7kg 정도를 매년 농축시키고 제련시키는 능력까지 확보했을 수 있는 가능성이 열려있습니다. 한편 1984년 당시 구소련을 방문한 김일성의 요구에 의해 민간차원에서 구소련이 50MWe 흑연원자로 수출을 허락하는 대신, 구소련은 북한의 NPT(핵확산금지조약) 가입을 전제조건으로 제시했습니다."

해커는 핵을 무기화하기 위한 북한의 지속적인 여러 시도와 역사적으로 우방인 친북성향의 파키스탄과 중국의 은밀한 핵 개발 방조의 증거들을 일목요연하게 설명해 나갔다.

"결론적으로 북한의 핵무기 개발 저지에 대한 여러 조치는 사실상 어렵다는 말씀을 드릴 수 있습니다. 잠시 쉬었다가 이어가시죠!"

해커가 휴식을 알리며 먼저 일어났으나 장내에는 여전히 무거운 침묵이 흘렀다. 잠시 쉬는 사이 한스는 아침에 보았던 자료 중 구소련이 무너진 이후 북한으로 스카우트 되어 북한 핵무기 개발의 주역을 한 관련 전문가들의 신상정보들을 떠올렸다. 거기에는 핵 개발에 연루된 주요 기술자들만 20여 명이 넘게 기록되어 있었다. 이미 국제사회에 널리 알려진 미사일 탄두 탑재 전문기관인 마케예프 설계국 관련 인물들이 특히 눈에 들어왔다. 이전에도 다른 극비문서들에서 자주 인용되던 인물들이다.

'이들이 최근 간접적으로 북한 35호실 인물들과 함께 움직이고 있다면……. 뭘 말해주는 거지?'

한스는 이런저런 생각에 빠졌다가 정신을 차렸다. 해커 박사의 브리핑이 다시 시작되고 있었다.

"북한은 이미 구소련이 1960년대 말경 제공한 1MWe 연구용 원자로를 1976년경에는 자체적으로 2MWe로 업그레이드시켰고, 지금은 순전히 자체적으로 5MWe 원자로를 운영하고 있습니다. 거의 20여 년간 이러저러하게 시험한 핵연료봉을 가지고 임의의 순간에 핵폭탄을 만들 수 있다고 보는 이유 중의 하나입니다. 최근 이미 확인된 몇 가지 정보들은 북한이 재처리하여 최소한 몇 개의 핵무기급 플루토늄을 갖고 핵폭탄을 만들었다고 보는 것이 정설입니다. 지속적으로 사정거리가 개선되는 스커드 미사일에 이를 탑재하지 않는다는 담보가 없다는 해석을 하지 않을 수 없습니다. 북한은 얼마 지나지 않아 중거리 미사일을 개발할 것인데, 이에 핵탄두를 탑재하지 않으리라는 것이

오히려 잘못된 분석이라고 보이지 않습니까? 그 때문에 지금까지 북한이 보이고 있는 여러 가지 징후들과 소유하고 있는 기술적 노하우, 시간적 여유를 미루어 볼 때 이미 핵실험을 공개하지 않았을 뿐 핵폭탄을 다수 보유하고 있다고 보는 것이 합리적 추론일 것입니다. 제 연구실에 있는 핵 동력장치가 북한 것보다는 더 오래된 것입니다. 북한 지도부는 현재까지 추진한 핵 프로그램을 결코 쉽게 포기하지 않을 것입니다."

해커의 브리핑 후 맹점들에 대한 토론이 있었지만 딱 부러지는 대안이 없이 회의가 끝났다. 한스에게 1957년 국제원자력기구의 사업이 시작된 이래 요즘처럼 시간이 촉박하고 위태로운 상황에 처해 있었던 적은 없다. 며칠 전 평양의 강석주 외교부 제1부부장이 보내온 전문에는 IAEA가 진행해야 할 가장 중요한 협상이 앞으로 제대로 추진될 것 같지 않은 불길한 예감을 주는 단어들이 포함되어 있었다. 내용인즉, '냉전시대 구소련을 견제하기 위해 주한미군이 보유하고 있는 전술핵무기가 철수되지 않는 한 북한의 평화적 사용 목적 핵 연구는 계속될 것이다.'는 것이 핵심요지였다. 한스는 '평화적 핵사용'의 의미가 무엇을 의미하는지를 제일 잘 알고 있는 사람이다.

그 때문에 지난 1991년 12월 핵 안전협정 서명국들에 관해, 이들이 신고하지 않은 핵물질과 시설 등에 대한 특별사찰 실시내용을 핵심으로 하는 '핵 안전조치 제도 강화 방안'을 마련하고 공개할 수밖에 없었다. 당시 북한은 IAEA의 안전협정 서명을 거부하고 핵무기 개

발을 계속하기 위해, 이 방안을 두고 미국이 국제사회를 이용해 뒤에
서 조작하는 대북강경조치라고 강하게 반발했다. 사실 IAEA는 북한
이 1989년 제출한 최초보고서와 손상된 폐연료봉 샘플 관련 보고가
허위일 것이라는 분석 보고서에 준해 이러저러한 준법적인 협력조항
을 개정한 것이다. 동시에 1992년에 들어서면서 핵무기 개발 의혹 관
련 대북 경고에 준하는 사찰의 필요성을 요구하는 보고서를 IAEA 북
한 대사에게 보냈다. 특히 그 사이 새로 발견된 2개 장소의 사찰 내용
이 포함되어 있었던 것이다.

이로 인해 한스는 북핵 관련 유일 창구인 외교부 강석주 제1부부장
과 물밑에서 무려 3차례씩이나 비공개 만남을 이어오고 있었다. 첫 번
째는 사무실에서 보고서를 제출하는 서류로 만났고, 두 번째로는 핀
란드 헬싱키에 이어 여러 IAEA 정례 회의에서, 그리고 이번 평양에서
다시 만나 평양의 요구를 적당한 선에서 맞추어 이사회의 사찰요구를
일부 들어주겠다는 강석주 제1부부장의 약속에 따라 그곳에 갈지 안
갈지를 결정해야 한다. 가게 된다면 일정한 '선물'과 함께 그에 따르는
대가를 어떻게 교환할지를 확인해야 하는 절차가 남아있다. 지명한
두 곳의 핵사찰을 받아들이는 대신 북한 당국은 만일 그곳에 핵 관련
시설이 없는 것으로 판명될 경우, 이사회가 일정한 대가를 지불해야
한다고 우기고 있는 참이었다.

'설마, 북한이 핵을 둘러싼 다른 논쟁점들에 대해 합의에 이를 준비
하고 있는 것인지, 아니면 그런 준비는 전혀 하지 않고 이 기회를 이용

해 또 다른 맹점들을 도출해내 기존 공산권 국가들처럼 국제사회의 예봉(銳鋒)을 피하려는 걸까? 아니면 화해의 제스처를 취하면서 이익은 챙기고 한쪽으로 핵보유국 지위를 인정받으려는 것은 아닐까?'

머리가 복잡해진 한스는 허공을 향해 눈을 감고 골똘히 생각에 빠졌다.

'북한을 싸고도는 일부 국가의 언론에서처럼 북한이 경제나 다른 부문에서 개혁·개방을 하려는 것처럼 보이려는 건 진실일까? 아니면 대북강경조치를 무력화하면서 단지 이를 기회로 식량과 중유를 확보하려는 걸까? 그것도 아니라면 식량이나 기름을 주고서라도 북한의 핵 개발을 일단 멈추게 하는 것만도 좋을 텐데 그럴 기미가 보이지 않는 것은 어떻게 해결해야 하나?'

한편 강석주 제1부부장이 IAEA 이사회 주요 국가들인 중국과 러시아의 대표들을 만나며 친북성향의 국가들을 끌어들여 이러한 IAEA의 '횡포'를 막으려고 나름대로의 노력을 유도하고 있다는 조사부서의 보고서는 어떻게 이해해야 할지도 의문이다. 그 움직임이 썩 마음에 들지 않지만 현재 국제사회에 조성된 여건상 북한의 핵 개발에 관해 중국이나 러시아가 북한의 팔을 무작정 들어주기에는 쉽지 않을 것이다.

한스의 호출에 수잔이 얼른 인터폰 버튼을 눌렀다.

"부르셨습니까, 총장님?"

"수잔! 현재로서 북한에 가장 큰 영향력을 행사하는 IAEA 주재 중국 대사를 불러주시오! 최근 북한과 중국 정부 사이 적지 않은 물밑거

래가 이루어진다는 첩보가 보고된 이상, 중국 대사를 만나서 확인할
겸, 또 앞으로 강석주와의 만남을 준비하기 위해서라도 상황파악을
좀 해야겠소!"

"알겠습니다, 총장님."

수화기 속 수잔의 목소리는 담담하고도 비장했다. 한스는 북한의
대응을 미리 예측하고 있었는지도 모른다. 구체적 집행대안으로 1992
년 2월 이사회에서 특별사찰 실시여부 결정을 위한 근거 확보를 목적
으로 사무총장 직속 특별사찰팀을 운영할 수 있도록 대북 강경수위
를 더 강화시키자는 말을 한 적이 있었다. 하지만 그것만으로 북한의
핵에 대한 집착을 막을 수 있을지는 미지수다. 특별사찰을 실시할 수
있는 근거로서 '평화적 핵활동을 위한 모든 핵물질에 대해 안전조치를
적용할 권리와 의무가 있다'는 IAEA 헌장 제23조도 개정했다. 동시
에 '당사국이 제공한 정보가 협정상 책임이행에 적합하지 않다고 판단
될 경우 특별사찰을 실시할 수 있다'는 제73조(B)를 적극적으로 확장
하였다. 즉 '핵시설이 완성되어 핵물질을 사용하기 180일 내에 핵시설
에 대한 모든 정보를 제공'하도록 되어 있는 권고규정을 확장했다. 여
기에는 '핵시설 건설이 시작되기 전에 설계정보 제출, 신규 핵시설의 경
우 개발, 설계, 건설, 가동계획 등 단계별로 관련 정보를 제공'하라는
의무규정이 실려 있다. 거기에 폐쇄된 핵시설이 재가동되어 미신고 핵
활동을 하지 않는다는 것을 확인할 수 있도록 하는 강제조항을 수정
해 넣었다.

한스는 오늘 해커 박사의 브리핑에 기초하여 기구 내 원자력안전부, 안전조치부의 담당 사무차장들을 불렀다. 특히 이번 북핵 관련 프로젝트에는 안전조치부의 사무차장이 사실 제일 중요한 일을 맡을 수밖에 없다. 안전조치부가 담당한 일이 바로 핵확산금지조약(NPT) 업무이기 때문이다. 사실상 이 업무가 IAEA의 기본 업무로서 핵무기를 만들며 그리스의 야누스 신화를 창조하려는 국가들을 대상으로 집요하게 사찰하고 있다. 그래서 사실 이 부서의 인원은 처음 조직될 때 56명에서 시작되었으나 지금은 300여 명이 넘는 기구 내 최고의 핵심부서인 것이다.

그리고 최근 태스크포스트 팀으로 급조된 북핵 관련 특별조사부 소속 사찰팀 관계자(사실 이 팀은 이라크 핵무기 개발과 관련해 조직되어 지금까지 유지되는 팀)와 안전조치부 A국(동아시아 지역 담당) 국장을 함께 불러 마지막 결정을 위한 비공개회의를 열기로 작정했다. 비서에게 특별히 한국에서 IAEA에 파견된 송근식 한국 대사와 그의 원자력 안전담당 서기관도 함께 불러 달라고 요청했다. 한국에서도 1975년부터 IAEA에 사무직들을 파견하고 있어 최근에는 이미 20여 명을 넘어서고 있다. 회의의 주요 내용은 이미 인지하고 있었던지라, 한스는 천천히 또 또박또박 회의의 마지막 결정을 위한 쟁점을 나열했다.

"IAEA 규정상 핵무기 개발 의혹이 확실한 경우, 유엔 안전보장이사회의 위임에 따라 관련 학자들을 조치할 수 있으며 이들에 대한 인터뷰를 할 수 있는 권한을 최대로 활용해야 하는데, 과연 현재 북한 핵무기 개발에 핵심적 역할을 하는 미스트 칸(Abdul Qadeer Khan, 파키스탄 핵무기 개발의 핵심관계자)이 누구인지 알 수 있나요?"

누구도 대답을 확실하게 하는 이가 없다. 단 저기 한 사무차장 옆에 새로운 얼굴을 한 인물이 조용히 일어났다. 그는 지난 이라크 핵무기 개발에 대한 의혹을 제때 조사 보고하여 특출한 공훈을 인정받은 사찰관이다. 사실 사찰관들은 모두 한 해 평균 70일 정도 핵시설에 나가므로 총 1만 4,000일에 해당하는 출장을 진행한다. 이들이 없다면 1990년대 현재 각국에서 생산되는 핵물질로 핵폭탄을 만들면 15만 기 이상의 핵무기가 만들어질 수 있다는, 지구상 최대 위협을 막아 낼 수 없음을 아는 이들은 많지 않다. 즉 이들이 자신이 맡은 지역이나 부문에서 조금이라도 허술하다면, 어느 순간 핵무기가 만들어져 이 지구가 그야말로 인류의 생존을 위협하는 핵 재난에 빠져버릴 수밖에 없음을 경고하는 숫자이다.

"지난 이라크의 경우를 봐도 북한 핵무기 관련 의혹은 확실합니다. 단 이들이 지금 블랙 시장에서 움직인 여러 거래의 증거들, 파키스탄에서 추진하고 있는 우라늄 원심분리기술에 의한 핵물질 농축과 미사일 개발기술 거래, 소련 출신 핵무기 설계자들의 초청과 입국, 아직까지 신원이 확인되지 않은 러시아 핵무기 기술자들의 실종 등은 핵무기 개발과 직접 연관이 되어 있습니다. 그런 이상 현 북한 정권이 지금까지 수십 년 동안 투자한 핵무기 개발 성과들을 다른 무엇과 바꾸려고 한다는 것은 아직 상상하기 어렵다는 판단을 하게 됩니다."

최근 구소련이 해체되면서 핵무기가 배치되었던 우크라이나와 카자흐스탄 등 가맹공화국들에서 핵무기로 전환될 극비 재료들이 일부 없어지는 대형 사고가 터졌다. 기구 내 대부분의 전문가는 북한 대외정보기관들이 금을 주고 비밀리에 이를 북한으로 들여갔다고 보고 있다. 또 그들 뒤에서 중국 국가 안전부의 일부 해외 에이전시들과의 뒷거래가 있을 것으로 추정할 만한 증거들이 각국 정보기관들을 통해 보고되었다고 말하며 그는 이어 계속 발언했다.

　"문제는 북한이 보유한 마그녹스 금속에 의해 정련된 옐로우 케이크(Yellow Cake, 우라늄 정광)의 수명이 길지 않다는 것이며, 이는 결과적으로 얼마 지나지 않아 농축시킬 수밖에 없는 경우가 온다는 것입니다. 자칫 우리는 어차피 북한이 하게 될 낡은 원자로의 찌꺼기를 없애주는 대신(핵 동결을 의미), 북한이 요구하는 전략물자들을 주는 어리석은 짓을 하게 될 경우에 대비해야 하는 것이 중요하지 않을까 하고 생각합니다만……."

　사찰관의 논리 정연한 분석결과에서 제기된 가능한 경우의 수에 대해 한스도 일부분 긍정했다.

　'IAEA 행정규정상 핵시설이 폐쇄되더라도 이를 검증하고 사찰할 수 있는 증거를 확보하는 의무는 바로 이번 임기 이사회를 책임진 내가 해야 한다. 이건 인류의 재난을 막기 위해서, 더욱이 지금 새로 등장하게 될 김정일의 도발적인 성격상 지금 막아야 할 마지막 기회일 수 있다. 또 국제사회 내에서의 IAEA 권한을 확실하게 보여주기 위해서라

도 일단 평양에 가자.'

한스는 불현듯 한국전쟁이 휴전에 접어든 지 얼마 안 되었을 당시, 미 국무장관이었던 딘 애치슨의 격언, "숙명이란 것이 결코 이렇게 어울리지 않는 그릇에 감추어진 적은 없었다(Never has fate been secreted in so unlikely a receptacle)"를 떠올렸다.

'어떻게 한반도라는 작은 지역이 미래 국제사회에서 역할이 훨씬 높아질 것이라는 것을 단 하나의 수사적인 표현으로 예측했을까?'

한스는 애치슨 장관의 예언이 매우 흥미로워졌다. 현실적으로 40여 년이 흐른 지금도 그때보다 더욱 더 상호 의존적이 된 국제사회에서 한반도의 북한 문제가 국제사회의 이슈를 초 집중시키고 있다. 물론 지금은 북한과 IAEA 간 회담을 더 이어가기 위해 한 발씩 의혹을 해소하려는 움직임을 보여준 것일 뿐 아직 해소될 조건이란 1%도 없다. 한스가 걱정하는 가장 중요한 두 가지가 미해결이다. 첫째는 시간이다. 이러한 회담 기간이 너무 길어지면서 북한 당국이 이 지역 내의 핵 의혹을 일으킬 증거를 없앨 수 있는 시간을 벌어주는 것은 아닌가. 둘째는 전술무기다. 북한이 요구했던, 미국에서 한반도의 남쪽 대한민국에 전개한 전술핵무기를 아직 어떻게 할 것인지가 확정되지 않았다. 관련 보고서가 IAEA 주재 미국 대사로부터 평양으로 떠나기 전에 전달되었다고 베이징 미국대사관으로부터 연락을 받았다. 원래 북핵과 관련해서는 신중한 미 국무부다. 어쨌든 한스는 특별사찰팀을 이끌고 베이징을 통해 평양에 가는 비자를 받기 위해 베이징 주재 평양대사관에 아그레망(외교사절을 파견할 때 상대국에게 얻는 사전 동의)을 신청했다.

4

　일고여덟 대의 벤츠와 도요타 차량이 두 대의 닛산 행사용 대형버스와 함께 다리를 건너 영변군 팔원로종자구에서 분강지구 방향인 동남쪽으로 먼지를 일구며 달렸다. 길가의 살구나무 잎사귀들에는 뿌얀 먼지가 뒤덮여 있다.

　일정한 간격의 플라타너스 회색 껍질들이 유독 눈에 뜨인다. 승용차들은 그렇다 치고 검은 차광유리로 번쩍거리는 이런 금빛으로 도색된 버스는 분강지구에서 찾아보기 힘들 만큼 처음 보는 차량이다. 들리는 말에는 중앙당 재정경리부가 주관하는 일명 ‘100대 버스’와 같다고 한다. 평양 외의 지방에 이런 최신형 고급버스가 오는 이유는 그리 많지 않다. 아마도 무슨 큰 행사라도 있는 것은 분명하다.

　며칠 전부터 생각에 생각을 거듭해오던 한스는 고심의 늪에 빠져 헤어 나올 수 없다. 이따금 도로 평면이 잘 다듬어지지 않은 구간에서 벤츠 S350 차량이 심하게 흔들렸다. 도로상태가 꽤 심각하다는 생각을 하는 찰나 승용차가 속도를 늦추었다. 앞에서 강석주 제1부부장이 타고 가던 승용차가 멎는 게 보였다. 한스는 차가 멈춰선 동안 건물 뒤 구호판의 의미를 알고 싶어 통역에게 물었다. 혹시 중요한 의미인가 싶었다. 통역관이 '위대한 수령 김일성 동지의 혁명사상으로 철저히 무장하자'라고 설명하자 잘 알겠다고 머리를 끄덕였다. 구호판이 바라보이는 대형건물 앞 바리케이드에 바짝 붙은 2층짜리 건물 초소에서 푸른색 군복을 입은 여성 보위대원이 나타났다. 그녀는 경직된 자세로 관자놀이 위에 오른손을 들어 경례 자세를 취했다. 행사가 미리 철저하게 예고된 게 틀림없다.

앞면 차창에 붙어 있는 특별통행증 번호를 자세히 확인하고 난 보위대원은 차단봉을 올렸다. 앞차가 다시 서서히 앞으로 움직이자 뒤에서 따라오던 버스를 비롯한 모든 차가 보위대원 앞을 지나 미끄러지듯 지나쳤다. 한스와 일행이 지나치는 도로 좌측 건물들은 대부분 영변물리대학 부속 건물들이다.

잠시 후 대형 구호판을 지나친 차량은 왼쪽에는 5~8층의 작은 건물이, 오른쪽 낮은 비탈 건너에는 즐비하게 늘어서 있는 공장 비슷한 건물들이 있는 도로를 따라 일정한 간격을 유지한 채 계속 달렸다. 차량은 구룡강변을 따라 포장된 도로를 따라 한 10여 분 남짓 달렸다. 도착한 장소에는 앞에 10층짜리 건물이 있고 그 주변에는 8층짜리와 5층짜리 건물들이 좌우로 옹위하듯 밀집되어 있었다. 이미 건물 앞에서 20여 명의 간부가 대기하고 있다. 차량이 속속 도착하고 두 번째 차에서 백인과 10여 명의 인사가 함께 내리면서 마중 나온 몇 사람과 인사를 했다. 통역관이 은회색 머리를 한 점잖은 남자를 국제원자력기구(IAEA) 사무총장이라고 소개했다.

'그리 좋은 분위기의 회담은 아니야. 왠지 느낌이 좋지 않아.'

영변물리대학의 일부 성원들과 함께 행사에 급히 투입된 철웅은 예리한 눈초리로 혼잣말을 했다. 오늘 아침 대학당위원회에서 빨리 출발하라는 급작스러운 통보를 받고 철웅이 도착한 것은 한스 일행이 도착하기 2시간 전이었다. 행사에 동원된 대학의 몇몇 사람들과 함께 건물의 1층 경비실에서 대기하고 창밖을 내다보며 하나하나 관찰하고 있는 중이었다.

철웅은 오늘따라 평소에 잘 입지 않던 까만 양복에 하나밖에 없는 인조가죽 구두를 받쳐 신고 나왔다. 며칠 전부터 오늘 행사에 대처하기 위한 깜빠니아(캠페인) 활동을 하느라 너무 지쳐있는 상태다. 사실 철웅은 몇 년 전에 평양시 대성구역에 소재하고 있는 김일성종합대학 물리학부 이론물리학과를 졸업하고 서상국 교수 밑에서 대학원생으로 2년간 연구사업을 겸하고 있었다. 그러나 중앙당 군수공업부가 김정일에게 제의서를 올려 막 영변물리대학 교원 겸 연구사로 배치받은 것이다. 사실 자진 탄원하는 것처럼 영변에 왔지만 내면적으로는 썩 내키지 않는 것을 어찌할 수 없었다. 한때 아버지가 이러한 문제 때문에 위 간부들과의 분쟁으로 인해 인생에 큰 영향을 받은 것을 너무 잘 아는 철웅은 신중하게 처리할 수밖에 없었다. 그런데 그의 영어 실력이 수준급임을 잘 아는 분강지역 당위원회에서 오늘 급히 철웅을 찾은 것이다. 아마 사찰단과의 통역상 돌발 사고를 미연에 방지하기 위해 특별히 전문가로 투입한 것이다.

영변물리학대학이 평북 영변 분강 지역에 있다는 사실을 아는 사람들은 그리 많지 않다. 더욱이 김일성종합대학 물리학부 이론물리학과 졸업생들이 핵 개발을 위해 필요한 과학자를 키워내는 전문가 양성소라면, 김책공대의 핵물리학부나 영변물리대학 각 학부는 핵 개발용 고도의 기술자들을 키워내는 기술자 전용 고등기관들이라는 것도 일반인은 모른다. 즉 북한에서 핵 개발과 관련된 고위 전문가들은 대부분 김일성종합대학 출신이거나 각 대학에서 선발되어 해외에 유학할 당시 핵 개발 관련 전문대학들에서 유학한 유학파 출신이다.

철웅이 바로 북한 핵 개발의 제2세대 최고 전문가인 서상국 교수의 소립자론을 전공한 수제자인 셈이다. 서상국으로 말하면 러시아에서 유체역학과 우주에서 거시적 궤도학문을 전공한 거시론 전문가이지만, 이후 북한으로 귀국한 후 오랫동안 학계에서 소외되었었다. 그러나 최근 소립자론에서 주시해야 할 거시적인 궤도학문의 원리를 이용한 새로운 방향의 논문을 발표하면서 일약 소립자론까지 점령한 국내외적으로 현시대 핵 관련 최고의 전문가로 인정받고 있었다. 그는 언제든 김일성과 직접 통화를 할 수 있을 정도의 특별한 권한을 가지고 있는 학자이자 정치가였다. 그래서 오늘도 이미 해외에 알려진 서상국 자신을 대신해 수제자를 핵 전문가의 자격으로 참여시킨 것이다.

철웅은 이들 IAEA 사찰 일행이 소기의 목적을 쉽게 달성하기 어렵다는 것을 이미 알고 있었다. 며칠 전부터 중앙당의 긴급지시로 한스의 IAEA 사찰팀이 지정한 지역의 방사성 오염물질을 분강 지역 외부로 대부분 옮겼다는 사실을 아는 사람은 몇 없을 것이다.

5

어느덧 자정이 훨씬 지나고 새벽이 밝아올 무렵. 짙은 밤색의 양수 책상 위 벽면에 김일성과 김정일의 초상화, 그리고 김일성과 김정일이 사무를 보는 초상화가 걸려 있다. 그리고 다른 한쪽에는 김일성화(花) 와 김정일화(花)가 그려진 두 폭의 선전화가 걸려있다. 이 초상화를 중 심으로 바닥에 붉은 융단이 펼쳐져 있고 책상 위에는 진회색 전화기가 놓여있다.

"따르릉!"

맑으면서도 둔중한 소리가 고요한 방 분위기를 깼다. 대부분의 고 위 간부들 방마다 특별히 설치된 일명 1호 전화기다.

"장군님, 건강하십니까?"

약간 여운을 두고서 양손으로 전화기를 받쳐 든 60대 초반의 간부 가 굵은 목소리로 전화를 받았다. 진회색 줄무늬 양복에 넥타이를 바 투 매고 은테안경을 낀 그는 약간 허리를 굽힌 채 공손하게 김정일의 전화를 받는다.

"오, 잘 있소? 박송봉 동무요?"

"네, 장군님. 군수공업부 박송봉 전화 받습니다."

"좋소, 어제 당에 보고한 사실이 맞소? 정말 시제품이 나왔단 말이오?"

"네, 장군님. 지금 12월사업소에서 최종적으로 농축된 플루토늄 시제품이 정식 완성되어 성분 시험을 마치고 저장고에 보관해 두었습니다. 동시에 핵폭탄 시험 준비도 마쳤습니다. 어제 저녁 5시 정각에 조직지도부 15과 과장동무에게 보고서와 함께 전달했습니다."

"수고했소. 내가 그 보고서를 금방 봤소. 정말 수고했구만!"

"감사합니다, 장군님!"

"나와 당중앙 군사위원회의 이름으로 감사를 전하오. 내가 수령님께 동무들의 수고를 보고하겠소. 참 지금 곧 당중앙위원회 청사로 오오. 오늘 중요한 회의가 있으니 기다리겠소."

"네 장군님, 알겠습니다. 장군님, 만수무강하십시오."

박송봉은 송수화기를 조심스레 단자에 내려놓고 90도로 허리 굽혀 인사했다.

2장

고요한 평양의 밤

6

'장군님께서 나를 기다리신다니!'

박송봉의 심장이 터질 것처럼 요동쳤다. 불현듯 엄청난 노력의 결과가 이뤄지기 시작한 1986년 핵무기가 처음 시도된 과정의 어느 한 시점이 떠올랐다. 당시 김정일에게 보고된 35호실 종합보고서가 상황을 변화시켰다. 김정일은 김일성에게 제대로 된 보고서를 올린다는 명목으로 자신의 권력이 득세하던 1970년대 말 자기 전속으로 된 대남 및 대외정보 수집을 위한 특별부서를 만들었다. 즉 당 조직비서 전용 정보활동을 직접 관할하는 부서를 당 중앙위원회 본부청사 3층 305호실에 만들었는데, 바로 이 부서가 35호실이다.

이 35호실 권희경 실장이 다음과 같은 주요 보고를 했다. 내용은 '동유럽에서 자유의 바람을 타고 사회주의 국가들이 사회주의 이념을

버리려는 움직임이 노골화되고 있으며, 이를 저지해야 하는 전초선이나 다름없는 소련의 정보기관 간부들이 일탈하고 있다는 구체적인 사례들'이었다. 동시에 이 보고서에는 구소련 정보기관이었던 KGB의 한반도 담당 부서에서 간첩들을 관리하던 한 간부가 지금 북한 내 간첩들을 잡아내도록 돕겠으니 돈을 요구한다는 내용이었다. 이래저래 국가의 안전을 위해 필요한 자금이 엄청나게 들었고 집중과 선택에서 중요한 것도 절대적인 현금 부족이었다. 이미 김일성이나 김정일은 동유럽의 심상치 않은 움직임을 주시하고 있었던 차라 만일 소련까지 북한의 후방을 막아주지 못하면 당장 직면할 체제위기 우려로 심각하게 고민하고 있었다. 이미 중국의 급진적인 친미정책인 개혁개방으로 인해 후방이 약해지고 있는 것에 미처 대비를 못하고 있는 상황에서, 소련이 있는 후방까지 지키지 못하면 아주 치명적이라 판단하고 있었던 것이다. 현실적으로 현재 중국과 맞대고 있는 국경 지역 내에는 '남조선 괴뢰정보기관 잔여세력들이 준동하면서 북조선 땅으로 이따금씩 그들이 파견하는 '간첩'들이 맹활약하고 있다'는 보고서들이 이미 책상 위에 차고 넘친다. 문득 어제 고려청자와 이조백자 등 골동품 장사를 한다면서 '사사여행자(개인여행자) 간판을 이용해 남조선 괴뢰 안기부가 돈을 대고 첩보 활동을 하는 자들과 연결된 간첩망을 신의주와 사리원에서 잡아냈다'는 보고서를 직접 봤던 것이 생각났다. 점점 미국과 일본을 포함한 소위 자유민주주의 진영에 아부하는 중국과 소련까지 가세한 전(全)방위적 반공에 대비해 입체적인 방위력을 자체적으로 가질 수밖에 없는 냉전체제의 변화된 패러다임에 적응해야 했다. 아직은 시간이 있을 거라 생각하고 국제사회가 알아차리지 못하게 조심히 해결하려 했지만, 이제는 시간적 여유가 없다. 더는 핵무기 개발을 미룰 수 없기도 하거니와 더는 무작정 숨길 수도 없다.

다행히 핵 개발을 위해 1982년 특별히 만들어진 중앙당 131원자력지도국 산하 부대와 영변핵물리연구소의 공동노력의 결과, 오랫동안의 숙원인 무기화가 가능한 고(高)순도 플루토늄 시제품(Pu239)이 정제되었다는 청신호가 켜졌다. 그렇게 소원이었던 핵무기 주체화를 실현할 수 있는 '황금 씨앗'을 얻은 것이나 마찬가지였다. 앞으로 이 씨앗을 어떻게 사용하느냐에 따라 '황금'이 지속적으로 만들어질 것이냐가 결정된다. 이제는 핵물질을 이용해 자체적으로 무기화하기 위한 중간단계의 공업화를 막 시작할 단계이다.

사실 잘 알려지지 않았지만 박송봉 군수공업부 제1부부장은 북한핵무기 개발의 숨겨진 실세였다. 원래 고아 출신으로서 그의 아버지는 중국 동만(동만주) 왕청에서 한때는 항일무장투쟁에 가담한 전적이 있다. 임춘추 최고인민회의 상임위원회 부위원장은 오래전부터 그의 부모와 가까이 알고 지내던 관계였다. 8·15광복 후 임 부위원장이 김일성의 지시로 중국 연길의 어느 부잣집에서 머슴으로 살던 그를 데려와 만경대혁명학원에 입학시키지 않았다면 그가 지금처럼 당의 중진으로 일한다는 것은 어림도 없는 일이다. 이런 연고로 하여 박송봉은 한국전쟁 초기 김일성의 경호를 맡은 '경위중대' 출신으로 활약한 바 있다.

박송봉은 전쟁이 끝나기도 전에 공부를 잘하는 아이들을 김일성이 직접 뽑아 유학을 보낼 때 1,2위를 할 정도로 워낙 머리가 좋았다. 이 같은 화려한 경력으로 하여 전쟁 중 중국에서 고등교육 초기 과정을 거쳐 루마니아 대학에서 금속 재료학 부문을 전공한 유학파다. 이후 조직지도부 기계공업부(이후 군수공업부로 개편됨) 담당 지도원을 거쳐 10여 년 이상 중앙당 과학기술교육 담당 부서인 과학 교육부에서 부부장까지 할 정도로 잔뼈가 굵은 정통 엘리트로 성장했다. 그래서 어려서부터 김일성 가까이에 있던 김정일과도 구면이었다.

이는 김정일이 김일성의 권력을 뛰어넘은 1986년 이후, 자연스럽게 그가 김정일의 측근으로 핵심권력의 중심에 서게 된 이유이기도 했다. 원래 이 핵개발 사업 담당자인 전병호 군수담당 비서는 잦은 병 치료로 사업에서 떠나는 횟수가 잦아지기도 했고, 나이도 너무 많았다. 이를 대체하기 위해 조직지도부 간부과에 사람을 추천하라고 지시했는데, 바로 그 추천인 세 사람 중에 박송봉이 있었다. 김일성이 직접 박송봉에게 맡기는 것이 좋겠다는 의견을 주었고, 이는 6·25 전쟁 시 경호중대에서 박송봉이 이미 김일성의 안중에 있을 정도로 나름대로의 믿음이 있었기 때문이다. 김정일도 그의 실력이나 인성을 알고 있었던 차라 바로 승낙해 박송봉 이 핵무기 개발사업을 직접 맡게 된 것이다. 즉 김정일의 최측근으로서 박 송봉이 중앙당 기계공업부로 인사이동된 것은 사실 김정일을 돕기 위한 것이었다. 당시 중앙당내 제1부부장 출신들은 하나같이 김일성이 아니라 김정일 조직비서의 팔다리 역할을 하는 사람들이었다. 점차적으로 북한 내 모든 핵심권력이 김정일에게로 서서히 옮겨가는 중이었다. 북한의 군수무기 조달을 전적으로 책임진 전병호는 공부를 제대로 못했지만, 박송봉은 유학파 출신으로 러시아어와 루마니아어는 물론 중국어로 논문까지 읽을 정도로 과학기술에는 안목이 뛰어난 인재였다.

　　김일성과 김정일이 오래전부터 체제안정을 위해 절실히 필요한 핵무기 개발의 급진적인 추진을 위해 박송봉을 중앙당 과학기술교육부에서 군수공업부로 소환한 것이 비로소 열매를 맺은 것이다. 김정일의 적극적인 추천 결과, 박송봉에게 전적으로 맡기기로 한 지 얼마 안 되어 이런 성과를 올리게 된 것은 김정일에게는 아버지에게 자랑거리가 되었다. 그렇다 보니 김정일에겐 아버지 김일성에게 잘 보이도록 해준 박송봉을 위해 오늘은 무엇인가 큰 선물을 할 차비였다. 이미 며칠 전 박송봉의 오랜 친구인 조직지도부 15과 부과장이 넌지시 이번에 '큰 표창'이 주어질 것이라고 알려온 차라 박송봉도 절로 콧노래가 슬슬 흘러나왔다.

　　대동강 상류를 낀 평양시 강동군 지역의 군수공업부 산하 제2경제위원 회본청사 현관 앞에 검은색 벤츠 S500 승용차가 엔진을 끄지 않은 채 대기해 있었다. 박송봉이 밤을 새우면서 식음을 전폐한 채 일에 전념하는 강동의 제2경제위원회 사무실까지 김정일 자신이 애용하는 '애마'를 직접 보낸 것이다. 이따금 김정일은 자기가 흡족해할 만한 일을 해낸 아랫사람에게 자신의 전용 기사를 딸려 차를 보내는 경우가 있다. 말로만 들었던 '대우'를 처음 받고 보니 황송함에 머리칼이 쭈뼛 곤두설 정도였다. 평소 한 번도 이런 특별한 자리에서 만나보기 어려운 것은 물론, 박송봉 제1부부장은 김정일이 어지간히 성과에 도취되지 않고서는 이런 특별대우를 받을 줄은 정녕 생각도 못 했다.

박송봉도 잠깐은 감개무량하여 어떻게 감정을 추슬러야 할지 몰라 흥분했지만 한편으로는 조금 껄끄러움도 없지 않았다. 그는 잠시 속마음을 가까스로 진정시키고야 운전기사에게 감사함을 표시했다. 말이 운전기사이지 김정일의 차를 운전하는 기사들은 박송봉보다 실권은 훨씬 더 많이 가지고 있는 김정일 직속 중앙당 서기실 지도원이라는 것을 잘 안다. 이전 같으면 운전기사 보고 "어디로 가자" 하고 명령조로 얘기했겠지만, 지금으로서는 오히려 좌불안석으로 허리를 못 펴고 부동자세로 입을 꾹 다물고 앉아 있다. 어디로 가느냐고 물을 수도 없었다. 단 박송봉은 이제 어떤 자리가 기다리는지를 잘 모르는 이상, 무엇을 준비할지를 좀 고민해야 한다는 생각이 불현듯 떠올랐다. 언젠가 오랜 세월 알고 지내던 친구가 김정일의 앞에서 말 한마디를 제대로 못 해 그냥 황천객이 된 경우를 떠올리며 어딘지 모를 긴장감에 사로잡혔다.

그러므로 어떤 자리가 됐든 오늘 있을 김정일과 함께 하는 파티의 마지막 시간까지 긴장을 늦추지 말아야 한다. 오늘의 자신이 있기까지 힘들었던 지난 세월이 주마등처럼 지나쳤다. 태양에 가까이 다가가면 갈수록 타 죽는다는 현자들의 좌우명처럼 권력의 핵심에 가까이

다가가면 갈수록 한순간에 정치적 생명이 판가름 날 수 있음은 핵심 권력에서 오래 살아남은 본인이 잘 아는 터다. 원래 성격이 괴팍한 김정일의 주변에 가까이 가면 하나밖에 없는 목숨이 위태하다는 사실을 잘 아는 그로서는 오늘 김정은의 부름이 결코 편안치는 않았다.

박송봉은 군수공업부 제1부부장 업무를 맡은 후부터 지금껏 사실 잠 한잠도 제대로 자보지 못한 긴장의 연속을 살아왔다. 흔들리는 차 안에서 갑자기 피곤이 몰려왔다. 하나의 중요한 전환의 계기가 된 사건이 차창 밖을 스치는 가로수처럼 재빨리 다가왔다.

7

박송봉이 핵개발 사업을 전격적으로 넘겨받아 시작한 지 1년이 지난 1987년 말 어느 날이었다. 박송봉은 군수공업부 제1부부장의 권한으로 관련자들을 평양 용성 구역 용성2동에 있는 국방과학원 회의실에 모아놓고 핵 개발과 관련된 '위대한 수령 김일성 동지의 교시 및 위대한 영도자 김정일 동지의 방침 대책 긴급연석회의'를 소집했다. 여러 가지 핵무기 개발과 관련한 대안적 의견들을 종합했고 중요하게는 기술적 문제들과 이 결과들을 이끌어낼 설비들을 사들일 자금 문제가 핵심 안건으로 토의되었다. 이러한 절차는 중앙당에 새로운 책임 간부가 등용되면 당연히 진행되는 순서이기도 했다. 단 박송봉은 이 회의에서 누구나 다 쉽게 지나칠 주요 단서를 놓치지 않았다. 세상 모든 일이 그렇듯 성과와 실패란 아주 작은 것에서 갈린다. 누구에게나 보이지 않는 작은 변화와 차이를 구별하는 자만이 성공이라는 열매를 갖게 됨을 새삼스럽게 느낀 날이었다.

"동지들, 오늘 이 회의는 위대한 영도자 김정일 동지의 지시에 의해 마련된 중요한 대책 회의입니다. 이번에 친애하는 지도자 김정일 동지께서는 저를 이곳에 파견하시면서 '오늘부터 당과 조국 앞에 핵무기 개발을 책임진 총사령관은 나 자신'이라고 뜨겁게 말씀하시었습니다. 지도자 동지께서는 지금 우리가 시작한 핵무기 개발은 해도 되고 안 해도 되는 그런 사안이 아니라, 당과 국가의 운명이 결정되는 중요한 사업이라고 지적하셨습니다. 또 핵 개발이 얼마나 중요했으면 어떤 사안이든 당 중앙이 직접 책임지고 모든 것을 풀어주겠다고 말씀하셨겠습니까? 그런 의미에서 오늘은 어떤 의견도 망설이지 말고 건설적으로 제시하기 바랍니다."

조용하던 회의장이 갑자기 술렁거렸다. 회의 참가자들이 안건에 대해 수군거리고 있었다. '핵무기 개발 총사령관', 이는 앞으로 군수공업부의 모든 자원이 핵무기 개발에 집중되는 것으로 무기생산의 중요한 패러다임의 변화를 예고한 것이나 다름없다. 다른 사람들이 어떻게 생각할지는 모르겠지만 최소한 박송봉에게는 당시 김정일이 자기에게 이 말을 할 때 섬뜩한 충격을 받았다. 그는 재료학 부문 공학도로서 우라늄이나 플루토늄 같은 방사성 물질의 파괴력을 너무나 잘 알고 있다. 히로시마에 떨어진 핵폭탄, 그리고 이틀 후 나가사키에 떨어진 핵폭탄으로 일본제국이 미군을 포함한 연합군에게 즉시 머리를 조아리면서 무릎을 꿇었던 제2차 세계대전의 종전.

당시 일본 히로시마와 나가사키 피폭현장을 찍은 사진들이 한순간 자신의 뇌리에 전달되어 오싹해지는 것을 느꼈다. 동시에 핵물질의 생산이 그렇게 쉽지 않음에도 불구하고 지금까지 영변 핵연료의 평화적 개발이라는 명목으로 원자력 발전을 위해 여러 도움을 주었던 소련 연구자들을 급기야 자신들의 나라로 귀국시킨 이유, 이후 파키스탄과의 비공개적인 대외관계 추진 등이 조심스럽게 한 고리로 이어졌다. 당 내부에서는 이미 핵을 이용한 전략무기의 개발계획이 아주 급속히 추진되는 것이라고 판단했다.

주체사상탑, 창광원, 개선문, 김일성경기장, 김일성광장 등 근년에 급속히 추진된 평양시 주요 건설을 통해 점차 당 및 국가의 전반 인사 및 행정 사업을 김정일이 다 맡게 되더니, 군수공업 부문에까지 김정일의 권력이 뻗쳐 김일성의 권력이 이양되고 있었다. '모든 권력은 총구에서 나온다'는 모택동의 말처럼, 군수공업부 무기생산의 혁신적 변화는 곧 김일성의 군내 지휘권까지 김정일이 장악하려는 김정일의 야심에서 비롯되었다는 사실을 아직은 누구도 알지 못할 것이다. 이런 시점에서 진행되는 오늘 회의가 그처럼 중요한 회의임을 박송봉은 알아차리기 시작했다.

박송봉이 직접 회의 발언을 마치고 주석단의 자기 자리로 가 앉았다. 주석단 바로 좌측 옆에는 김철만 제2경제위원장이 작은 키에도 불구하고 허리를 꼿꼿하게 펴고 위엄을 내보이기 위해서인지 약간 가늘게 뜬 눈으로 청중을 내려다보고 있다. 김철만의 좌측에는 무슨 생각을 하는지 알 수 없을 정도로 말없이 묵묵한 눈빛으로 청중을 응시하는 조직지도부 군수공업 부담당 제15과 김동일 과장, 박송봉의 우측 옆에는 새로 임명된 군수공업 부 전략무기개발 담당 책임부부장이 회의 사회를 보느라 자리하고 있었다. 나머지 청중석에는 30~40여 명의 중앙당 군수공업부 산하 10여 개 주요부서 과장들과 책임지도원들, 부랴부랴 조직된 국방위원회 직속 자강도 공귀리와 평양시 용성구역 용추동에 분산되어 있는 '101연구소' 소장과 과학 기술부 소장, 책임비서와 주요 연구자들, 그리고 국방과학원 산하 주요 전략무기개발 담당부서 국장들과 제2경제위원회 직속 '백두산 소조' 관계자들까지 20~30여 명의 기술자들과 군복을 입은 중앙당 직속 131지도국 간부들도 보였다. 핵무기 개발 관련 최고의 전문가들이 다 모여 앉은 셈이다.

'101연구소'란 김일성이 연구소를 방문한 날짜를 딴 북한의 무기급 핵 물질 추출의 핵심 컨트롤타워 조직으로서 1982년 처음 만들어졌다. 이들은 20~30여 명의 수준급 핵 관련 전문가들로서 대부분 해외유학파 출신들로 조직되었다. 인민무력부장 겸 군 총정치국 국장인 오진우 당 정치국 상무위원도 이 연구소에 들어가려면 김일성이나 김정일의 허락을 받을 정도로 기밀을 엄수하는 곳이다. 또한 '백두산 소조'란 101연구소에서 무기급 핵물질을 만들어낼 경우 핵탄두를 만들어 대륙간탄도로켓에 탑재하여 발사하는 연구를 맡은 이들로, 스커드 미사일을 역설계 방식으로 자체 제작해냈던 166연구소(국방과학원에서는 일명 '공학연구소'라고 부름)를 중심으로 급기야 조직된 태스크포스 팀이다. 핵을 이용한 전략무기를 만들기 위해 필요한 군수공업부 산하 모든 핵심 브레인들이 다 모였다. 그만큼 중요한 회의였던 것이다.

3시간마다 한 번씩 휴식을 한 지 벌써 세 번째다. 저녁 식사는 회의실 옆 국방과학원 간부식당에서 먹은 후 여러 기획안에 대한 검토와 대안과 기술적 문제 등이 오고 갔다. 회의장 안에는 어느덧 담배 연기가 뿌옇게 서려 있다. 휴식 시간에는 재정경리부 기초과학원에서 중앙당 핵심부 부장 이상 간부들 전용으로 만들어 공급되어 잘 알려지지 않은 '백두10호'라는 향정신성 물질이 함유된 구기자차까지 나왔다. 정신을 차리고 자서는 안 된다는 무언의 압박이 가해지고 있는 회의인 것이다. 지금까지의 회의 결과를 하나하나 머리로 점검하고 정리하면서 박송봉의 눈빛이 잠깐 허공을 향해 날아가던 시각이었다. 이제는 회의를 끝낼 결론을 내려야 하겠다고 생각하던 즈음 청중석 좌측 뒤에서 항상 눈만 올려 뜨고 조용히 지켜보던 한 사람이 넌지시 일어났다. 사실 박의 눈에는 들어오지도 않았다.

"제1부부장 동지, 의견을 하나 제기할 수 있습니까?"

조용하면서도 무엇인가 결의에 차 있는 듯한 목소리가 청중석의 탁한 공기를 뚫고 박 부부장에게로 전달되어서야 박 부부장은 그쪽으로 눈길을 주었다. 오랫동안 국방과학원에서 말이 없기로 소문난 기초기술지도국 국장이 제안을 하나 하겠다며 일어섰다는 것 자체가 이상했는지, 금세 청중석 아래의 모든 눈초리가 삽시간에 그에게로 쏠렸다. 아마도 대부분의 참가자는 평소에는 필요한 말도 세어서 한다던 그가 오늘 갑자기 무슨 발언을 할까, 하고 궁금해하는 눈치로 쳐다보고 있었다.

"네, 하십시오. 우선 어느 부서, 누구인지부터 말씀하십시오."

박송봉도 기초기술지도국 국장의 발언의 무게를 짐작해서인지, 아니면 생각지 않게 이런 좌석에서 행정 일꾼들이 좀처럼 하지 않는 제기를 한다는 의아함에선지 무척 궁금해서 발언을 제지하지 않았다.

"국방과학원 기초기술지도국 국장 주규창입니다."

주규창 국장의 또박또박하면서도 차분한 어조의 발언이 이어졌다.

"우리가 지금 해야 하는 전략무기 개발사업이 얼마나 어렵고 힘든 사업이라는 것을 잘 알게 되었습니다. 그리고 이 사업을 가능한 한 빠른 시간 내에 해내야 한다는 친애하는 지도자 동지의 말씀을 새겨보면 제가 제기하는 문제도 짚고 넘어가야 한다고 봅니다. 위대한 수령 김일성 동지께서는 우리가 하는 사업은 항상 사람이 모든 것을 결정한다는 주체사상과 대안의 사업체계를 철저히 따라야 한다고 가르치셨습니다. 대안의 사업체계에서 가장 중요한 것이 바로 사람과의 사업인데, 바로 우리가 핵 개발사업을 하는 데서도 가장 중요한 각 부문의 필요한 인재들을 절대적으로 적재적소에 배치하는 것이 중요하다고 봅니다."

그는 이어서 이 부문에서 종사하던 많은 연구자 중 중요한 사람들이 한 10년 전부터 이런저런 과오로 자기 전공에서 떠나있다면서, 그들이 지금 이 사업에 동원될 수 있으면 조금 더 쉽게, 더 빨리 이 목표를 해결할 수 있지 않을까, 하는 자기 생각을 터놓았다. 비록 그들이 과오로 처벌되었지만 일을 하다 보면 누구라도 한 번쯤 실수를 저지를 수 있다고, 우수한 기술자들이 지금 별로 중요치 않은 간접적인 군수공업부 산하 공장들에서 처벌을 받고 전공과는 상관없는 일을 하고 있는 문제를 해결하는 것도 중요하다는 것을 강조했다. 즉 그들이 자기 자리에서 일하도록 다시 기회를 주자는 내용이었다. 기술자 한 명을 키우는 데 얼마나 많은 시간이 드는가를 잘 생각해보아야 한다며, 한마디로 능력 있는 사람들의 과오를 일시 덮어두고 다시 연구사업에 집중시키자는 것이다. 그러면서 "10여 명의 연구자 명단을 이미 저번 8월 방침관철 회의에서 제출했었는데"라고 얼버무리며 자기 자리에 주저앉았다.

그러나 청중들에게는 국장의 대범하지만 혹 과오로 증폭될 만한 어마어마한 간부 사업 문제까지 이어진 문제 제기 자체가 어떻게 처리될 것인가 하는 긴장한 눈빛들이 역력했다. 예리한 눈빛들이 조직지도부 15과 김동일에게로 쏠렸다. 누구도 선뜻 찬성이나 반대의 반응을 보이지 않았다. 간부 사업에 대해 가타부타하는 것 자체가 중앙당 내에서는 금기시되는 문제라 회의장은 물을 뿌린 듯 조용했다. 그것도 과오를 범한 사람들의 복직 문제는 그 누구의 권한이 아니라 철저히 중앙당 조직비서 겸 조직지도부 부장인 김정일만의 독점적 권한이라는 것쯤은 고위 간부들이라면 다 아는 사실이었다. 그래서 중앙당에서 지도부라는 이름을 가진 부서는 유일하게 조직지도부밖에 없다. 나머지 모든 부서는 다른 모든 맡은 부문에 대해 정책적 지도만 하면서 필요한 간부(인사) 사업을 추천은 할 수 있지만, 결정은 오직 조직지도부의 절대적 독점기능인 것이다. 이처럼 간부선발 기능을 몽땅 가지고 있기에 당 및 국가의 모든 권력이 김정일에게 집중되고 있는 것이다. 이 기능에 대해 가타부타하는 것 자체가 무엄한 짓이었다.

　박송봉도 갑자기, 그리고 아주 중요한 문제라 생각되어 군수공업부 간부과 과장에게 눈길을 돌렸다. 그러나 그의 시선은 곧 아래로 떨어졌다. 아마 책임을 지지 않으려는 '보신주의'에 빠진 최근 간부들 속에서 으레 있는 문제라 얼른 넘겨짚으며 머리를 돌렸다. 만일 박송봉이라 할지라도 지금 저 위치에서 보신 차원의 스탠스를 유지하지 않을 수 없다. 심지어 박송봉으로서도 직접 혼자서 이 문제를 해결할 수 있는 방법이 없다. 특히 군수공업부 산하에서 일어나는 모든 인사 업무는 철저히 중앙당 조직지도부 군수공업부 담당 15과의 지시나 허락이 없이는 가당치도 않다. 그는 비록 과장급으로 자기보다 10년 아래지만 상급지도기관 간부인 15과 김동일 과장의 얼굴을 슬쩍 쳐다보았다. 김동일도 책상 위에 펼쳐진 자기 노트에 무엇인가 부리나케 쓰고 있는 것이 보였다. 그 역시 사실 관련 제안서를 통해 김정일의 허가를 받지 않고서는 답을 당장 내기는 어려운지라, 무엇이라 명쾌한 답이 나오지 않을 표리부동한 상을 가지고 딴전을 부린 것으로 보인다.

고도로 교육받은 핵 개발 관련 전문가 한 명은 사실상 현재 핵무기 개발에 필요한 전문가나 기술자들이 제한된 여건에서 천만금과도 바꿀 수 없는 귀중한 자원이기는 하다. 그렇다고 해도 이들을 다시 복귀시켜 일을 하다가 또다시 과오를 저지른다면 모든 책임은 이들을 복귀하도록 제기한 담당 부서의 핵심간부들이 전적으로 책임을 지게 되는 구조다. 그러나 박에게는 김정일이 자신에게 이 일을 맡기면서 새로운 제1부부장의 직제를 만들어주며 해준 지시가 떠올랐다. 사실 김정일의 지시로 군수공업부에 핵 개발 문제를 총괄하는 과업을 받을 당시 김정일은 핵 개발 관련 모든 권한, 심지어 인사권까지 주겠으니 망설이지 말고 추진하라는 특별지시를 주었다. 하지만 오랫동안 중앙당 여러 부서, 특히 김영주가 조직비서로 있을 때부터 조직부의 간부 사업을 전전하면서 많은 경험을 쌓았고 본인 자신이 과학 교육부로 발령받기 전까지 조직지도부 과학교육부 담당 부서를 맡아본 경험이 있는 박송봉에게는 김동일에게 협조를 구하지 않으면 어떻게 될지 몰라 불안한 상황이었다. 박송봉 제1부부장이 지금은 김정일의 신임을 받아 무엇이나 다 할 수 있지만, 만일 이 결과가 부정적으로 끝나게 된다면 다른 문제다. 결과적으로 아무리 자기가 노력해서 성과를 낸다 해도 모든 인사권과 감시 및 평가의 실권을 확실하게 장악하고 있는 조직지도부가 안 된다고 하면 말짱 도루묵이다. 혹 그를 선발해서 지난 과오를 무마해주고 다시 등용해 또다시 자그마한 잘못이라도 하는 경우, 조직지도부 관련 부서가 어떻게 해서라도 조작하여 밉보인 당사자에게 책임을 떠넘기는 경우를 수도 없이 보아온 그로서는 복귀 결정이 쉽지 않았다.

이윽고 황해도 평산지역 우라늄광 정련사업, 평남도 순천지역의 우라늄광을 나르는 벨트 교체사업, 그리고 해외에서 들여올 방사선차단 특수의복 수입 등에 필요한 외화예산 등등 자질구레한 문제 논의가 지속되어 한 시간 정도 더 회의가 연장되었다.

장장 10여 시간 이상 진행된 회의가 끝나갈 무렵 박 제1부부장은 김동일 과장에게 "수고했다"는 가벼운 인사를 하면서 조금 전 일어나 의견을 제기한 국방과학원 기초기술지도국 국장에게 국방과학원 당위원회 비서 방에서 잠깐 보자고 말했다. 결과적으로 이날을 기점으로 핵 개발에 필요한 10여 명의 주요 전문가들이 지방에서 다시 국방과학원 평양 본원으로 전근되었다. 그중에는 심지어 정치범관리소에 수감되었던 인재 한 명도 구조되어 투입되었다.

바로 이들 중에 이철웅의 아버지 이서인 설계실장이 있었던 것이다. 결과적으로 이서인은 나남(라남) 탄광기계연합 기업소에서 로켓엔진 가공을 담당한 기술설계소 평기사에서 다시 '백두산 소조'의 연구에 가담하게 되었고, 이로 말미암아 그의 아들 이철웅은 자기가 살던 정든 청진을 떠나게 되었던 것이다. 현실적으로 이들 중 재등용된 전문가들로 인해 사실 오늘의 핵 개발에서 중요한 성과를 내게 된 것임을 박송봉은 제일 뿌듯하게 생각했다. 인사가 만사라는 옛 성현들의 가르침처럼.

이후 김동일 과장도 조직지도부 대남사업부 담당 부부장으로 승진되었다는 소식이 간간이 들려왔다. 즉 김 과장이 김정일에게 보고를 잘해준 덕분에 김정일은 오늘의 이러한 특별한 배려를 박송봉에게 해주었을 것임을 잘 알고 있다. 그 덕에 박송봉도 비공개적으로 이란에 출장 가는 국방과학원 요원들이 조금씩 건네는 뇌물뿐만 아니라 자신도 직접 몇 번 다녀오는 과정에서 출장비 일부를 챙기는 센스도 발휘했다. 김정일 중심으로 중앙당 고위 간부들 사이에서 통용되는 '고이면(뇌물을 바치면) 움직인다'는 '역학의 제4법칙'의 시너지를 알게 된 박송봉은 자신의 지난 성과를 자기 혼자서 해내지 않았음을 잘 알고 있는 현명한 스타일이었다.

핵무기 개발 총사령관 김정일은 책임자 박송봉이나 군수공업부에서 올리는 문제를 710호 자금이라는 명목(대외적으로는 710연구소)으로 거의 다 해결해 주도록 하는 시스템을 도입했다. 동시에 군수공업부에서 핵무기 개발과 관련된 무역전문회사를 창설하고 직접 명칭을 '부흥무역회사'라고 붙여주기도 할 정도로 핵무기 개발에 애정을 쏟았다. 이 사업은 매해 어느 정도의 자금이 들어가는지도 확인조차 안 될 정도로 극비로 추진되었다. 정무원 국가계획위원회 군수계획국 국장의 말로는 현재 북한의 외화벌이 중 50% 이상이 거의 6년 이상 쏟아부은 것으로 안다는 사실에 박송봉도 깜짝 놀랐다. 심지어 당이 중점으로 내세우고 있는 통일거리 건설에 배분했던 외화까지도 필요하면 먼저 군수에 돌리고 있었다.

8

내일은 봄비가 내리려는지 맑았던 하늘에 별빛이 사라지고 높은 구름이 끼어 컴컴해지기 시작했다. 멀리 중구역 창광산의 나지막하고 적막한 배경과는 달리 붉은 노동당기가 서북풍에 휘날리는 당중앙위원회 본청사에서는 밝은 불빛이 흘러나왔다. 차디찬 겨울밤에 그나마 불빛이어서 따뜻한 분위기가 느껴진다. 김정일이 보낸 번호가 없는 벤츠 S500이 중앙당 기본정문으로 서서히 다가서자 자동차 검사기가 달려 있는 운전석 오른쪽 중앙 전자 칩에서 반짝반짝 녹색불이 켜졌다. 아마도 정문 안 수신기에 장착된 검사기에 암호가 맞는다는 표식이 떴는지 70~80cm 외벽에 있는 강철로 된 차단막이 서서히 양쪽으로 나뉘어 열렸다. 중앙당 청사가 모여 있는 창광 지구에서 기본정문을 제외하고 나머지 정문들에는 승용차가 들어가지 못한다. 물론 유사시에는 다 열리지만 평상시에는 절대 불가능한 일이다. 정문을 지나친 박송봉이 탄 승용차는 서서히 전진하다 국제부와 선전선 동부 사이로 난 2차선 도로를 따라 직선으로 전진하다 우회전했다. 그러자 앞에 흰 백색의 3층짜리 ㄷ자형 건물이 나타났다. 바로 김정일이 사무를 보는 일명 중앙당 청사, 즉 내부에서 1호 건물이라 부르는 '본청사'다. 평시에 김정일은 여기 303호실에서 집무를 본다. 35호실(중앙당 대외 정보조 사부, 305호실을 0은 빼고 부르는 말) 및 39호실(김정일 개인 비자금 컨트롤타워 조직으로서 309호실을 염두에 둔 말) 등은 김정일의 사무를 보는 이웃 사무실이란 의미이다.

2층에는 김정일이 사무를 보는 일종의 당 서기실 부서들이 있고, 1층에는 대부분 김정일만을 지키는 당 6처의 각 사무실이 있다. 즉 측근경호대의 기본 경호업무를 위해 CCTV를 통해 주변 정황을 살펴보는 방들이 있다. 물론 건물 지하와 이 건물 옥상에는 그 누구도 알지 못하는 유사시 김정일을 대피시키는 헬기와 대구경기관총 등 각종 경호장비들이 있다. 심지어 건물 지하 200m 이하를 연결하는 뒤쪽 인민대학습당 지하 깊숙이 유사시 즉각 대응할 수 있는 한 개의 탱크 대대가 있다는 것은 전혀 알려지지 않았다. 그뿐 아니라 그 지하와 최신식 엘리베이터와 고속승강기, 그리고 그 지하에 자동차들이 양방향으로 움직일 정도의 넓은 도로가 나 있다. 이 본 청사와 김정일의 사저인 강동 및 창광 저택들과 김일성이 사무를 보는 금수산 의사당 건물과도 지하철과 2차선 도로로 연결되어 있다.

잠시 후 박송봉은 차에서 내려 어스레한 청사 정문 앞에 섰다. 따뜻한 방열 장치로 더워졌던 몸이 갑자기 찬바람에 섬뜩한 추위를 느꼈다. 노란 금장식으로 된 안경렌즈에 갑자기 김이 서려 앞이 뿌옇게 흐려졌다. 박송봉이 검은 쥐색 깃의 인민복 주머니에서 재빨리 안경닦

기용 수건을 꺼내 안경알을 닦으려는데 미리 대기하고 있던 한 여성이 다가왔다. 여성은 중키를 넘는 날씬한 몸매에 맵시를 낸 진한 핑크색 원피스와 외국제 구두를 받쳐 신고 있었다. 문득 김정일의 부름을 받고 중앙당 청사에 다녀온 친구들의 말이 떠올랐다, 당 서기실 행사 과장이 굉장한 미인이라던. 그의 뒤를 따라 정문 앞에 다다르자 측근경호대 대위 계급장을 단 군관(장교) 두 명이 잔뜩 위엄을 풍기는 차렷 자세로 경례를 보냈다. 동시에 자동문이 서서히 옆으로 열렸다. 보초병 뒤에서 지켜보던 대좌 계급장을 단 고급군관이 자동문 오픈 장치 버튼을 눌렀으리라. 해외를 자주 다녀본 박송봉 제1부부장은 되도록 자연스럽게 행사 과장의 뒤를 따라 걸었다. 고급장교는 복도에 깔아놓은 붉은 양탄자에 구두 바닥의 징소리가 날세라 조심하면서 안내했다. 김정일이 사무를 보는 집무실이 아닌 좌측을 에돌아 소회의실에 도착했다. 앞선 행사과장과 따라 섰던 경호군관은 사무실 앞에 멈춰 서고 박송봉은 안에서 대기하던 또 다른 경호군관이 열어준 문 안으로 들어갔다.

회의실에 이미 와있던 당중앙위원회 비서 및 국방위원회 위원들이 일제히 박송봉을 돌아보는 가운데, 일전에 안면이 있는 계응태 비서가 눈인사를 하며 자기가 앉은 옆자리를 가리킨다. 얼핏 보니 인민군 총참모장 최광과 외교부의 강석주 제1부부장, 국가안전보위부의 주요 책임 일군들도 모여 있었다. 조직지도부에 있을 때 대내외의 정치와 군사, 정세변화에 대한 전략적 문제들과 관련된 중요 정책 의사들이 토의될 때 사용하던 회의 장소다. 그래서인지 매번 느꼈던 것처럼 회의실 내부는 창문 인테리어 때문에 시각적으로 밝은 느낌이지만 무언지 모를 무겁고 장엄한 정적에 휩싸여 있었다. 대부분의 주요 정책 결정과 책벌 같은 엄한 결정도 이곳에서 내려진다. 잔뜩 긴장한 분위기를 박송봉만 느꼈을 것 같지는 않다. 잠시 간부들과 인사를 나누려는데 갑자기 옆면 문이 열리며 김정일의 서기실 부실장이 인민복 차림으로 들어섰다.

"장군님께서 나오십니다!"

부실장이 낮고 단호한 어조로 외치는 순간 뒤에서 김정일의 배가 조금 보였다. 박송봉과 함께 부동자세로 서 있던 간부들이 일제히 김정일이 나온다는 소리에 급히 머리를 숙여 90도로 허리를 굽혔다. 김정일 바로 뒤에 중장 군복을 입은 책임 부관이 총총히 따라왔다. 동시에 측근 경호원 2명이 5m 정도의 거리를 두고 따라 들어섰다. 반쯤 굽실굽실한 파마를 한 김정일은 여느 때와 마찬가지로 늘 선호하는 카키색 잠바를 입고 있었다. 연출하는 듯한 미소를 띠고 간부들에게 다가가 일일이 악수를 하던 김정일은 조금 멀찍이 떨어져 있는 박송봉을 보고는 곧장 그에게로 걸어왔다.

"어, 잘 왔소! 이게 얼마 만이요?"

"최고사령관 동지, 감사합니다!"

"오, 박 동무, 그새 수고가 많았소."

원래 장군님이라 불러야 하지만, 박송봉은 고의로 배에 힘을 주고

‘최고사령관’이라고 큰소리로 외쳤다. 오늘처럼 군 장성들도 참가한 공식석상에서 김정일은 자신을 1991년 김일성이 넘겨준 군통수권자인 ‘최고사령관’이라는 직함으로 불러주면 좋아한다던 조직지도부 친구들의 말을 갑자기 떠올렸던 것이다. 김정일이 워낙 아첨과 칭찬에 약한 소인배인지라, ‘아첨은 발전의 무기’라는 명언대로 김정일의 눈에 잘 들 수 있는 처세술에서 박송봉은 둘째가라면 서러운 인물로 이미 정평이 나 있다. 또 군수공업부 제 1부부장으로서 박송봉이 상장계급의 사복군관직제를 가지고 있기에 최고 사령관이라 부르는 것은 어쩌면 당연한 것이었다. 북한에서 ‘사복군관직제’란 중앙당 6처, 호위사령부 일부 부서, 군 보위사령부, 국가안전보위부 등 일부 군관들이 필요한 경우에 사복을 입어도 된다는 군 규정에 의해 취급되는 군 직제다. 때문에 사실상 박송봉이 김정일을 최고사령관이라는 군 직제로 불러도 무방한 것이다. 비록 인민복 차림이어서 제식 경례는 하지 않았지만 김정일도 최고사령관이라는 호칭에 기분이 썩 좋았던지 거센 목청으로 툭 뇌까렸다.

“참, 모두 머리를 들고 허리를 펴오.”

한참이나 머리를 수그리고 있던 간부들이 일제히 머리를 들며 김정일을 향해 돌아섰다. 이윽고 “감사합니다”라는 십여 명의 우렁찬 대답이 한순간에 울리며 파동이 중첩되어 방을 흔들었다. 동시에 여러 사람의 힘찬 소리에 창문 유리가 드르릉 떨리는 것만 같았다. 순간 옆으로 치켜뜬 반짝이는 김정일의 눈동자에 만족한 웃음과 함께 서늘한 냉기가 스쳐 지나더니 잠시 후에는 훈훈하게 좌중을 바라보는 노련한 기가 흘러나왔다. 보기 드물게 기분 좋은 인상이었다.

"오늘은 동무들이 낸 성과로 정말, 내가 어떤 선물을 할지가 기대되지 않소? 내래 오늘은 기분이 정말 괜찮다 못해 참 좋아!"

박송봉의 입안이 순간 멈칫, 침이 다 말라버리는 것같이 타들어 가는 듯한 희열에 차기도 하면서 긴장한 전율이 흘렀다.

"……."

어느 순간 정말 수고했다며 박송봉의 잔등을 세게 두드리던 김정일은 허스키한 목소리로 크게 웃었다. 사실 김정일은 간부들을 만날 때에는 의도적으로 마치 장군이 전장으로 나가는 전사들에게 사열을 하면서 연설하는 가식에 찬 허스키한 목소리를 내는 경우가 종종 있다.

"수고했소, 다들, 허허……."

박송봉은 그제야 자기의 심장이 걷잡을 수 없이 쿵쿵 뛰며 핏줄이 고무줄처럼 줄었다 늘었다 하는 감각에 사로잡혔다. 시간이 어떻게 흘러가는지 주변의 기척이 좀처럼 들려오지 않았다. 이따금 김정일이 주변 간부들과 담소를 나누는 소리가 들렸을 뿐, 그 흥분 속에서도 박송봉은 '김일성훈장을 수여하겠다'는 김정일의 말만은 정확하게 새겨들었다.

"최고사령관 동지, 고맙습니다!"

그는 감격에 겨워 고함을 지르듯 큰소리로 외쳤다. 사실 김정일에게는 오늘의 핵무기급 플루토늄 생산이 큰 의미를 갖는다. 김정일은 최근 아버지 김일성과의 관계가 조금씩 엇나가는 것 같은 분위기를 주시하고 있었다. 지금 이 시각도 며칠 뒤에 있을 김정일의 최고사령관 임관식 한 돌 축하 파티를 갖기 전 최측근들을 모아놓고 특별한 즐거움을 나누는 자리였다. 그만큼 박송봉에게도 김정일의 최측근으로서 실제로 승진하는 황금의 기회였다. 하지만 김정일의 속내는 그렇게 먹자판을 벌리고 편안하게 떠들며 즐길 상황은 절대 아니었다.

최근 북한을 향한 국제사회의 강경정책은 물론, 이웃 상대국으로 가까운 친북성향의 중국이나 러시아도 김정일로서는 성에 차지 않는 아쉬운 대북 정책을 실시하고 있었다. 거기에 지난해 멈추었던 '팀 스피릿' 훈련을 올해 다시 준비한다는 미국과 한국의 협상이 여러 정보 소식통을 통해 들려오는 등 한반도 주변의 정세가 급변하고 있었던 것이다. 주로 중동과 동남아시아 영역을 지키던 '인디펜던스'호 항공모함 전단과 '캘리포니아'호 원자력 미사일 순양함 전단 등 미국의 최신식 무기들이 이미 총동원되어 한반도로 움직이고 있다는 정보들이 확인되고 있다. 이렇게 대외적으로 급속한 변화가 일어나는 상황에서 아무리 배포가 큰 김정일이라고 해도 여유를 즐기기에는 압박감을 온몸으로 느끼는 것이다.

무엇보다도 중동을 통해 들여오던 무기 판매대금이나 중국이나 동남아시아를 통해 들어오던 마약과 국제적으로 중단된 밀수품 교역을 통해 벌어들이던 외화수입이 갑자기 줄어들고 있었다. 이맘때쯤 들어오던 '충성의 혁명자금'이라는 일종의 상납금도 갑자기 예년에 없이 줄어들었다. 대체로 김정일의 친모 김정숙의 생일인 12월 24일 전에는 상납금이 39호실이나 서기실 자금담당 서기를 통해 집계되는데 요즘 실정으로는 이후 최종적으로 계획하지 못한 부분은 김정일의 생일 2월 16일까지 연장해 주었을 정도다. 평시 같으면 어림도 없다. 계획을 세우지 못하면 담당자들은 이미 이 세상에 없었을 터이지만 지금은 기분으로 해결할 때가 아니다. 자금 문제를 생각하면 김정일은 기분이 잡쳤다. 그런데 뜻밖에도 박송봉이 바로 핵무기를 통해 체제 유지를 위한 입체적 방어를 완벽히 해내는 최적의 열쇠인 핵무기 개발에서 소기의 성과를 올렸다는 보고가 들어온 것이다.

　최근 친부 김일성이 나라의 전반적인 사정이 좋지 않다는 것을 감지하기 시작했다는 불길한 소식까지 들린다. 아버지 김일성이 국제사회에서의 불리한 경제 상황, 특히 내부의 식량부족 문제를 알아차리기 시작했다는 보고가 금수산의사당 김일성의 부관실 책임부관으로부터 들어왔다. 북한의 최대 후원국이던 소련에서 붉은 기가 내려진 1989년 12월 25일을 기점으로 북한의 대외적 수익은 거의 70%로 다운되어 겨우 30% 정도를 가지고 국가 경제를 운영하는 수준이었다. 일반 국가라면 벌써 열 번도 넘게 붕괴되었을 것이나, 강압적 통제기구를 통해 주민들을 강제로 휘어잡은 덕에 간신히 지탱하는 것을 김정일은 잘 안다. 요즘은 각 도당위원회들은 물론 그나마 재정적으로 안정적이던 군이나 사회안전부까지도 재정이 말라간다며 매일 막막한 관련 보고서만 제출하는 상황이다.

대외적인 관계도 아주 나빠지면서 비교적 친북적이던 북유럽 나라들에서까지 우회적으로 밀수품을 외교행낭을 통해 운반하던 것을 알아차리고 통제를 강화했다. 상납금 액수가 줄어들고 있다는 것이 확실한 이상 시급히 대책을 세워야 한다. 상납액이 줄어든다는 것은 전반적인 국가의 외화벌이가 줄어들고 내각의 재고가 줄어들었다는 의미와 같다. 최근에는 제 1제대 군단들에서 식량 공급은 물론 물 공급도 제대로 되지 않아 고생한다는 보고들이 제출되고 있다. 하지만 뾰족한 수가 없다. 공급을 줄일 수밖에. 특히 에너지 문제는 더 심각하다.

김정일은 당 35호실 권희경 실장과 당 작전부 오극렬 부장에게 관련 대책 제안서를 올리라는 요구를 해야겠다고 생각했다. 지금 미국과 IAEA의 대북강경조치로 인해 해외 무역회사들은 물론 세탁한 해외 비공개 부서들의 사업수익을 내기가 점점 어려워지고 있다는 보고들이 집결되는 것으로 보아 결정적 대책이 필요했다. 최근 2월 IAEA 정기이사회에서 강력한 대북강경조치가 취해질 것 같다는 외교부의 극비 보고서가 마음에 걸렸다. 만일 이대로 국제사회가 연합하여 대북강경조치가 취해져 지속적으로 경제 상황이 어렵게 된다면 정말 '붕괴의 벼랑 턱에 다다르게 되는 것'이나 마찬가지였다. 소련처럼 항복을 하든, 아니면 스스로 허리띠를 졸라매고 굶주리면서 '붉은 기'를 끝까지 지킬 것인지를 선택해야 한다.

그렇게 마련된 대안이 바로 한스를 비롯한 핵사찰을 일정한 한계까지 허용해 '먹잇감'을 던져줘서 '핵 보유' 기술을 홍보하고 또 필요한 식량과 중유를 확보하려는 일명 '벼랑 끝 전술'을 기획한 배경이다. 이와 관련하여 강석주 외교부 제1부부장과 권희경 실장, 그리고 오극렬 부장과 모여 일정한 연막전술을 쓰기로 했다. 물론 이를 통해 한스의 IAEA 사찰단을 끌어들여 일단 급한 에너지 및 식량 문제 같은 발등 위에 떨어진 불을 끄는 실리를 챙기는 것이 사실 그들을 방북하게 한 이유였다.

9

김정일이 참가한 간부들에게 차례로 악수를 다 청하고 나자 뒤에 있던 중장계급의 책임부관이 어느새 김정일이 앉을 의자를 뽑아 거들었다. 김정일은 보라색과 핑크색의 작은 격자무늬 벨벳으로 된 주석단 팔걸이 안락의자에 앉으며 한 손으로는 앉으라는 시늉을 했다. 그리고는 진갈색 책상 한쪽에 놓인 탁상시계를 슬쩍 치켜봤다. 시침이 10시를 넘어서고 있었다.

'음, 벌써 시간이 이렇게 지났나?'

속으로 급히 보낸 일과표를 떠올리며 외교부, 국가안전보위부, 35호실 및 작전부에서 각각 올린 극비 보고서를 넌지시 펼쳐보았다. 다같이 각 부서별로 최근 IAEA의 대북압박에 대한 대안들을 그럴듯하게 그려낸 보고서지만 하나같이 마음에 드는 뾰족한 대안은 찾을 수 없다. 게다가 내년에는 올해 좀 느슨하게 추진되던 '팀 스피릿(독수리) 한미전쟁연습'이 고차원에서 강경하게 진행될 예정이라는 35호실 보고서가 특별히 눈에 띄었다. 한편 작전부에서 파악한 남조선에 파견된 대남공작원들을 통해 입수한 한국의 국제원자력기구 내에서 미국과의 협력으로 강제될 대북강경조치 관련 첩보내용도 있었다. 김정일은 핵심적으로 이러한 대북강경조치가 나올 수밖에 없는 최근 환경을 간단히 나열하고는, 박송봉에게 일어나라고 말했다.

"동무들, 오늘 중요한 경사를 하나 알려주겠소. 음, 거 머라더라……. 이번에 우리 군수공업부에서 큰일을 하나 해냈소. 이제부터 우리는 진짜 핵무기를 만들 수 있는 핵물질을 자체적으로 생산해낼 수 있게 되었단 말이오. 알겠소?"

이윽고 김정일은 좌중을 다시 한번 둘러보고는 책상 위에 있는 담뱃갑을 넌지시 바라보았다. 조금 전에 분명 피웠는데 오늘따라 담배가 당기는 것은 조금 흥분되어서일까, 하며 속으로 생각했다.

"음, 이제부터는 핵무기를 우리 힘으로 만들어낼 수 있단 말이오. 박송봉이 역시 큰일을 해냈소. 축하하오! 하지만 문제는 핵무기를 만들어내니 미국이나 국제적 압력이 강해지는데, 이를 어떻게 막아내는가 하는 것이요."

김정일은 핵무기 개발에 대한 강경제재에 어떻게 대응할 것인가에 대해 논의하자는 취지를 발의했다. 그리고는 의견을 있는 대로 제기해보라고 말하며 좌중을 둘러보았다. 가장 중요한 포커스는 미국이나

IAEA로부터 비밀리에 핵 개발을 추진하던 중, 만약 우리가 핵 사찰을 받는 경우 취하게 되는 경제 혜택이다. 과연 이들의 예봉을 피하고 식량이나 에너지를 해결할 중유를 받아낼 수 있을까에 대해 오늘 이 자리에서 중요한 결정을 해야 한다고 말했다.

그제야 김정일은 책상 위에 놓인 '백두산' 로고가 그려진 담뱃곽에서 담배 한 대를 쑥 빼내어 입에 물었다. 사실 김정일이 애용하는 백두산 담배란 외곽포장이 백두산이지 내부는 95%가 영국의 로스만(Rothmans) 회사의 내용물에 5% 정도의 일명 '만수무강 연구소'에서 연구한 항산화 및 향정신성 물질이 포함된 김정일 전용 담배다. 순간 뒤에서 좌중을 주의 깊게 살피면서 김정일의 일거일동을 놓치지 않던 책임부관이 성큼 다가와 조심히 라이터로 담뱃불을 붙여주었다. 김정일은 담배 연기를 폐부 깊숙이 들이마시고는 대부분의 사람처럼 담배 끝에 타오르는 연기가 아니라 사색에 잠긴 눈길로 좌중을 휙 둘러보며 담배를 쥔 오른팔을 열정적으로 휘두르면서 말을 이었다.

"요 며칠째 국제원자력기구 거 뭐드라……. 무슨 한스 사무총장인지 하는 양반의 '특별사찰결의'를 외교부를 통해……. 단호하게 배격했지만, 흠, 사실 처한 상황이 그리 녹록치 않소. 누구든지 오늘의 이 국난을 헤쳐나갈 묘안이 있으면 말해보시오."

어조도 평소보다는 빨라지고 가끔씩 더듬기도 하는지라 조금 낯설다. '처한 상황'이라는 말 앞에 써야 할 우리라는 주어를 쓰지 않은 어투는 평소와 다르다. '국난'이라는 전혀 사용하지 않던 술어까지 입에 올리자 누구도 감히 대답할 수 없는 것은 당연지사다. 이런 자리에서 나설 간부가 있을 리 없다. 이럴 때에는 원래 자신을 '위대한 천재'라고 생각하는 김정일 앞에 감히 무어라 대답하지 않는 분위기로 간다는 것을 최측근들은 알 만큼 안다. 김정일이 혼자서 조금은 격앙되었던 기분이 가라앉았는지 차분한 어조로 한마디 더 했다.

"거, 저쪽에 그 핵상무조, 그거 이번에 중요한 제안 했다는 김 동무 좀 말해보라. 김 뭐라구?"

김정일의 말이 떨어지기도 전에 제일 앞에 앉아 있던 강석주가 일어나 재빨리 대답했다.

"장군님, 김계관입니다."

김정일은 대답하는 강석주 쪽으로 쳐다보지도 않고 왼팔로 앉으라는 시늉을 하며 김계관이 있을 법한 오른쪽 한쪽 구석을 쳐다보았다. 강석주는 김정일의 친조모 강반석의 친척계열이어서 사석에서는 아주 가깝다.

"어, 김계관. 으음, 거 여기 대책 보고서에 건의한 내용들을 하나하나 다시 한번 설명해보라우."

저쪽 구석에 앉아 있던 김계관 핵상무조 부조장이 엉거주춤 일어났다. 핵상무조란 지난 국제사회에서 북한 핵 문제가 불거지면서 급기야 당 서기 실내에 조직된 비(非)상설 김정일 직속 부서다. 상무조장은 공식적으로 강석주 외교부 제1부부장이지만 김정일이 명예조장이다. 부조장으로 4명이 선발되고 여기에 서기실 서기 몇 명으로 이루어진 비

(非)상무조직이다. 물론 서상국 당 서기실 서기 겸 김일성의 과학기술 담당 서기도 참여했다. 외교부 측 부조장으로는 당시 북미 담당 미국 연구소 연구원이기도 했고 IAEA 순회대사로 간 적이 있는 김계관이 담당했고 나머지는 국가안전보위부 대외정보담당인 대외정보국(제3국) 부국장이, 다른 부조장으로는 작전부와 35호실 관계부문 일꾼들이 한 자리씩 맡았다.

특히 김정일이 다시 한번 강조하면서 이 회의를 조직한 것은 바로 강석주가 제기한 대책 기획안 때문이다. 즉 핵상무조는 초기 IAEA의 압박에 피동적으로 대했지만 김계관이 이 제안을 제시한 후부터 미국 북핵 특사 미국무부 로버트 갈루치와의 수차 이상의 대결에서 수동적인 방어에서 능동적인 공격으로 나섰다. 바로 김정일은 최근 외교부에서 보고한 대책안을 보고 이를 초기 기획한 장본인이 누구인가를 물었다. 그가 김계관임을 알고는 만나서 직접 방법론을 구체적으로 듣기 위해 이 자리를 마련한 것이기도 했다. 한편으로는 핵무기 관련 실제 업무를 맡은 박송봉 제1부부장을 만나 이 '연막작전'의 실효성에 대한 객관적 타당성을 검토하여 이익을 우선 챙기기 위한 제반적 문제를 직접 들으려는 것도 있었다. 즉 구체적인 로드맵을 제시하기 위한 중요한 회합이었다.

김계관은 지난 IAEA의 파키스탄과 이라크, 남아프리카 등에 대한 각종 사찰 사례의 대응사례를 조목조목 짚어가면서 지금 북한이 취해야 할 기회와 리스크는 어떤 것들이 있는지에 대해 조리 있게 설명했다.

"장군님, 우리가 암거래 시장에서 현금을 가지고 움직인 구체적인 증거들을 이미 미국을 비롯한 자본주의 국가들이 확실히 입수했을 가능성이 큽니다. 지금까지 세 차례의 만남에서 나온 미국측과 IAEA 측의 발언들은 그런 가능성을 시사하고 있습니다. 이런 상황에서 능동적인 그들의 공격을 피하고 역공하려면 그들이 요구하는 사찰을 들어주는 것이 어떨까, 하고 생각해보았습니다. 그들은 지금 우리가 이렇게 자기들의 요구조건을 들어줄 것이라고는 꿈에도 생각지 못할 것입니다."

사실 김계관은 어렸을 때부터 역사 교사인 아버지로부터 역사 공부를 많이 했다. 특히 그는 고려 시기 서희 장군이나 강감찬 장군의 지략을 좋아했다. 강감찬 장군도 좋아했지만, 특히 서희 장군의 지피지기 백전불패의 시기적절한 응용 실화를 더 좋아했다. 단 몇 명의 수행원만으로 담판을 지어 국익을 챙긴 서희의 지략에 특별한 관심을 갖고 있었다.

김계관이 이런 주장을 과감히 하게 된 것은 서희 장군의 지략에서 영감을 얻은 아이디어였다. 그러나 초기 강석주 제1부부장은 이 조건을 완강히 거부했었다. 자칫 이러한 대안을 제시했다 잘못되면 자기의 정치적 생명까지도 지탱하기 어렵다는 것을 잘 알기 때문이다. 특별히 미국이나 추종 기구인 IAEA의 일방적인 요구조건에 상당한 거부감을 가지고 있는 김일성은 물론 김정일에게도 밉보이게 될지 모른다. 서로 오랫동안 외교부에서 상관과 하급으로 손발을 맞추어 온 그들은 많은 고심을 하면서 갑론을박을 이어갔다. 연나흘 동안 핵상무조 성원들을 동원하여 관련 보고 자료들을 종합적으로 분석하면서 나름대로 경우의 수를 따졌다. 하지만 김계관의 물샐 틈 없는 논리에는 미국 조지 허버트 부시(아버지 부시) 정권이 재선을 위해 일명 '북핵 의혹'을 이용하면 승산이 있다는 주장이 있었다. 미국 현 백악관이 북핵과 관련된 성과를 재선에 이용하려는 자본주의 국가 고유의 선거용 캠페인을 역이용하면 물질적 혜택도 누릴 것이라는 세밀한 계산까지 뒷받침된 주장에 분명한 일리가 있었다. 잘만 협상하면 소기의 성과를 거둘 수 있다는 김계관의 설득에 의해 대책안이 마련된 것이다.

바로 이를 김정일이 특별히 주목했다. 김정일은 김일성에게 마치 자기가 이 주장을 한 것처럼 포장하여 잘 되어갈 경우, 그 성과도 자신의 천재적인 지도의 결과로 보고했다. 그러나 김정일에게는 최근 작전부의 오극렬 부장이 올린 보고서에 제기된, 만약 최대의 핵 관련 압박이 필요할 경우 전쟁까지 불사해야 한다는 여론이 조성되고 있다는 당시 미국 하원과 재야에서 흘러나온 정보에 대한 분석 내용이 마음에 들었다. 부시 현 대통령에 대한 평가가 그리 좋지만은 않은 것이라는 분석이다. 그 때문에 미 대통령의 재선을 위해서도 많은 경우 대북제재를 누그러뜨릴 상황이 재현될 수 있다는 해석이다.

순간, 작전부 산하 414연락소의 도청자료 보고서에 기초한 최근 핵개발 부문 국제정세 분석내용이 떠올랐다. 이스라엘과 함께 협력하여 남아프리카공화국이 소유했던 전술핵무기와 소형핵탄두 등도 미국의 등쌀에 못 이겨 포기한 것에 대해 속으로 '멍청이들이구만'하고 욕을 했다. 그러나 한편으로 '참 얼마나 혹독했으면 이미 완전히 보유한 핵무기를 저버릴까'하고 양면적인 분석도 해보았다. 당시 남아공은 미국이나 IAEA의 끈질긴 감시 속에서도 아주 비밀리에 1980년부터 이스라엘 기술을 넘겨받아 최소 십여 발의 전술핵무기와 수십 발의 소형 핵탄두를 만들었다는 것이 보도되면서 국제사회를 놀라게 했다. 전문가들 속에서 이미 남아공은 "되돌아올 수 없는 요단강을 넘어섰다"는 말이 나돌 정도로 제9번째 핵보유국이 될 것으로 내다봤다. 하지만 결국 냉전이 끝났다는 상황을 들며 남아공을 최근 핵 포기 방향으로 급선회시키고 있다는 BBC방송의 현 미국 부시 대통령의 외교성과에 대한 분석도 있었다. 김계관의 차분한 말을 듣는 김정일의 속마음도 그리 편하지 않았다. 만일 연막작전에 의한 일거양득 전술로 그들을 기만하려다가 자칫 핵 전략무기를 만들려는 비밀이 탄로나게 될 우려도 있었다.

"그런데 잠깐, 우리가 자칫 핵무기를 만들려는 비밀이 탄로날 경우, 더 어려워지지 않겠소?"

미국을 비롯한 국제사회의 예측과는 반대로 다른 방향으로 가 최대의 위협이 될 수도 있는 모험을 구사하다가, 반갑지 않은 진짜 위협이 조성될 수도 있는 것이다. 하지만 아직 미국이 구소련을 비롯한 동구 사회주의권에서 전략·전술 무기와 관련한 협상과 평정을 완전히 끝내지 않은 한, 또 남아프리카 핵무기 포기 등의 압박 문제도 원만히 해결하지 못한 실정에서 아직은 시간적 여유가 있을 것이라고 계산했다.

"장군님, 사실 미국 현 부시 대통령이 재선을 위해 일정한 성과를 거두려는 것을 역이용하는 것은 아주 의미 있다고 봅니다. 즉 일정한 수준에서 요구조건을 들어주고 시간을 끌어 우리도 핵무기를 자체기술로 완벽하게 만들기 위한 시간적 여유도 갖고, 한편으로 물질적 이익도 챙기는 것이 어떻겠냐 하는 겁니다. 동시에 IAEA 뒤에 미국이 바라는 우리의 선(先) 핵 포기 같은 강압적인 조건에 먼저 말려들지 말고 일괄타결 방식을 주장한다면 그들이 일단 우리의 요구조건에 의해 허를 찔릴 것은 분명합니다."

김정일이 다시 몇 가지 물어볼 심산으로 아무런 표정이 없는 김계관을 지그시 지켜보더니 말을 뗐다.

"그래, 김 동무의 의견에 찬성한다 치자구. 만일 특별사찰을 허용한다면 어떤 문제가 제기될 것 같소?"

부동자세로 서 있던 김계관이 조금씩 본래의 페이스를 갖고 말을 이었다. 긴장이 조금 풀려서인지 보고서에 언급했던 내용을 일목요연하게 정리하며 발언했다.

"문제는 두 가지입니다. 첫째는 우리가 그들의 핵사찰을 일정하게 어느 정도 허용하는 것인데, 더 정확히는 그때 가서 그들이 요구하는 사찰지역을 어떤 수단을 통해서라도 은폐할 수 있어야 한다는 것입니다. 그러기 위해서 이 부분의 전문가가 아니어서 잘 모르지만, 그때 가서 문제를 해결해도 늦지 않다고 봅니다. 그사이 우리는 시간을 얻고 최소한의 이익을 먼저 챙겨야 한다는 생각입니다. 둘째로, 우리도 남조선에 있는 미국의 핵 전술 무기들을 철수하고 같은 수준에서 한반도의 비핵화를 진지하게 논의하자고 요구한다면, 그들도 생각지도 못한 요구조건이라 그에 합당한 해결책을 내놔야 할 것이고, 우리도 그동안 몇 차례 회담할 시간을 충분히 벌 것으로 보입니다. 이러한 선결적인 조건을 받아들일 의향이 조율된다면 일정하게 양보를 해서 우리에게 식량과 에너지 공급, 즉 원유공급을 하는 것은 지금 미국 정부 입장으로는 큰 문제가 아닐 것입니다. 이런 요구조건을 걸고 역공격하는 것이 어떤가 하는 것입니다. 승산을 갖고 충분히 협상할 여지가 있다고 봅니다."

말을 마치고 나서야 김계관은 자기 입이 무엇을 발언했는지 느끼지 못할 정도로 긴장되어 있음을 느꼈다. 너무 긴장되어서 왼발에 쥐가 날 정도로 감각이 없다는 것을 그제야 알아차렸다. 물론 그럴 것도 지금 자칫 잘못 말하면 지금까지 닦아 놓은 일신상의 성과는 물론 정치적 생명까지도 함께 달아날 수 있는 절체절명의 순간인 것은 분명했다.

잠시 눈치를 살펴보니 김정일도 꽤 괜찮은 협상 전략이라고 판단하는 것인지 침묵하면서 손을 더듬어 탁자 위 담배를 꺼내 태웠다. 연거푸 태우는 것을 보니 조금 안도의 숨이 나갔다. 김정일이 연거푸 담배를 피우는 것은 그리 나쁘지 않을 때의 습관이다. 김정일이 손을 더듬어 담배를 다시 꺼내며 자기 말에 집중하는 것은 나름대로 긍정적으로 받아들이고 있다는 신호다. 그러나 김정일의 눈빛을 한순간 다시 살펴보니 종잡기 어려웠다. 단 그리 나쁜 눈치는 아니길 바라는 막연한 기대에 목숨을 걸어보기는 처음인 김계관으로서는 형용할 수 없는 압박감이 밀려왔다. 인내력이 거의 없는 김정일인지라 제 기분에 맞지 않는다면 이미 낯빛이 검푸르게 변하고 눈빛에 무엇인가 나타날 텐데 아직은 그나마 괜찮은 표정이어서 한결 마음이 놓였다.

현실적으로 김정일은 바로 이 문제를 중요하게 여겼다. 그렇다고 공화국(북한)이 당장 핵사찰을 다 들어주는 것도 아닐 테고, 그리하다 보면 우리가 핵을 가지고 있다는 것을 자연스럽게 홍보도 하게 되고, 이 협상을 잘 관리하면 경제적 이득도 두둑하게 챙길 수 있다. 1석 3조인 셈이다. 어차피 우리는 일부 협상에서 그들의 요구조건인 사찰을 들어주면서 조금 더 이득을 챙기기 위해 플루토늄 재처리를 일정한 기간 동결시킬 수도 있다는 것을 마지못해 양보하는 척할 수도 있지 않은가. 핵을 포기한 국가들이 처음 보이던 스탠스를 취하면서 '연막을 쳐 상대의 허를 찌르는 것'은 김정일이 바라는 괜찮은 수법이다. 아무튼 김계관의 제안이 나름대로 가능성이 있어 보인다. 다만 아직도 뭔가 부족한 것 같은 꺼림칙함이 있어 마음 한구석이 착잡했다.

"제1부부장 동무, 오늘부터 이 회담의 차석대표로 김계관 동무를 내세우는 것이 어떻소?"

절반쯤 태운 담배를 재떨이에 비벼 끈 김정일이 강석주 외교부 제1부부장에게 시선을 돌리며 갑자기 쿨럭쿨럭하더니 침을 내뱉었다. 강

석주도 그렇고 당사자 김계관도 회의장에 모인 모든 간부들도 의아하
게 바라보았다. 원래 김정일이 이렇게 즉흥적인 인사를 진행하기가 일
쑤인 것은 알지만 조금은 뜻밖이라는 표정들이다. 이윽고 김정일도 이
러한 방향대로 핵상무조에서 더 구체적인 대책안을 제시하고 박송봉
제1부부장에게도 사찰단을 맞이하기 위한 준비를 하라고 지시했다.
이 연막작전을 제대로 추진하기 위해 절실하게 필요한 영변 핵 연구기
지에서의 구체적인 대안을 제시하라는 지시를 내리고 나니 벌써 자정
이 넘었다. 한편 김정일은 최광 총참모장과 작전국장에게 이런 때일수
록 군에서 동기훈련(동계훈련) 마지막 화력 기동작전을 대규모로 진행
할 과업을 주었다. 문제는 기름이 부족한 것이지만 이럴 때일수록 더
공격적으로 나가 최고사령부의 작전 예비물자를 써서라도 필요한 상
황을 만들어내라고 지시했다.

　나름대로 핵무기 제작 준비도 착착 예상대로 추진되고 특히 최근
박송봉의 보고서에 제시된 내용을 보니 영변물리대학 유체역학 담당
교수인 김명화 교수의 고폭 실험도 일정한 수준에서 잘 진행된다고
하니, 오늘 같은 날에 여유를 가지고 맘 놓고 즐긴들 어떠하랴. 워낙
좋아하는 주지육림을 즐기지 못할 아무런 이유가 없다.

　김정일은 회의실 옆에 달린 음식 테이블이 있는 방으로 간부들을 불
러내 밤새껏 마시고 노래를 부르며 즐기게 했다. 술기운이 거나해질
무렵 어디서 나왔는지 크지 않는 무대에 벌거벗다시피 한 기쁨조 여성
들이 몇 명 올라와 몸을 털며 화려한 춤사위를 펼쳤다. 이어서 젊은 전

자음악 밴드도 올라와 가요를 불렀다. 박송봉도 어찌하다가 김정일의 선택을 받아 최근 당내에서 성행하는 노래 〈정다워〉를 불렀다. 김정일의 박수를 받아서 기분이 좋아진 박송봉은 구면인 강석주나 다른 참가자들이 부어주는 술도 기꺼이 받아마셨다. 박송봉이 술을 따르자 김정일은 "오늘은 박송봉이 따르는 술 한 잔 마셔 볼까" 하며 단숨에 쭉 들이켰다. 기분이 한껏 들뜬 김정일도 〈사랑의 미로〉 같은 한국 노래들을 몇 곡 선창했다.

어떤 미래가 기다릴지는 모르지만 분명한 것은 이미 이러한 연회의 즐거움 뒤에 '인민조선'의 기운이 쇠락해 간다는 것은 자명한 이치다. 홍길동의 작품에 있는 주지육림의 저변에 한 끼의 배고픔의 한이 서려 있듯 깊고 울적한 새벽의 봄기운도 그렇게 지나가고 있었다. 지금 당 중앙 청사의 공간을 넘어 어느 도시와 지방, 어촌마을에 가 봐도 한 끼를 마련하기 위해 작은 컵에 강냉이를 한 알 한 알 세고 있을 여인들의 한숨 소리가 무겁게 서려 있을 것이다. 이미 함경도와 양강도에서는 식량 배급이 반 토막 난 뒤로 한 달 이상씩 연체되더니 아예 뚝 끊겼다. 그 유명한 '고난의 행군'의 시작을 알리는 경고음이 진탕 치는 김정일의 파티 공간의 새벽공기를 타고 저 멀리로 퍼져나가고 있었다.

3장

영변의 붉은 노을

10

　달콤하고 싱그러운 아카시아 꽃잎이 지고 밤나무꽃의 유다른 향기 마저 사라진 산골짝에 뜨거운 여름이 막 시작되었다. 포진지 아래 펑 퍼짐한 산기슭 부업지에 흰 면상의를 입은 병사들이 밭이랑마다 늘어섰다. 이랑마다 피어난 아지랑이에 묻혀 쟁기를 든 군인들의 모습이 흐릿하게 어른거린다. 요즘 일반 부대는 물론 특수부대에서도 부족한 식량 문제를 농사를 지어 해결하고 염소와 토끼, 게사니(거위)를 길러 풀과 고기를 바꾸라는 김정일의 친필지시가 내려진 뒤여서 염소 치기와 부업 농사로 바쁜 시기를 보내고 있었다. 풀과 고기를 바꾸라는 최고사령관의 명령은 핵시설부대라고 해서 예외가 되지 않았다. 각 군 부대에서는 부업 농사를 시작했다. 허기진 병사들과 함께 김을 매던 호영은 땀에 젖은 얼굴을 문지르며 괜히 약산동대를 한 번씩 바라본다. 부대 안에 있던 농장이 철수하면서 은아와 헤어지고 나서 생긴 버릇이다. 어떤 일이 있어도 헤어지지 말자며 호영의 가슴에 안겨 흐느끼던 은아의 마지막 모습이 아프게 안겨 온다. 중천에 뜬 해를 등지고 흰 군용상의를 입은 군인들이 땀에 젖어 번들거리는 얼굴로 분주하게 밭이랑을 누비고 있다.

'오늘따라 군인들이 유독 많이 보이네. 저 중에 호영 동지도 있으려나?' 눈부신 뙤약볕 아래에서 유독 훤칠한 군인이 보이자 은아는 한참이나 그 군인을 주시했다. 땅이 뿜어내는 뜨거운 열기에 달아오른 지면이 아른거려서 그가 호영인지 분명하지 않았다. 다만 그녀의 눈앞에서 마냥 웃고 있는 그리운 호영의 모습이 어른거릴 뿐이었다. 마지막으로 약산에 올라 핵시설 주변의 농장을 철수한다는 소식을 전한 뒤 은아는 줄곧 호영을 만나지 못했다. 하지만 단 하루도 그의 늠름한 모습을 잊은 적이 없다. 밥을 먹거나 친구들과 잠시 이야기를 나누다가도 문득 그의 얼굴이 떠올랐고, 샘터에서 손수건을 빨다가도 호영을 생각하느라 한참이나 먼 하늘을 바라보기도 했다. 이제 호영은 점차 지독한 그리움이 되었다. 소리치면 화답하며 달려올 것만 같은 지척에서 만날 수도, 만질 수도 없는 그리움이 되었다. 뜻밖의 이별에 그가 어떻게 지내고 있는지, 어떤 생각을 하는지 무척 궁금했다. 혹여 이쯤에서 끝날 인연이라고 단정하려고 마음을 다잡으면 그를 어떻게 잊을까 싶어 지레 가슴이 할랑거린다. 호영을 처음 본 그날 은아는 평생을 갈 사랑을 예감했다. 그리고 둘만의 사랑을 힘들게 가꿔오면서 은아에게 사랑은 호영이 단 한 사람뿐임을 알았다. 호영의 눈부신 미소를 그려보던 은아의 양 볼이 발그레해졌다.

'잘 지내고 있겠지? 부대에서 통 나오기 힘든가 보네.'

자나 깨나 호영을 기다리는 은아와 마찬가지로 호영이도 은아를 그리며 고단한 나날을 이겨내고 있었다. 일과를 마치고 잠자리에 들 때면 허공에 온통 은아의 웃는 모습이 그려져 있다. 그녀는 언제나 하얀 이를 드러내고 화사한 미소를 보낸다. 호영은 그녀를 껴안고 긴 머리를 쓰다듬어 주었다. 제대하면 청진의 은빛 바닷가 금모래 백사장을 실컷 거닐자던 말에 행복에 겨워 살며시 품에 안기던 그녀가 아니었던가. 고향에서 그녀와 함께 살 생각만 해도 이기지 못할 고난이 없을 것 같았다. 은아가 생각날 때마다 군복 카라에 수놓은 진달래꽃을 만져본다. 그러면 한 아름 꺾어 안겨주던 약산의 진달래꽃 향기가 달콤하게 풍겨오는 것 같다.

알려진 것처럼 실제로 핵시설 인근의 농장이 모두 철수하고 호영이가 부대의 노무자로 영변에 남겨진다면 은아와의 이별은 이미 정해진 것이기도 했다. 하지만 호영은 사랑하는 그녀를 단념할 수 없다. 어떤 수단과 방법을 다 해서라도 은아와 함께 고향에서 살고 싶었다. 하지만 세상은 참 야속했다. 누군가 간절히 원하는 것이라고 할지라도 기어코 빼앗아냈다. 호영이도 그렇다. 은아를 죽도록 사랑하고 지키고 싶지만 불안한 마음은 진정할 길이 없다. 그리고 불안한 예감은 한 번도 틀린 적이 없이 찾아왔다. 며칠 전 여단에 강습을 갔던 정치위원이 사관장을 호출했다.

"다름이 아니라, 영변 분강지구 만기 제대군인은 전원 군 노무자로 영변에 남아야 한다는 방침이 곧 집행될 것이오!"

"……."

얼떨떨해진 사관장은 아무 말도 잇지 못했다.

"방침 사항을 현재로서는 공개할 수 없소! 하지만 곧 전파하게 될 건데, 병사들의 불만과 반발을 철저하게 통제해야 하오!"

"……."

"사관장 동무! 지금 내 말을 듣고 있는 거요?"

"아, 네. 정치위원 동지, 듣고 있습니다."

"복잡하게 생각할 거 없고, 동무나 나나 당에서 시키면 시키는 대로 할 수밖에 없는 몸이고 당에서 한 번 결심하면 우리는 따를 의무밖에 없지 않겠소?"

"제가 지금 무슨 말을 해야 할지……."

"자, 자! 내가 사관장 동무의 그 심정을 모르는 바가 아니오. 다시 말하지만 우리에게는 당의 방침을 무조건적으로 따를 의무밖에는 없다는 것만 명심하시오!"

"예, 알겠습니다. 정치위원 동지! 그럼 돌아가겠습니다."

정치위원 방을 나오는 사관장의 발걸음이 무겁게 옮겨졌다.

'아무리 당의 방침이라지만 병사들 불만이 장난 아닐 텐데……. 이건 정말 아닌데…….'

영변의 분강지구는 북동쪽으로 뻗은 백두대간의 아산 줄기가 내리 뻗어 그 유명한 약산동대가 마주 바라보이는 고산지대다. 부대 위수 지역은 한낮의 더위가 무색해질 만큼 밤이 되면 제법 한기가 느껴질 때도 있다. 한편 부대 내 제일 높은 고지의 정찰소대 감시소에 걸려있 는 확성기에서는 사이렌 소리와 함께 카랑카랑한 목소리가 울려 퍼 진다.

"점심 식사시간입니다. 고지 밑 포진지 직일소대 인원들만 제외하고 전원 집합하기 바랍니다."

얼핏 전문 방송원과도 같은 목소리가 부대 내 확성기로 쩌렁쩌렁 울려 퍼진다.

"와우! 점심시간이다!"

거의 두 달간 여단에서 포지도국 내 8군단과 11군단 주요 방어 및 타격 부대와의 연합 방어훈련과 공격훈련까지 포함하여 평안남도 성 천의 포 지도국에 변고가 있을 경우 작전기지까지 움직였다. 그러다 보 니 피곤하기도 했지만 사실 노상이나 작전 이동지역에서 전시처럼 식사 와 훈련을 하는 것 자체가 군인들에게는 새로운 경험이기도 했다.

지난 3월 8일 미국과 IAEA의 핵의혹으로 인해 팀스피릿이라는 대 규모 한미합동훈련에 맞서 북한군은 NPT 탈퇴라는 강력한 대응에 이어 12일 군 최고사령관의 준전시상태가 발표되어 전군이 비상상태 에 진입되었다. 평양방송은 "미제가 특별사찰, 집단제재를 운운하면서 일시 중단되었던 팀스피릿 훈련까지 재개하고 20여 만의 병력을 한반도에 들이밀어 일촉즉발의 첨예한 정세가 조성됐다."고 외교부 성명을 통해 발표했다.

"우와! 우리 신발도 벗지 못하고 생활한 지가 두 달째입니다!"

모든 기동훈련을 싹 다 마친 마친 병사들은 조금 흥분되어 있었다. 전시에만 가동하는 각종 자동화 조종수단과 통신수단까지 협동하여 다른 부대와의 연합작전에 투입하기는 처음이었다. 어쨌든 적의 전자 정찰과 자유도 무기 타격에 혼란을 주기 위해 유인 기만하여 반(反) 적외선 위장막 과장애탄(유도미사일 등을 교란시키는 탄)까지 야간훈련에 사용하여 사격권 내에 끌어들이기까지 진행하였다. 호영뿐만 아니라 부대 내 모든 군관 및 하사관과 병사들이 마치 진짜 전시에 들어가는 것처럼 분소가 보유한 미사일 무기까지 격납고에서 꺼내 기동했다가 다시 격납고에 넣었던 적은 처음이다.

"캬~ 우리 부소대장 동지 목소리는 역시, 언제 들어봐도 멋져! 어느새 저기로 올라가셨지? 빠르기도 하셔."

호영을 방금 전까지 본 병사 중 호영의 부분대장 표원석이 팔로군처럼 머리에 두른 흰 면 수건을 풀며 천천히 허리를 편다. 호영의 분대원들을 비롯한 2소대 전 대원들도 어느새 확성기에서 울려 나오는 호영의 목소리를 알아차린 모양이다. 걸걸한 중대 사관장의 목소리가 들려야 하는데 오늘은 부대 당세포회의가 있어 대신 2소대 부소대장 겸 분대장인 호영이 잠시 사관장 역할을 하게 된 것이다. 원래대로라면 1소대 부소대장이 대리인이어야 하지만 직일포(전투준비상태)를 유지하는 포대 근무를 서는 바람에 진지에서 내려올 수 없었던 것이다. 일주일에 한두 번은 있던 일이니만큼 온 부대가 호영의 목소리를 잘 알고 있다.

남자가 들어도 멋지다는 탄성이 절로 나오는 호영의 목소리는 숱한 여성들에게도 명성이 자자하다. 취침 전 1시간 동안 진행되는 오락회 책임자도 당연히 호영이가 맡고 있었다. 종종 통기타를 들고 나와 〈결전의 길로〉나 〈샘물터에서〉와 같은 군에서 특화된 가요들을 멋들어지게 부르는 호영을 보며 대원들이 감탄했다. 특히 어려운 일이면 솔선나서서 앞뒤를 가리지 않고 자기 일처럼 도와주는 호영에 대한 칭찬은 전 부대뿐만 아니라 부대 인근 마을에도 소문이 날 정도였다.

부대의 의식주 문제를 포함해 내무규정 질서와 청년동맹비서의 역할을 겸해야 하는 사관장이 상급 참모부로 차출되는 경우에도 대부분 호영이가 자주 대리로 나섰다. 이렇다 보니 부대에서 사실 호영이 차지하는 역할이 꽤 컸다. 또 성격이 까다롭기로 소문난 '떡매' 견장을 단 사관장 대신 청년동맹 부(副)비서 역할도 동시에 하게 되면서 호영이가 부대의 지휘관들과 하사관, 병사들로부터 좋은 평가를 받는 것은 어쩌면 당연한 것이다.

감시를 서던 정찰소대와 통신소대, 그리고 운수장비들을 원위치에 정렬하던 운수소대 등 3소대 병사들까지 다 모이자 대열을 정리하라는 호영이의 우렁찬 목소리가 울렸다. 지난밤 갑자기 몰아친 폭우로 포진지와 로켓 격납고 사이에 한 길 키가 넘는 구간이 패어나가 부대가 갑자기 보수공사를 진행한 것이다.

"군복 정리하고, 신발 고무 다 닦고."

한참 군복 깃과 신발에 묻은 흙을 털어내는 대원들을 휙 둘러보던 호영이 소리쳤다.

"2소대 1부분대장 기준, 소대별로 4열종대로 정렬! 좌우 간격 맞추시오!"

노래를 하거나 말을 할 때 듣기 좋던 호영의 목소리는 대열을 향해 구령을 칠 때에는 마치 전장에 나가는 장수와도 같이 비장하고 우렁차다.

"목표 식당, 소대별로, 앞으로 갓!"

2소대에서부터 식당을 향하여 가는 대열에서 누군가 선창을 뗐다.

"사나운 폭풍도 쳐몰아내고……."

군인들이 부르는 4분의 4박자 행진가요인 〈당신이 없으면 조국도 없다〉가 골짜기에 메아리쳤다. 그 뒤로 3소대에 이어 4소대, 정찰 및 통신 경비 소대, 마지막으로 운수소대와 직일근무 대기병들이 대열을 지어 규정대로 개울이 흐르는 산 아래 식당 건물을 향해 내려갔다. 2소대가 굽인돌이(굽이길)를 지나는 맞은편에 '혁명의 수뇌부를 결사옹위하는 폭탄이 되자!'는 구호가 붉고 활달한 문체로 경사진 산 중턱에 둘러쳐져 있다. 첫 대열에서 걷던 호영이가 굽인돌이를 막 지나는 그때 한 무리의 군관들이 대열의 약 10여 미터 앞으로 걸어가는 것이 눈에 띄었다.

"2소대 정보(正步)!"

속보로 걷던 대오가 갑자기 정보로 걸어가자 군용 지하족 고무바닥 사이에 나오는 규칙적인 소리가 들려왔다.

'척척척!'

"차렷! 군관동지들을 향하여 우로 봣!"

호영이가 사열 행진 대오의 옆에서 구령을 외치며 군관들에게 거수 경례를 보냈다. 어깨를 쭉 펴고 오른손을 군모 옆에 올린 호영의 눈에 어깨에 상좌 계급의 여단 정치부 조직부부장, 중좌 계급장의 부대 정치위원이 보인다. 입당 심사로 여단 지휘부에 갔을 때 익힌 군관들이다. 병사들이 지나가자 군관들도 가던 걸음을 멈추고 둥근 군관모에 오른손을 갖다 붙이며 답례를 보냈다. 호영이 부대의 편제가 높은 이유는 인원은 많지 않아도 부대가 소유하고 있는 무기들의 화력 밀도나 군에서 차지하는 전술 제원이 일반 포병부대 한 개 여단에 맞먹는 로켓 특수부대이기 때문이다. 대부분 이 부대의 지휘관들은 부대장이 러시아나 중국의 군대에서 유학을 했거나 부대 연수를 6개월 이상 다녀온 군 엘리트들이다. 잇따라 다른 대열도 호영의 '차렷! 우로 봣!' 구령소리에 맞춰 정보행진으로 지나갔다. 중간에서 지나가던 보위지도원이 호영에게 미더운 눈길을 보냈다.

잠시 후 군관들의 곁을 지난 대열이 호영의 제식 구령에 따라 식당에 들어가 자리를 잡았다. 알루미늄 식기에 부딪히는 백여 개의 수저 소리가 소란스럽게 식당 안을 꽉 채웠다. 병사들과 함께 식당에 들어간 호영은 부엌 밭이 바라보이는 창문 옆에 자리를 잡고 앉았다. 요즘 들어 부대 식단은 눈에 띄게 부실하다. 후 불면 날아갈 듯 성기게 담긴 밥알은 200그램 알루미늄 식기에 채 차지 않아 병사들의 눈길을 허둥거리게 했다. 달걀이나 돼지고기는 명절용으로 겨우 맡아볼 수 있는 냄새다. 밥반찬으로 한동안 양배추 절임을 주더니 토마토 절임으로 바뀌고 나서 그마저 떨어졌는지 요즘은 끼마다 무 절임에 시래깃국이다. 허기진 대원들의 얼굴은 날을 따라 수척해졌다. 눈이 꺼져 들어가고 볼살이 패인 병사들이 식당에 들어갈 때면 눈이 빛났다. 갓 입대했을 때 덩치가 커서 멀리서도 늠름하던 대원들도 뒷목이 가늘어지고 군복이 헐렁거렸다.

　호영은 며칠 전 부대의 공급품을 싣고 온 여단사령부 식량공급장으로부터 군부뿐만 아니라 전국적으로 식량사정이 심각하다는 말을 들었다. 물론 언젠가부터 호영의 부대 형편이 예전보다 매우 나빠지고 있음을 느끼기 시작했었다. 원래 군부대 후방물자공급에 관한 내용은 군대 내 비밀 사항이지만 같은 고향출신인 공급장은 호영을 특별히 믿고 말해 주었다. 실제로 비행조종사급 노르마(고칼로리)수준의 공급량이던 고기나 계란공급도 반의반으로 줄다 못해 7:3(백미 70%, 잡곡 30%) 비율의 식량도 3:7로 잡곡위주로 바뀌었다.

　그마저도 항상 햇강냉이로 공급되던 잡곡도 해외에서 짐승사료로 수입한 묵은 보리쌀로 바뀌었다. 호영은 어려워지는 식량사정을 피부로 느끼면서 고향에 계신 부모님과 한동안 만나지 못한 은아의 가족들이 무척 걱정되었다. 군부대 중에서도 물자공급이 최고의 수준을 자랑하던 핵시설부대가 이 정도라면 민간의 식량사정은 불 보듯 뻔한 일이다. 안 그래도 보고 싶은 은아가 유난히도 더 보고 싶었다.

'잘 지내고 있어야 할 텐데……'

은아에 대한 그리움에 빠져 있는 사이 숱한 군인들이 식사를 마치고 자리를 털고 일어났다. 한동안 창밖을 내다보던 호영은 은아의 얼굴을 그려 보며 마음속 인사를 보냈다.

'은아 동무, 정말 많이 보고 싶소.'

아득한 하늘을 바라다가 홀로 별을 헤는 민들레처럼 호영은 가슴에 묻은 소원의 홀씨 하나를 꺼내 날린다.

11

다른 부대와 달리 구소련산 미사일 탄두를 역설계로 연구해서 실험적으로 추진하는 포지도국 산하 특별부대인 호영의 부대는 당중앙 군사위원회 지시로 특별공급대상 부대다. 앞으로 전략무기가 개발되면 구소련의 항공 사령부 산하 로켓부대나 중국의 제2포병 같은 전략로켓부대의 전신이 되는 것이다. 현실적으로 부대 옆 공간에 만들어진 비밀기지에서는 한 달에도 몇 차례씩 여러 명의 핵 관련 전문가들이 내려와 '고폭 실험'이라는 특이한 실험을 반복하고 있다. 특이한 것은 그뿐만이 아니다. 대부분의 병사들이 방사능에 노출되어 있어 피폭에 대응시키기 위한 특별물자 공급이 보장되는 특별부대다. 안타깝게도 이 부대를 전역한 군인들은 대부분 40대를 못 넘긴다는 설이 공식적으로 나돌았다. 조잡하게 설계된 핵 관련 탄두에 의한 여러 실험을 하는 특수부대 공급이 이 정도라면 현재 38선 전연지역을 지키는 정규 부대인 1, 2, 5군단에는 이미 백미 공급이 중단되었다는 소식도 들려온다. 여름 햇살이 따갑게 피부를 파고드는 창가에 앉은 호영은 여러 생각으로 머리가 복잡했다. 식사를 마치려는데 정찰소대의 키가 큰 한 병사 주변이 술렁이기 시작했다. 병사 옆에 앉은 좌표수기 전문 구대원이 창문을 열며 큰 소리로 외쳤다.

"저기 저…… 저거 염소 아니야? 맞지? 부소대장 동지? 저… 부업 밭과 아카시아 밭 사이를 보십시오!"

호영은 밥을 마저 먹다 말고 얼른 창문 밖을 내다보았다. 평소 같으면 그 대원에게 조용히 하라고 경고를 했겠지만 그러지 않았다. 병사들이 술렁거리는 예감이 좋지 않은 것이다. 풀색 적위대 복장을 한 사람이 어미 염소 두 마리와 새끼 염소 3마리의 뒤를 쫓고 있었다. 특별지역으로 어떻게 들어왔는지는 알 수 없는 일이나 분명한 것은 그가 지뢰매설지역으로 향하고 있다는 것이었다.

"전원 움직이지 말 것!"

놀란 호영은 저도 모르게 숟가락을 팽개치고 구두지시를 내리며 창문을 훌쩍 뛰어넘었다.

"지뢰지역에 웬 염소야? 설마 저길 뛰어 들어가시는 건 아니겠지?"

"설마?"

창문 반대편 식탁에 앉았던 대원들이 창문가로 우르르 몰려들어 웅성거렸다. 이 부대 주변은 10년 전부터 갑자기 특별위수지역으로 선포되면서 2중으로 된 무장경비 입출구를 제외하고 사방이 3겹 철조망으로 둘러싸인 1호 경비지역이었다. 3겹 철조망은 물론 사이에 반(反) 보병지뢰가 매설되어 있는 1호 경비지역은 가끔 겨울 막바지나 초봄에 먹이를 찾아 나선 어미 노루나 멧돼지 같은 큰 짐승이 지뢰에 튀어서 죽는 경우가 종종 있다. 이 상황이 얼마나 위험한지 누구보다 잘 아는 호영은 다급한 상황에서 다른 대원에게 지시를 내릴 수 없었다. 호영의 마음을 잘 아는 부분대장이 창문으로 뛰어내린 호영의 뒤를 잽싸게 따랐다.

헉, 헉, 헉…….

여단에서 달리기 선수로 손꼽히는 호영이도 가까이 이르러서는 숨이 턱에 닿아 헐떡거렸다. 방금 창문에서 봤던 염소들 중 새끼염소들은 흰색이라서 멀리서도 잘 보였다. 쫑긋한 두 귀와 갓 자란 작은 뿔까지도 거의 뚜렷하게 보일 정도다. 염소들이 이미 지뢰지역의 첫 철조망 가까이에 거의 다다랐는데 뒤따르던 사람의 모습은 보이지 않았다.

"대체 어디로 간 거야? 왜 안 보이는 거지?!"

호영은 젖 먹던 힘까지 다해 달리며 소리쳤다.

"저기요! 위험합니다! 당장 멈추세요!"

새끼염소들은 지뢰를 밟아도 뇌관 칩이 빠지지 않는 구조적 요인으로 어미에 의해 지뢰가 폭발하지 않는 한 상대적으로 안전할지도 모른다. 그러나 지뢰매설상태를 모르는 사람은 염소의 뒤를 쫓느라 위험지역에 들어갈 수도 있다. 영변지역은 대부분 철조망이 많다. 지뢰를 매설한 지역은 몇 곳 안 되는데다 군이 차지한 위수구역 내로 제한되어 있어 일반 민간인들은 알 수 없다. 때문에 호영은 당장 심장이 터져 죽는다 해도 도저히 멈출 수 없다.

'생명보다 더 귀중한 것이 없다. 반드시 구해야 해!'

인간은 성스러운 것을 위해서 자신의 한계를 넘어서고자 하는 욕망이 큰 법이다.

"부소대장 동지, 거기 좀 멈춰 주십시오!"

달리기 성적이 늘 낙후했던 원석이 호영의 뒤를 죽을힘을 다해 쫓아왔다. 원석은 호영이 정말 아끼는 후배 부분대장이다. 사실 표원석이 호영을 직속상관으로 뿐만 아니라 인간적으로도 따르는 이유는 호영을 존경하는 많은 하급 전사들처럼 그의 인간성에 매료되었기 때문이다. 체질적으로 허약한 원석에게는 위장병과 각종 알레르기 합병증까지 있어 걸어 다니는 '종합진료소'라는 별명이 붙어 있다. 황해도 벽성 오지에서 태어난 원석은 마음 착한 '뗑해도'출신답게 포병지도국 산하 평남 은산포병대학에서 6개월짜리 하사관 교육을 받고 호영의 부대에 새로 배치된 이후 빠르지는 못해도 성실함으로 호영의 민음을 샀다. 워낙 인정이 많은 호영의 극진한 노력으로 원석의 체질적인 질병은 거의 완치되었다. 원석은 어려운 사람을 위해서라면 순간의 망설임도 없는 호영이 이번에도 지뢰지역에서 자기 몸을 던져버릴까 봐 불안했다.

사실 호영과 은아의 만남이 있었던 그날도 호영은 복통을 호소하는 원석을 위해 박천에서 소문난 토박이 한의사를 찾아가 약을 지어오던 참이었다. 그때에도 호영은 박천을 지나치다 애들의 다급한 소리를 듣고 물속에 뛰어들었던 것이다. 뿐만 아니라 호영은 과거에도 은아의 아빠를 비롯한 국방과학원 연구사들이 몇 달 동안 고폭실험과 탄두 장약 관련 실험을 할 때, 러시아산 무기체계를 병사들이 재빨리 알아차리지 못해 실수를 저지를까 봐 밤새워 외래어들을 우리말로 고쳐놓았다. 그때 금속패쪽을 만들던 호영은 하마터면 사용하던 금속절단기에 손가락이 잘려나갈 뻔했다. 그날도 갑자기 통증을 호소하는 원석 몫까지 도맡아 하느라 제대로 쉬지 못한 채 밤늦게까지 일을 하다가 아차, 하는 순간 사고가 날 뻔했다는 사실을 아는 원석이임에야. 현장에서 그런 헌신적인 행동을 본 은아의 아빠가 집에서 칭찬한 군인이 호영이었던 것이다.

"그쪽으로 가면 안 됩니다!"

호영이 아무리 소리쳐도 그 사람은 듣지 못하는 것 같았다. 게다가 바람까지 마주 불면서 호영의 외침은 멀리 가지 못했다. 숨소리가 가쁜 탓인지 목소리도 잘 나오지 않았다. 마찬가지로 원석이가 뒤에서 따라오는 것을 호영이도 모르고 있었다. 염소 떼를 거의 쫓아갔을 때 호영의 앞에 모습을 드러낸 사람은 한 아주머니였다. 잠시의 망설임도 없이 당장 지뢰를 밟을 수 있다는 생각에 호영이가 아주머니의 곁으로 다가가 잡아채려는 순간, 누군가 호영을 옆으로 콱 밀쳐냈다. 싸리나무와 작은 참나무 사이로 커다란 물체가 떨어졌다. 어느새 호영을 거의 따라온 원석이가 달려오는 속도로 호영이가 잡으려는 여인을 덮치면서 끌어안았다. 동시에 수 미터 앞의 어미 염소 한 마리가 공중으로 튀어 오르며 몸통을 뒤틀었다.

콰슝~따땅!

지뢰 터지는 폭발음이 귀청을 때렸다. 그러자 옆에 있던 새끼염소들 중 한 마리가 껑충 튀어 올랐다. 순간 타닥~ 피익~! 하며 동시에 지뢰 파편이 새끼 염소의 몸통에 박히면서 시뻘건 피가 공중으로 흩뿌려졌다. 최근 매설된 지뢰는 밟는 순간 발화 칩이 작동하면서 공중에서 이루어지는 화학폭발 압력으로 인해 동그란 파편들이 1~1.5미터 이내로 퍼져나가 살상률을 고도로 높이기 위해 개발된 최신식 지뢰였다. 염소의 시뻘건 피가 공중에 뿌려지고 동시에 여인을 덮은 원석의 등 뒤 오른쪽 견갑골 하부근육으로 파편이 관통했다.

"아~악, 어머! 어떡해! 아~악!"

외마디 비명을 지르며 여인은 넋이 나간 눈동자만 휘둥그레 굴렸다. 죽을 뻔한 사실에 여인은 창백한 얼굴로 바들바들 떨었다. 저쪽으로 휘뿌려진 호영이 재빨리 일어나 원석의 뒤에서 흐르는 피를 지혈하기 위해 자신이 입고 있는 면내의를 벗어 찢었다. 언제나와 같이 위기의 순간이 닥칠 때마다 호영은 본능적이었다. 그야말로 눈 깜짝할 사이에 일어난 대형 사고였다. 군관 전용식당에서 밥 먹다 말고 지뢰 폭파 소리에 뛰쳐나온 군관들이 뒤늦게 달려왔다.

맨 처음 달려온 위생지도원과 부대 군의관이 들이닥칠 때쯤 여인은 자신의 몸을 살펴보기 시작했다. 군복에는 염소의 피가 흥건했다. 뒤늦게 달려온 군관들이 여인을 부축하여 일으킬 때 군의관도 도착했다.

"천만다행입니다. 다친 곳은 없고 타박상이 좀 있는 것으로 확인됩니다."

하지만 호영은 피가 배어 나오는 원석을 들쳐 업고 병실 쪽에 위치한 군의소로 달렸다. 잠시 후 군의관의 진단을 거친 원석은 재빨리 여단 정치부 상급지도원이 타고 온 구소련산 우아즈(UAZ) 차량을 타고 평안북도 운전에 있는 여단 병원으로 이송됐다. 다행히 막 떠나려던 여단 정치부 대기차가 있어 손쉽게 이송할 수 있었던 것이다. 하늘이 도운 것일까. 호영은 정치부 부부장과 함께 원석을 입원시키는 이송차에 동행하게 되었다. 부부장은 불의의 사고현장에서 사태를 지혜롭게 처리한 호영에게 구면인 듯 어디 다친 곳은 없냐고 다정하게 물었다.

"자네 이름이 강호영이라 했지?"

뒷자리에서 몸을 일으키려는 호영에게 부부장은 왼손으로 무릎을 누르며 만류했다.

"예, 강호영입니다. 부부장 동지, 보시다시피 저는 괜찮습니다. 한데 군의관 동지의 말에 따르면 원석 동무의 응급처치 이후 떨어져 나간 근육에 감염 우려가 있다고 하는데 걱정입니다."

부부장은 군의관에게 원석의 부상상태와 향후 치료에 대해 몇 가지 더 물어보았다. 말투나 억양을 보니 평양 주변 출신인 것 같다. 또렷한 눈매에 오뚝한 콧날이며 부리부리한 인상의 40대 초반의 직업적 정치 군관이라는 것이 느껴졌다.

"참 아까 그 여성이 어떻게 부대 내 위수구역에 들어오게 됐는지 모르겠소. 그건 그렇고, 위험한 순간에 용기 있게 나선 호영 동무에 대해 부대에서 평이 좋더구먼."

부부장이 미더운 눈길로 호영을 돌아보았다.

"아닙니다. 저는 그냥……."

자신을 구하려고 달려왔던 원석이를 바라보며 호영은 말끝을 흐렸다.

"군의관 동무, 이 동무 원래 자신을 돌보지 않는 사람이오?"

사고현장을 지켜본 부부장에 의해 호영이와 원석이의 뜨거운 동지애에 관한 멋진 보고가 여단 정치부에 퍼졌다. '경애하는 최고사령관 김정일 동지의 선군혁명사상으로 무장한 두 명의 군인이 부대 내에 조성된 사고 위협에 대처하여 인민의 생명재산을 구하기 위해 목숨을 내놓는 영웅적 행위를 발휘했다'는 것으로 높이 평가할만 하다는 내용이었다. 여단 정치국에서 포지도국 정치국에 보고하면서 총참모부와 총정치국에도 자동으로 보고되었다. 이어 포병지도국장 김하규 대장의 축하인사가 전달되었다. 그러나 이러한 보고라면 당시 준전시 상태에서의 영웅적 행위로 평가되어 최고 사령관 김정일의 축하편지나 표창장이 하달되었어야 할 사안이었다.

하지만 호영이도 원석이도 가정토대나 출신의 내력에 걸려 결과적으로 군인으로서의 영웅적 행위를 제대로 평가받지 못하고 아쉬운 '동지적 소행'에 그치고 말았다. 이처럼 한 인간의 출생은 어떤 이에게는 영웅적 위훈이 될 수도 있고, 어떤 이에게는 저주스러운 과거가 되어 평생 발목에 건 쇠고랑처럼 무거운 것이었다. 원석을 이송하고 부대에 돌아온 호영에게 부대의 보위지도원이 한 장의 편지를 건네주었다. 군인들의 도움으로 구사일생 목숨을 건진 여인이 다가오는 7·27 전승기념일(정전협정일)을 맞아 부대장과 정치지도원을 비롯한 모든 군관들에게 감사의 인사 겸 부대에 염소 한 마리와 돼지를 원호물자로 바치겠으니 위문행사를 열도록 허락해달라는 내용이었다.

그러면서 염소가 위수구역에 들어가게 된 것은 전날 많은 양의 비가 내려 철조망의 일부 기둥이 소실되었기 때문이었다는 사실도 밝혀졌다. 부대에서는 원호물자를 바치는 가정을 전승기념일에 초대하기로 결정했다. 뒤늦게 사고가 발생한 그날 군인들에 의해 목숨을 건진 여성은 은아의 가장 친한 동기인 권유미의 모친이라는 사실이 밝혀졌다. 권유미의 어머니는 자신을 구하기 위해 온몸을 던진 호영과 원석 중에 반드시 한 명은 사윗감으로 정하겠다는 마음을 갖고 있었다. 기회가 있을 때마다 유미의 어머니는 은아와 딸에게 생명의 은인에 대해 말했다.

'아버지가 칭찬할만 했어! 정말 대단한 사람이야…'

유미 엄마의 사고 소식을 들은 후 은아는 매일 호영에 대한 그리움으로 새날을 시작했다.

12

한스와 사찰단이 들어선 곳은 영변 핵연구기지 당위원회 청사다. 그들은 안내원의 뒤를 따라 2층 노동당 책임비서실 옆에 있는 응접실에 들어섰다. 채 가시지 않은 페인트 냄새와 창틀에 남겨진 희미한 얼룩이 한스의 기분을 언짢게 했다. 한스의 핵사찰단이 온다는 이유로 리모델링한 방이었다. 한쪽으로 밀어놓은 은회색 커튼이 바닥까지 드리워있고, 방 한복판에는 적당한 진밤색 집무용 책상이 길게 놓여 있었다. 집무용 책상 뒤에는 김일성의 초상화가 걸려 있고 좌우에 붉은 목판에 흰색으로 써진 구호가 양쪽 아래로 붙여져 있다. 밝은 태양의 눈부신 빛이 창문의 차광막을 거쳐 방안을 비쳤다. 은은한 장식으로 된 방안의 분위기는 한결 평온해 보였지만 한스는 어딘가 불길한 기운이 흐르고 있다고 느꼈다. 응접실 중앙의 집무용 책상을 두고 한쪽에는 사찰단 성원들이 앉고 다른 쪽에는 북한측 관련 인물들이 마주 앉았다.

이미 평양에서 손님들을 맞이한 강석주 외교부 제1부부장이 수석대표로, 김정일이 임명한 김계관 차석대표, 그리고 통역관으로 참여한 김명철 서기관, 그리고 핵상무조 부조장들과 주요 성원들이 마주 앉았다. 모두가 어떤 사안이나 목적에 관계없는 얼굴을 하고 있었다. 살집이 무겁게 드리운 눈엔 아무런 의지도 엿보이지 않았다. 다만 영변핵연구기지에서 사찰지역을 분석하려는 업무를 보좌하기 위해 옵서버로 급히 투입된 이철웅만이 부지런히 통역을 했다. 은백색 눈썹과 조금 벗겨진 이마로 인해 한스의 갈색 눈동자가 빛났다. 특히 연갈색 뿔테안경 속에서 나이에 맞지 않게 반짝이는 한스의 눈빛은 이번 방북을 통해 간신히 잡은 기회를 잘 활용해보려는 의지가 또렷이 내비쳤다. 북한 핵연구기지 내에서 의혹이 많은 것으로 분석되던 두 지역의 사찰을 반드시 해내는 것은 어떻게 보면 한스의 사명과 같은 것이다.

물론 북한측이 핵을 무기화하려고 한다는 심증과 간접적인 증거는 많지만 아직 분명하고 신빙성 있는 증거자료는 없다. 한스의 IAEA 측에서는 기구 내 원자력안전부 사무차장, 안전조치부 사무차장, 그리고 안전조치부 A국 국장과 통역관, 그리고 한반도 담당 서기관 등이 참여했다. 이들은 사실 IAEA 미국측 대사와 한국측 사무소 정운국 대사를 통해 북한 핵무기 개발 관련 구체적인 경우의 수를 대부분 시뮬레이션으로 준비를 하고 온 터라 크게 걱정하지 않았다. IAEA 측에서 북한의 흑연원자로 가동과 관련하여 이미 1986년부터 1992년 4월까지 가동한 일수를 인공위성을 통해 정확히 파악했고, 8.5MWth 정도의 열출력을 했다는 것도 정확히 계산될 정도로 데이터화 되어 있다.

하지만 인공위성의 예민한 방사선 효과를 검열해본 결과와 관련 첩

보를 비교해 조사한 연구결과는 북한의 주장과 달리 핵연료를 20%
이하 순수하게 열역학적인 민간발전용으로 사용하지 않았음이 밝혀
졌다. 워낙 구소련에서 들여온 흑연원자로가 중수로와 경수로 역할을
다 수행할 수 있는 다목적이라는 사실만으로도 핵개발이라는 심증에
무게를 더했다. 하지만 지금 북한측은 지금까지 민간용으로 원자력발
전을 위해서만 영변핵연구 기지가 사용되고 있다고 항변하고 있다.

그 때문에 지금 한스는 북한이 이번 기회를 통해 물질적으로 증명
하려고 하는 지역들에 대한 사찰지역을 정확히 확정하지 않고 지금 북
한측을 압박하고 있는 중이었다. 그 뒤에는 자신들이 사찰을 위한 다
양한 수단들을 보유했다는 자신감도 있었다. 물론 현재 이들은 지금
북한 측이 감지할 수 없을 정도로 최신형으로 개발된 휴대용 핵물질
검색기(HM-50)를 휴대했다. 심지어 이번 사찰단에는 이 핵물질검색기
개발전문가까지 비공식적인 다른 업무의 파트너로 포함시켰다. 사실
이 기구로는 북한이 보유한 플루토늄이나 우라늄을 신고하여 그 여
부를 이 기구로 검색하고 샘플링하여 해당 핵물질의 생성 이력을 정확
하게 밝힐 수 있는 것이다. 실제로 북한에서 샘플링한 시료의 신고 내
역을 정확하게 공개한다면 그 검증 여부의 정확도는 두말 하면 잔소
리일 정도로 기술력이 인정되었다는 사실을 아직 북한측이 모르고 있
었다.

또 이 기구로는 핵물질 농도를 방사선 빛의 출력을 검토하여 우라
늄 농축(UEP)을 통해 고순도우라늄(HEU)을 확보했을 가능성도 체크

할 수 있다. 특히 이미 만들어진 플루토늄도 최근 언제 만들어진 것인지 검색되는 기구임을 그들은 모른다. 현실적으로 차량이 이미 현재의 행사장으로 들어오면서 이 기구 외의 기타 여러 기구들을 이용해 이미 북한 영변 핵연구 기지 내에서 무기급 핵연료 농축프로그램을 운영하고 있음을 대략적으로 간파하고 있다.

문제는 북한이 한스의 사찰단 측이 요구하는 건물의 개방을 허락할 것인가가 관건이었다. 핵사찰의 중대 쟁점은 북한이 신고한 물자와 지역들, 그리고 시험데이터들에서 최악의 경우 북한측이 핵 프로그램과 무관하다는 논리 하에 조달한 일부 설비들(정확히 무기급 핵물질 농축 프로그램에 사용될 수밖에 없는 재료)을 신고 목록에 포함하지 않고 있는 것이다. 의혹이 있는 두 개의 지역은 정확히 핵물질인 플루토늄의 정련을 거쳐 무기급 플루토늄을 농축시키는 설비가 있는 지역 가까이에 가서 주변 피폭된 몇 개 부분만 검사해도 검증된다. 사실 현재까지 IAEA가 검증된 핵사찰 기술을 활용하면 그 모든 문제가 깨끗이 해결된다.

그러나 북한측은 지금까지도 신고서에서 설비를 빠뜨리려는 고의적 행위를 무차별로 감행하고 있을 정도다. 북한측이 이를 신고서에 빠뜨리면 아무리 첨단기술을 가지고 접근해도 검증 자체가 불가능하다. 북한측의 완전하고 정확한 신고가 이렇듯 중요함에도 불구하고, 북한 당국은 절대로 사찰단에 제대로 협조할 의사가 없다는 것이 합리적인 결론이다. 어제부터도 이미 IAEA 규정에 의해 사찰하고 싶은 지역에 대한 사전조사 합의가 지금껏 추진되지 않고 있다. 오늘 여기서도 지금껏 2개의 지역에 대한 사찰문제가 타협되지 않고 정체 중이다. 방안의 따분한 공기를 깨며 한스가 마주 앉은 강석주 수석대표를 향해 입을 열었다.

"미스터 강, 우리가 보고 싶은 지역을 왜 아직 개방하겠다는 말을 하지 않는가요? 당신들은 지금 IAEA에 가입한 국가로서 응당히 우리가 요구하는 각 시설을 정기적으로 또 수시로 사전통고 없이 방문해서 조사할 수 있음을 잊고 있습니까?"

강석주 제1부부장이 이에 대해 답변을 하지 않고 마치 영어를 알아듣지 못해 적당한 대답을 하기 위해 시간을 얻으려는 심산으로 통역관과 이야기를 하고 있다. 잠시 후 강석주가 입을 열었다.

"우선 우리 공화국은 전략적으로 중요한 군사 지역인 경우 상부에 문의하고 결과에 따라 사찰이 가능한 특수한 경우를 이해해 달라고 양해를 구합니다. 한스 사무총장님, 우리는 귀 사찰단의 사찰에 성의 있게 협조하겠다고 한 이상, 공화국 땅에서 그 어떤 사찰도 가능함을 다시 한번 강조하는 바입니다."

하지만 한스는 이러한 강 대표의 대답이 사찰요구에 협력하려는 성의 있는 답변이 아님을 쉽사리 눈치챘다. 사찰시스템은 사찰 중심으로가 아니라 점점 기술 중심의 사찰에서 정보파악 중심의 사찰 방식으로 바뀌고 있는 상황이다. 그래서 유엔총회를 통한 안전조치 협정을 거쳐 이제는 안전조치 협정을 보강하는 추가 의정서(Additional Protocol)를 만들어 NPT에 가입한 모든 당사국이 서명하고 발효시키도록 준법 기구로 부상 중이었다. 이미 IAEA는 사찰감시기구가 아니라 핵과 관련해서는 지구상 최고의 정보기관으로 거듭난 상황을, 북한은 제대로 간파하지 못한 것으로 보인다. 한스는 핵무기를 만들고 있다는 의혹이 있는 영변에 와 있는 이상 이제는 자기가 숨기고 있는 최후의 카드를 꺼내야 함을 깨달았다. 왜냐하면 북한 측은 전번 회담부터 갑자기 지금까지의 사찰 불가능의 스탠스를 변화시켜, 사찰하되 사찰하려는 지역이 만일 핵물질을 만들 상황이 아니었음이 확인되는 경우, 배상 차원에서 IAEA가 주관하여 북한의 핵연료를 이용해 에너지 문제를 해결해주고, 지어줄 원자력발전소가 가동하기 전까지 IAEA의 중계를 통해 에너지 및 식량 지원을 해줄 것에 대한 협상을 줄기차게 요구하는 유화 제스처를 취하고 있는 중이다. 이러한 상황을 북한이 어떻게 받아들이든 한스는 확인하고 싶은 지역을 짚었다.

"나는 북한에서 '12월기업소'라 불리는 플루토늄 농축설비 기업소와 무기급 우라늄과 플루토늄 보관 지하창고를 확인하겠습니다."

강석주를 비롯한 회담 참여 관계자들은 당황스러운 기색을 감추지 못했다. 한스가 보고 싶어 하는 두 곳은 북한 측이 가장 철저하게 숨기고 싶은 곳이기 때문이다. 이리저리 생각할 여지가 없다. 흔쾌히 승낙해서 사찰을 받아야 북한이 요구하는 에너지 및 식량 지원이 가능하겠는데, 큰일이 났다. 상황이 상황이니만큼 일단 신속하게 김정일에게 상황을 보고하고 결심하는 수밖에 없다. 또 이 문제를 총괄하는 박송봉 제1부부장과도 합의를 통해 적절한 대책을 세울 준비를 해야 한다. 그러나 시간이 문제다.

자칫 외교부에서 제기한 연막작전을 통해 에너지 및 식량 지원을 받으며 핵무기 개발을 위한 시간벌기라는 패러다임의 변화에 따르는 실패 책임이 있다면, 혼자서 지게 될지도 모른다. 마치 풍랑을 만난 조난선이 파도의 방향을 타지 못해 수직으로 거슬러 올라가다가 당장 두 동강이 날 것 같은 불안감이 급작스럽게 덮쳐왔다. 어떻게 우리가 상상하지 못한 그 지역을 알고 있었지? 어제 저녁 박송봉 제1부부장과 영변 분강지구 연합당위원회 책임비서와도 이 지역만은 무조건 사찰 당하지 말아야 한다는 걸 재삼 강조했던 사안이었다. 하여튼 지금으로선 우선 박송봉 제1부부장은 물론 김정일에게 급보를 올려야 함을 깨달았다. 일단 자기의 생각을 읽힐 것 같은 한스와 안전조치부 사무차장의 눈빛을 자연스럽게 피하며 한스에게 양해를 구해, 조금은 시간이 필요하다는 의미의 발언을 넌지시 꺼냈다.

강석주는 적막하고도 팽팽한 기운을 조금 풀려는 의도로 우선 차나 한 잔씩 마시면서 보고한 답변 지시를 듣기 위해 기다려 보자는 의향을 내비쳤다. 한 시간 정도가 지난 뒤, 일단 분강지구 당위원회 비서방에서 김정일의 1호 전화를 받으라는 전갈이 왔다. 잠시 후 강석주가 전화를 받았다. 김정일도 이런 경우를 이미 예상했던지 다는 보여줄 수 없지만 한 곳만은 보여주어야 공화국이 필요한 지원을 받을 수 있다는 데 찬성을 하면서, 일단 관련 조건을 걸어 놓으라고 지시했다. 즉 만일 사찰하고 싶은 지역에서 방사선이 검출되지 않는다면 그에 대한 책임을 모두 IAEA가 지되, 즉시 에너지 및 식량 지원을 해줄 수 있는 지에 대한 확약을 요구하라고 지시한 것이다. 단 지적된 관련 지역을 보여주는 대신 일정한 시간을 달라고 요구하는 것도 보충조건이었다.

바로 이러한 이유로 북한 측은 '12월기업소'가 보여줄 수 없는 민간 지역이 아닌 군사지역이라고 우기면서, 갑자기 핵물질 보관용 저장고로 쓰고 있는 지하 동굴과 그 위 지역을 하룻밤 사이에 모두 철거하는 일명 '연막작전'을 펴게 되었던 것이다. 즉 이러한 연고로 핵연료봉 수천 개와 시험적으로 추진하고 있던 HEP 농축구역 내 모든 설비는 물론 그 주변의 흙, 풀이나 떨기나무, 나비나 벌레 같은 곤충, 그리고 땅속 유충들까지 잡아들이라는 지시가 내려진 것이다. 바로 그다음 날 분강지구 내에서는 학생들까지 총동원되었으며 이로 하여 호영과 은아의 만남이 이루어진 것이다.

한편 한스 측은 이곳에서 준비한 숙소지역 내에서 방사선 측정 농도가 임계점을 넘어서기 때문에, 교통상으로나 숙박지역으로나 제일 괜찮은 주변 개천 지역에서 숙식을 하기로 준비하였다. 그들의 실수는 바로 그 하룻밤 사이에 북한 분강 지역 내 모든 인원이 동원되어 커다란 산 하나가 방사선이 없는 흙이나 생태자원들로 바뀔 수 있다는 사실을 예견하지 못한 것이다. 설마 그렇게 상식적으로 불가능한 천재지변 같은 것이 북한에서 일어날 수 있다는 것을 상상하지 못했을 것이다. 하지만 북한 측도 놓친 것이 있다. 사실은 바로 인공위성에서 그러한 기미를 알아차리고 있었다는 것을.

　보랏빛 저녁노을이 수평선 바다 밑으로 사라지면서 듬성듬성 떠돌던 구름이 바닷가에 한 폭의 아름다운 풍경을 펼쳐놓았다. 툭 튀어나온 바위틈에 끼어 자란 소나무가 석양빛에 선명하게 드러났다. 옹기종기 둘러앉은 동네 집들에서 굴뚝마다 흰 연기가 피어오르고 이따금 아이들을 찾는 여인들의 목소리가 철썩이는 파도 소리에 어울리는 평온한 마을이다. 어디서나 쉽게 볼 수 있는 노동자구 '사회주의 문화주택' 마을에 여느 집보다 조금 큰 대문이 달린 널찍한 기와집이 보인다. 갓 소학교에 입학해서도 유치원 시절처럼 자그마한 가재도구로 소꿉놀이를 하면서 놀던 꽁지머리 소녀의 귓가에 갑자기 따르릉 자전거 소리가 들려왔다. 언제나 반가운 소식을 가져오는 우편배달부 아저씨가 오고 있다는 걸 알아차린 유진은 얼른 일어나 대문가로 달려갔다.

　먼발치 마을 앞 어귀에서 자전거를 탄 배달부 아저씨가 옆구리에 폴리비닐로 만든 검은색 우편가방을 어깨에 메고 부지런히 자전거 페달을 밟고 있었다. 마치 오래 기다리던 아빠를 만난 것처럼 유진은 손을 흔들며 달려갔다.

　"아저씨, 오늘은 뭔 기쁜 소식 있어요?"

　자전거와 그 소녀가 거의 맞닿을 정도의 거리에서 소녀의 신발이 갑자기 벗겨지며 휘청거렸다. 자전거를 타고 오던 우편배달부가 얼른 뛰어내리며 넘어지는 소녀를 붙잡았다. 그 모습이 어쩌면 아버지와 딸의 관계와 흡사해 보인다.

"아, 유진아, 넘어져 다칠라."

"안녕하세요? 아저씨, 우리 집에 편지가 온 거죠?"

생기가 넘치는 눈망울로 배달부를 바라보는 유진의 눈가에 반가움이 함빡 어렸다. 편직으로 된 배달부의 회색 상의 겨드랑이 부분에 소금버캐가 허옇게 내배었다. 땀을 흘리며 달리는 직업이다 보니 아마 땀에 젖었던 소금기가 말라버렸으리라. 여름철이라 그런지 자전거 타이어에서 연한 고무 탄내 같은 냄새가 유진의 코를 자극했다. 고무 냄새에 얼굴을 찡그리던 유진은 배달부 아저씨가 넘겨준 편지봉투를 받았다. 편지봉투에는 삼촌의 이름이 적혀 있었다. 처음 아저씨를 볼 때는 누구에게서 오는 편지일까 궁금했는데 글씨를 보니 삼촌에게서 온 편지였다. 그러나 겉면에 우표가 넉 장씩이나 붙은 것이 중요한 등기편지라는 것까지는 알 수 없었다.

"강~호영? 우리 삼촌이다, 히야!"

차돌같이 하얀 이를 드러낸 유진의 머리에 어렴풋이 기억나는 호영 삼촌의 얼굴과 목소리가 떠올랐다. 군대에 나가기 전에 자신을 특별히 사랑해주던 삼촌의 모습이 영화 화면처럼 지나갔다.

"유진아, 어른들은 집에 없니?"

"예, 아직은 어른들이 없어요. 나도 학교에서 돌아와 금방 숙제를 끝낸 참이었어요."

언제나처럼 유진은 묻지도 않는데 자자구구 설명이 많다. 배달부는 우편가방에서 이름이 적힌 배달기록부를 꺼내어 편지를 전달했다는 서명란에 이름을 적어야 한다며 볼펜을 건넸다. 등기편지를 혼자 받아보기는 처음이고, 언제인가 이런 것을 자기 어머니와 함께 받아본 것을 떠올리다가 유진은 잠시 머뭇거렸다. 그러나 한편으로 자기 이름을 쓰는 것은 마치 어른이 된 것 같은 자랑스러운 것이라는 생각이 들자 곧 한 자씩 자기의 이름을 적어 나갔다.

"그렇구나, 유진이는 얼굴도 예쁘고 글씨도 곱네. 참 유진아, 오늘 이 편지는 등기편지니까 꼭 어른들에게 전해야 한다. 알겠지?"

"예, 알겠어요. 아저씨, 안녕히 가세요."

유진은 조금 상기된 얼굴에 머루알 같은 검은 눈동자를 빛내며 아저씨에게 소년단 인사를 했다. 배달부는 다른 집에도 편지가 왔는지 마을을 가로질러 공동수도 겸 우물이 있는 방향으로 멀어져 가고 있었다. 이윽고 유진은 어른들에게 꼭 전달해야 한다는 배달부 아저씨의 당부를 되새기면서 집으로 들어갔다.

유진이네는 원래 1년 전만 해도 청진 주변의 청암 구역 바닷가 외진 포구가 달린 어촌마을에서 살았다. 온 나라가 다 그러하듯 집집마다 살림이 쪼들리면서 유진이네는 외할아버지 집에 얹혀서 살아가는 중이었다. 고난의 행군이 시작되기 전에는 유진이네도 남부럽지 않게 살았다. 하지만 워낙 천성적으로 어진 성품의 유진이 어머니가 약삭빠른 친척들과 굶주린 이웃들에게 도움을 주고 나서 그들이 제때 갚지 않고, 국가에서 주는 식량 배급이나 부식물 공급도 완전히 끊기기 시작하면서 차츰 어려워지기 시작했다. 심지어 유진이 학교에 금방 입학한 해에는 황당한 사기에 휘말려 가세가 완전히 기울어지게 되었다. 그러자 딸의 딱한 처지를 알게 된 유진의 외할아버지가 함께 살 것을 권고하면서 유진이네가 이곳으로 이사한 것이다.

저녁 9시가 되어 바깥이 완전히 어둑어둑해진 때에야 어른들이 집으로 돌아왔다. 먼저 유진의 어머니인 호영의 누나 강인애가 왔고 이후 바다에서 해산물을 채취해 살림에 보태는 유진의 아빠인 마성우가 도착했다. 집안에 제일 큰 어른인 유진의 외할아버지는 오늘도 20톤짜리 러시아산 화물차 *끄라즈*를 몰고 외부 출장을 떠났는지 보이지 않는다. 마지막으로 유진의 외할머니 정연자 박사가 들어서고는 곧 저녁 식사가 시작되었다. 식사가 거의 끝나갈 무렵 강인애가 일어나 윗방에서 유진에게 받아놓았던 등기편지를 꺼내왔다.

"어머니, 편지가 어머니 이름으로 되어 있어서 개봉하지 않았어요. 호영이가 편지를 보내왔어요. 거의 10여 년 동안 편지 한 통 없던 애가 편지를 다 보내고, 혹시 무슨 중요한 문제가 있을까 걱정이네요."

"그래? 어디 보자."

활달하면서도 어딘가 편한 인상을 주는 정연자 박사가 편지봉투에 쓴 아들의 필체를 유심히 들여다본다. 어려서부터 '신동'으로 유명했으나 출신 성분의 한계를 극복하고자 희망하는 대학이나 영화배우의 길을 뒤로하고 군인의 길을 택한 아들의 미더운 모습이 어른거렸다. 그 순간 정 박사 자신도 아직 입당하지 못해 인민무력부 후방총국 산하 부대에서 여러 공적을 세울 때마다 애물단지처럼 돌이켜지던 출신 성분이 갑자기 뇌리를 친다. 아들이 후보당에 들었든지, 아니면 입당 문제와 관련해 제기되는 것이 있어 편지를 했을 거라고 짐작했다.

정 박사는 군사우편함 주소가 아닌 웬 민간인 주소가 적힌 두툼한 편지봉투를 열어 내용을 읽어 내려갔다. 평소 같으면 이 시간에 꿈나라로 갔을 손녀와 딸, 사위 마성우까지 정 박사가 편지를 읽는 모습을 침묵하며 지켜보았다. 생각 같아서는 딸에게 읽으라고 했을 테지만 오늘 정 박사는 직접 읽었다. 어쩔 수 없이 편지를 쓴 호영의 절절한 마음이 아프게 맺혀있다. 편지에 나오는 호철이는 호영의 손아래 동생으로 국경 지역을 담당한 국가안전보위부 산하 국경경비대사령부 소속 혜산지역 여단 보위 소대에서 복무 중이었다.

"사랑하는 어머니에게.

아버지, 어머니, 그동안 안녕하십니까. 너무 오랜만에 인사를 드리게 됨을 용서하시길 바랍니다. 이 아들은 군대에 입대하던 날처럼 씩씩한 모습으로 건강하게 잘 지내고 있습니다. 어머니의 곁을 떠나 수년이 지난 뒤에야 이렇게 편지를 쓰게 될 줄은 정말 몰랐습니다. 어머니를 비롯하여 아버지, 인애 누나와 매부, 귀여운 유진, 막내 인숙이도 다 건강하게 지내리라고 믿습니다.

어머니, 고향에 있는 가족과 친구들이 많이 보고 싶습니다. 저보다 먼저 입대한 호철이도 간간이 여러 계통을 통해 잘 있는 걸로 알고 있습니다. 제가 갑자기 이렇게 펜을 들게 된 것은"

오래전부터 정 박사는 자기가 알고 있은 연줄을 통해 아들의 군사 복무지역이 일반 사람들은 접근할 수 없는 중요한 지역에 있다는 것을 알고 있었다. 마음속에는 아들 호영이가 그곳을 벗어나 더 좋은 지역에서 편하고 즐겁게 복무하기를 원했다. 하지만 아들은 입대하면서 조국 보위에 대한 신성한 의무를 간직하고 당당한 병사가 되어 고향에 돌아오마고 굳은 약속을 남기고 떠났었다. 그런 아들이었기에 어머니로서 자식의 의젓한 행동을 바꾸라고 설득할 명분이 서지 않았다. 그래서 오늘까지 아들을 마음속으로만 지지하고 있었던 것이다. 그런데 오늘 아들이 보낸 편지는 예상 밖이었다.

아들은 편지에는 어쩌다 군에서 사귀게 된 농장의 처녀 은아와의 간단한 사랑 이야기, 그리고 요즘 군인들의 식사상태, 최근 예상되는 군인들의 제대상황과 그에 대한 자신의 결심 등이 적혀 있었다.

"물론 이 땅에 태어난 남아로서, 특히 군인으로서 맹세한 것과는 다르게 지금에 와서 개인적인 야망을 꿈꾸는 것은 절대로 아닙니다. 저 역시 아버지와 어머니처럼 오직 조국을 위해 자기의 열정을 바쳐나가는 삶이 얼마나 값진 삶인가를 잘 알고 있습니다. 또 그렇게 살고 있는 두 분의 아들로서 나 하나의 의욕만을 내세워 이런 부탁을 드리는 것도 아닙니다. 저의 미래가 달려 있는 소중한 사랑을 지키기 위해서 처음으로 어머니의 도움이 절실히 필요합니다. 이 편지에 상세히 밝히기 어렵고 어머니가 하루속히 저희 군부대를 위문 방문하셔서 구체적으로 저의 견해를 들어보시고 차후 방법을 논의했으면 합니다.

어쩌다 쓰는 편지로 많이 놀라실 줄 압니다. 아들로서 부모님께 심려를 끼쳐드려서 죄송합니다. 저 혼자서 어쩔 수 없는 선택의 귀로에 서 있음을 시인하면서 어머니를 기다리겠습니다. 아들 호영이 드립니다."

호영이 이런 부탁을 할 만한 절실한 시기인 것은 사실이었다. 말이 나왔으니 말이지 호영의 할아버지는 고향에서도 유명한 김일성 접견자로서 호영의 아버지를 빼고는 일가족 대부분이 지방과 중앙의 주요 간부로 재직하고 있었다. 다만 어릴 적 호영의 아버지는 아무 부러움 없이, 또 두려움 없이 집안의 막내로 떠받들려 자란 나머지 젊은 호기에 과오를 범하면서 대학에 가지 못했다. 그래서 지금은 누나와 형들이 중앙과 지방의 중요 직책에서 일하고 있어도 팔자에 무슨 역마살이라도 붙었는지 대형 화물자동차를 타고 전국을 휩쓸며 다니는 운전사가 좋다며 거의 집 밖에서 사는 사람이었다. 집안 살림에 대해서는 거의 관심이 없었고 아내인 정 박사와 결혼하고 보니 출신 배경이 영좋지 않아서 간부로 발탁되기가 더욱 어렵게 되었다. 정 박사가 다섯 살 되는 해에 한국전쟁이 터지고 아버지가 이남으로 월남하였다고 하여 정 박사는 남편 강진의 앞길을 막고 있다는 위축감에 사로잡혀 살았다. 아마 아들도 그 문제로 고민하는 것이라 알았는데, 그보다 앞으로 함께 살 여자와의 결혼문제를 들고나온 것이다.

편지를 받은 정 박사는 아들의 요구대로 부대를 방문해야 한다는 강박감에 사로잡혔다. 사실 호영의 고향에서는 지난 10여 년간 고난의 행군 여파로 지방경제는 거의 마비되었고, 그나마 남아있는 경제라고는 군과 관련된 일부 군수공장만이 가동되고 있었다. 그 때문에 남들은 밥은커녕 죽도 제대로 먹지 못하는 상황인데도 호영이네 집은 그나마 넉넉하게 살았다. 아버지인 강진의 직업도 당시 웬만한 간부도 부러워할 대형차 운전기사이고, 어머니 정 박사도 군부대에서 높은 대우를 받고 있었다. 특히 정 박사는 버섯 생산공장에서 우수한 종균(種菌)을 발견해 값싼 보장유도조건의 매뉴얼을 완성한 대가가 인정되어 국가과학원에 유명연구사로 등록된 인물이다. 국가에서 인정하는 연구사라는 부담을 안고 그동안 가정을 돌보지 못하고 오직 연구에만 몰두해 온 날들이 주마등처럼 흘러갔다. 그럼에도 2남 2녀인 아이들은 아무런 말썽 없이 잘 자라주었다. 그런데 이제 와서 자식들 중에 재능이나 인성이 가장 뛰어난 맏아들 호영의 인생에 무슨 곡절이 예상되고 있다. 모성으로서의 감각이 조바심을 불러일으켰다.

'하루빨리 떠나야 한다. 아들이 있는 군부대를 찾아서. 하루라도 빨리.'

동생의 상황을 대충 알게 된 맏딸 인애도 속상한 듯 쌍꺼풀진 두 눈에 촉촉한 물기가 어렸다. 지금 이 시각에도 멀리에서 고생하는 호영의 모습을 그리는 인애의 표정은 침울했다. 인애의 그늘진 모습을 본 유진이도 엄마의 가슴에 파고들며 걱정스런 눈빛으로 엄마와 아빠의 눈치를 살핀다.

"엄마, 왜 그래요. 삼촌이 아프대요?"

대답 대신 딸의 얼굴을 그윽이 내려다보던 인애는 한동안 아무 말도 못하고 유진을 꼭 안아주었다. 지금처럼 나라 경제가 파탄이 나고, 국가의 배급제와 물자공급은 이미 사라져가는 상황에서 아무리 넉넉한 집이라고 해도 호영에게 찾아갈 위문 차원의 지원물자를 마련하기는 쉽지 않다는 사실에 마음이 착잡했다.

동생 호영도 사실 이러한 출신성분을 극복해 보려고 대학이나 영화배우의 길을 접고 군에 입대한 것이 아닌가. 노동당에 입당하는 것만이 인생의 최종 목표라던 동생의 인생에 새로운 전환점이 생겼다. 입당을 위해 입대한 군인이 인생을 위해 제대되어야 하는 상황에 처한 것이다. 월남자 가족, 출신 성분, 토대라는 프레임에 갇혀 살아온 비참했던 삶이 이제는 사랑하는 아들 호영의 삶을 지배하기 시작했음을 예감한 정 박사는 더는 물러설 길이 없다는 것을 알았다. 아들의 삶에 드리운 컴컴한 그림자는 공포와 죄의식에 사로잡힌 정 박사의 가슴을 무겁게 짓눌렀다.

한편 어려서부터 호영이 못지않게 뛰어난 글재주에도 불구하고 돌격대에 지원한 맏딸 인애의 구겨진 삶도 자신이 원인이었다는 자책마저 들었다. 정 박사는 저도 몰래 온몸을 부르르 떨었다. 그동안 가정에 드리운 그림자를 걷어내기보다 맡은 연구에 몰두하느라 맏딸의 장래도 돌보지 못한 죄의식까지 한꺼번에 몰려왔다. 이제는 집안의 기둥 같은 맏아들의 운명에 검은 구름이 끼기 전에 엄마로서 나서야 한다는 결심이 확고해졌다. 어느덧 인생은 시와 노래처럼 흐르는 것이 아니라 냉정한 현실에서 자신의 잠재력을 총동원해 자식을 책임져야 한다는 의무감으로 북받쳤다. 특히 생명공학을 전공한 공학자로서 정 박사는 아들이 군 복무를 하고 있는 특수지역의 상황을 알고 있던 차에 이번 길에는 아들의 문제를 확실히 결정지어야 한다고 생각했다.

다음날 정 박사는 그동안 남다른 인연을 맺고 있는 모 대학의 스승에게 도움을 요청하는 전화를 한 뒤 아들의 부대를 찾아갈 시간을 얻기 위해 처음으로 상급부대 정치부와 후방부대에 시간을 내줄 것을 제기했다. 관련 부서에서는 거의 30여 년 이상 남들이 쉬는 명절이나 주말까지 바치며 실험실에서 연구를 거듭해오던 정 박사의 요구를 흔쾌히 들어주었다.

14

기적이 울린다. 아들 호영을 부르는 엄마의 간절한 외침같이 거칠고 힘찬 고동 소리다. 서서히 움직이던 견인기가 다시 붕~ 하는 긴 고동 소리를 뿜어낸다. 이윽고 덜커덩거리던 열차가 서서히 역 플랫폼을 빠져나갔다. 청진역을 출발한 기차는 어느덧 속도를 높이고 있었다. 차창 밖으로 푸르고 푸른 논밭의 정겨운 풍경들이 빠르게 지나쳤다. 바야흐로 한여름의 충만한 계절이 왔다. 높다란 하늘과 드넓은 땅이 맞닿은 지평선은 달아오른 태양의 열기로 이글거렸다.

정 박사는 아들의 장래가 곧 자기 인생의 전환점이 된다는 사실에 그만 소스라치고 있었다. 당과 국가에 충성하는 것보다 더 신성한 삶은 없다고 자부하며 살아온 지난날들이 차창밖에 스치는 전봇대인 양 무의미하게 느껴졌다. 정 박사 자신이 곧 은퇴를 앞둔 나이라는 것도 새삼스러웠다. 이는 획기적인 연구 성과를 위해 줄달음쳐 온 지난날과는 전혀 다른 감정이었다. 아들의 편지를 몇 번이나 다시 읽을수록 사랑하는 아들 호영의 신상에 미치고 있는 중요한 계기가 정 박사의 마음을 움켜쥐고 놓지 않는다. 며칠 사이에 아들의 부대를 찾아가는 준비를 하느라 그녀의 얼굴은 평소보다 퍽 해쓱해졌다. 입술은 말라 허옇게 조갈이 일고 푹 꺼진 눈 주위는 피로에 지쳐 있었다. 어느새 나이에 어울리지 않을 정도로 생기 넘치던 건강미도 사라지고 귀밑에는 흰 머리카락이 부쩍 늘었다. 하지만 자세히 보면 그의 눈빛은 아들의 장래에 대한 강렬한 집념으로 빛났다. 깊은 심연에 잠긴 결연한 눈빛은 그녀의 의지를 말해주고 있다. 어느 역에선가 멈췄던 열차가 다시 기적 소리를 울리며 몇 번이나 충격을 반복했다. 전력이 약해서인지 열차가 움직이려다 말고 다시 움직이려다 멈췄다. 두만강-평양행 침대표를

산 정 박사의 마음은 조급해졌다. 언제인가 총참모부에서 열린 중요 회의에서 선물로 준 중간급 크기의 네이비 컬러 트렁크와 푸른 군복색 배낭 두 개를 열차 상단에 가지런히 놓은 정 박사는 이따금씩 짐을 쳐다보았다.

시간이 흘러 창밖이 캄캄해지고 전구에 불이 켜졌다. 하지만 전력이 낮아 수수떡 같은 불빛은 앞에 앉은 사람도 분간하기도 힘들 정도로 희미하다. 손목에 찬 여성용 러시아산 '폴류트' 시계는 자정을 가리키고 있었다. 열차가 용을 쓰는 듯 철거덕거리며 쇠와 쇠가 부딪치는 아찔한 마찰음을 냈다. 간신히 움직이는 걸 보니 오르막으로 접어든 것 같다. 이제 열차는 함흥을 떠나 평안도와 강원도, 그리고 함경도의 경계점인 고원역(驛)으로 올라가는 것으로 보인다. 정 박사는 철로가 오르막길이 있고 내리막도 있듯이 굴곡진 인생사도 마찬가지라는 생각이 들었다. 황혼 길에 이르러야 비로소 철이 든다던 뭇사람들의 말도 이제야 새겨지는 까닭은 무엇일까. 자식의 혼사 겸 입당문 제로 먼 길을 나섰으나 해결할 수 있다고 장담할 수도 없는 노릇이다. 딸은 일찍 출가하여 귀여운 손녀를 낳고 어찌어찌 살다 보니 별로 신경을 쓰지 못했지만 호영이까지 그렇게 방관할 수는 없다.

도중에 전력이 부족해서인지 열차는 철로 중간쯤 어디에서 멎었다. 방송에서 정전이 되어 열차가 잠시 정지되었다고 짤막하게 알렸다. 객차에서 내려 이참에 볼일도 볼 겸 몸을 푸는 여객들의 모습이 보인다. 기차 안 위생실(화장실) 자물쇠가 잠겨있어 사람들이 기차에서 내린 사람들은 눈에 띄지 않는 곳에서 용변을 볼 수밖에 없다. 정 박사는 그제야 마주 앉은 손님이 한 번 바뀌고 다시 오른 손님이 고급 군관이라는 것을 알아보았다. 정 박사도 잠깐 객차에서 내리고 싶었지만 짐을 누구에게 함부로 맡길 수가 없었다. 그나마 고급 군관이라면 통성명을 하고 선반의 짐을 봐줄 것을 부탁하려고 먼저 인사를 건넸다.

"저 상좌 동지, 저는 무력부 후방총국 산하 붉은별무역총회사 청진 외화벌이 연구소에 있는 정연자입니다. 지금 영변 지역으로 출장을 가던 중입니다."

4장

맹중리 바람

15

"아 그렇습니까? 저도 그 방향으로 갑니다. 참 잘되었습니다."

　체격이 우람한 군관은 정 박사의 인사를 시원스레 받았다. 그는 먼 길에 동행자를 만나 진심으로 기뻐하고 있었다. 둘 다 군부계통이어서 통성명은 간단했다. 외부에서는 상대방의 실무적인 직무를 묻지 않는 것은 서로에 대한 예의였다. 나이가 지숙한 여성이 군부대 증명서를 지참하고 출장길에 나서는 일은 흔치 않지만 상좌는 출장 이유를 더 이상 묻지 않았다. 정 박사도 아들 때문에 떠난 길이라 구구히 설명하고 싶지 않았다. 열차는 힘겹게 덜컹거리며 밤새 어둠 속을 달렸다. 함흥을 지나서부터 연속되는 긴 터널을 드나들며 열차는 흑암에 잠겨버렸다. 어슴푸레 비추던 차 안의 전등도 꺼지고 야음에 두런거리던 말소리도 잦아들어 단조로운 기차 바퀴 굴러가는 소리와 빼- 울리는 기적

소리만 열차가 계속 달리고 있음을 느끼게 했다.

　가끔 여행증명서를 검열하는 열차안전원이 전짓불을 휘두르며 잠든 사람들을 깨우고는 차 안을 훑고 지나간다. 건너편 침대에서 상좌의 곤한 콧소리가 가락 맞게 들렸다. 며칠째 아들 부대로 찾아갈 준비와, 가서 해결해야 할 문제로 고심했던 정 박사도 잠을 청하려고 뒤척였다. 눈을 감아봐도 야위고 수척해진 아들의 모습만 더 또렷하다. 무슨 일로 호영이가 그런 의미심장한 편지를 보냈는지 골똘히 생각해 보았다. 새 군복을 입고 입대하던 날 호영은 병사의 의무를 다하고 당당히 조선노동당원이 되어 돌아오겠노라고 했다. 그날의 약속은 어쩌고 10년이 지난 오늘에 와서 선택의 기로에 서 있다는 섬뜩한 편지를 보냈을까. 최근에 보내온 편지는 다 군부대 생활이 어렵다는 내용들이다. 아들이 특수부대에 입대했다고 남다른 자부심을 안고 살았던 정 박사에게는 충격이었다. 다른 일에 좀처럼 신경을 쓰지 않던 정 박사는 호영의 편지를 보고 어딘가 모를 불안감에 진정할 수 없었다.

　요즘은 핵 문제로 나라 안팎의 정세가 시끄럽다. 군부대들에서 진행하는 정세강연도 온통 국제사회가 북한이 핵무기를 개발했다며 사찰을 하겠다는 내용뿐이다. 북한이 IAEA 회원국으로서 의무를 다할 것을 압박당하고 있다는 내용이었다. 이러한 사태에서 국제사회의 핵사찰을 수용할지 말지는 최고사령관이 내릴 용단이다. 문제는 국제사회가 북한에 핵무기가 있다고 보고 사찰을 요구한다는 것이고 북한은 핵이 없다는 입장을 고수하며 결백을 증명해야 하는 것이다. 그러나 핵은 분명히 있고 그것도 IAEA가 지정한 바로 그 장소에 있다. 핵이 없다면서 국제사회의 핵사찰을 극력 거부할 하등의 이유가 없고, 있는 핵을 감추려면 상당한 자구책이 필요하다. IAEA 국제기구의 '핵이 없음'에 대한 사찰 결과는 국제사회의 식량과 원유 지원이다. 영변에서 핵물질이 발견되지만 않으면 그야말로 꿩 먹고 알 먹고 둥지 털어 불 때는 격이 된다. 이제 핵과 사찰은 국가 존망의 첨예한 문제로 치닫고 있었다.

공교롭게도 그곳은 아들 호영이네 부대가 주둔하고 있는 지역이다. 그리고 대학 동기인 김진규 박사가 있는 곳이기도 하다. 정연자는 아들의 편지를 받기 전에 군단 정치부에 불려갔었다. 풍채 좋은 정치부장은 희소식이라며 상부의 지시를 전달했다. 그는 평안북도에 군부대 버섯공장이 설립되는데 그곳 연구사로 정 박사가 선정되었다며 마치 제 일처럼 기뻐하며 들떠 있었다. 군부대 군인들의 식자재 보장을 위해 최고사령부가 직접 관장하는 버섯공장이라는 설명까지 장황하게 곁들었다. 최고사령부가 관장한다는 말을 전하는 정치부장의 눈에는 일종의 부러움이 드리워 있었다.

16

하필 이 시기에 버섯공장을 설립한다는 것은 무엇을 의미하는가. 상부의 지시를 받는 자리에서 정연자는 최대한의 예의를 갖추면서도 자신의 건강문제에 요건을 붙여 놓았다. 최고사령부의 안중에 있다는 자체가 한갓 미생물 박사에게 황송하고 고마운 일이지만 건강문제로 연구사업을 계속할 수 없다는 오금을 박았다. 국가가 인민의 식생활을 위해 버섯 생산을 장려한다면 이해되지만 하필 평안북도 영변 지역이냐는 생각이 퍼뜩 뇌리를 친 것이다.

평양 과학자대회의 연단에서 새로운 품종의 버섯연구 성과에 대해 발표했던 정연자는 버섯 재배의 주요 기술인 균실 배양의 1인자로 손꼽혔다. 하지만 왠지 영변의 버섯공장은 달갑지 않다. 과학자대회의 연단에 오른 정 박사는 김정일의 표창과 국기훈장 1급, 고급 양복지와 화장품 등 세계적인 미생물학 연구 서적 등 진귀한 선물을 한가득 받았다. 해마다 국제과학자대회에 참가해 외국대표단을 만났지만 평양 과학자대회에 참가한 그날부터 정연자에게는 탄탄대로가 열렸다. 대회의 옆자리에 나란히 앉은 김진규도 정연자의 연구 성과를 진심으로 기뻐해 주었다. 학창시절 그는 정연자에게 사랑을 고백했던 남자다. 졸업을 앞둔 어느 날 진규는 정연자를 찾아와 둘이 가정을 이루고 부부 박사가 되어 같은 일터, 같은 공간에서 연구사의 길을 가자며 청혼했다. 하지만 한창 꽃다운 20대의 처녀 시절에 흰 가운을 입은 연구사 정연자에게 진규의 고백은 허무하고 유치찬란한 것이었다. 교정에서 배웠던 과학은 피나는 노력과 열정을 쏟아부어도 성취할까 말까 한 거대한 탐구영역인데 부부 박사라니 가당치도 않게 들렸다. 또 그러한 연구를 가정과 일터에서, 인생을 통틀어 소비해야 한다는 진규의 상상력에 남아있던 정나미가 떨어졌다. 정연자는 매일 연구 테마에 몰려 발명과 분석으로 씨름하는 자신은 생각하기도 싫었다. 자신의 영역을 신비의 세계로 인정하면서도 개입하지 않는 그런 남자와의 결혼생활을 꿈꾸었다.

진규의 고백을 한번 생각해 보지도 않은 채 매몰차게 거절한 정연자는 모 식품개발원 연구사로 배치된 후 이내 가정을 꾸렸다. 과학연구와 상관없는 사람과의 결혼생활은 아쉬움이 많다. 대학 동기들이 부러워 할 정도의 능력 있는 남자를 만나 멋진 결혼 소식을 알렸지만 무미건조한 가정생활에서는 가끔 진규가 생각났다. 다행히 해마다 전국에서 식품연구사들이 한곳에 모이는 국제과학토론회와 과학자대회가 있어 둘은 평양에서 만날 수 있었다. 지난해 행사장에서도 둘은 만났다. 진규는 연자의 결혼생활과 부부관계를 들었고 정연자는 진규의 불행한 인생사를 들어주었다. 둘은 학창시절의 기분에 사로잡혀 있었다. 정연자는 부끄러움을 잊고 자신의 연구영역과 상반되는 직종인 운전사 남편을 만나 무미건조한 대화와 부부생활을 한다며 한탄했다. 다행히 자식을 키우는 재미로 결혼생활을 견뎌내고 있다며 뒤늦게야 대조되는 결혼생활의 단점이 무엇인지 발견했다며 씁쓸히 웃었다. 그러고 보면 진규의 생활도 별반 다를 바 없다. 더 험악하다.

평안북도 운전군이 고향인 진규는 졸업 후 버섯공장 연구사로 배치받았다. 그는 자신의 조수였던 지금의 아내와 짤막한 연애 과정을 거쳐 가정을 꾸렸다. 둘의 결혼은 축복의 대경사였다.

하지만 단란하고 행복할 것 같았던 그의 결혼은 뜻밖의 화재사고로 1년도 안 되어 막을 내렸다. 솟구치는 불길에 갇혀 전신화상을 입은 진규의 아내는 무너지는 건물에 깔려 머리카락 한 올도 돋지 않는 흉측한 몰골이 되었다. 구사일생으로 생명은 부지했으나 평생 걸을 수 없는 불구가 되었다. 지역사회에서 존경받는 연구사가 갑자기 일어난 화재로 불구가 된 아내를 저버린다는 것은 인간의 도리가 아니었다. 연구사라는 사회적 위치를 떠나면 별문제지만 아내가 원하지 않는데 이혼을 강요할 수는 없다. 부부생활을 할 수 없는 여자와 평생 살아야 하는 기막힌 현실에 화가 치밀어도 별수 없다. 그나마 다행인지 불행인지 진규는 자식이 없어 연구과제에 몰입할 수 있었다. 연구실에 박혀 살다시피 하여 박사 대열에 들어선 진규는 국제과학토론회와 과학자대회의 우선 참가자로 등록되었다. 화마에 쪼그라든 얼굴에 하반신이 마비된 아내와의 생활은 체념한 지 오래다. 진규는 북쪽 지방에 출장이 제기되면 일부러 정연자를 찾아오곤 했다. 몇 달 전에 찾아온 진규는 헤어지다 말고 다시 돌아서 정연자의 손을 잡았다.

"정 동무, 다른 뜻은 없소. 다만 이제라도 정 동무와 한 공간에서 연구하며 살고 싶을 뿐이오."

그런 진규를 만날 적마다 정연자는 걷잡을 수 없는 혼란에 빠졌다. 진규는 둘이서라면 새로운 품종의 버섯재배에서 독보적인 성과를 거둘 수 있다고 장담했다. 그는 새로 배치된 버섯재배 연구소의 위치와 연구조건, 국가적인 보장 등을 설명하며 함께 박사의 길을 가자고 간청했다. 대학 동기로 연구사의 길을 함께 간다는 것은 얼마나 자랑스러운 일인가. 든든한 동역자와 함께 연구에 매진하여 새로운 발명을 하고 명실공히 유명 연구사로 인정받고 싶은 욕망이 마음속 깊은 곳에서 꿈틀거렸다. 하지만 그는 아내가 있는 가장인 데다 학창시절 자신에게 사랑을 고백한 사람이라는 생각이 들면서 죄 지은 것처럼 얼굴이 화끈거렸다. 그래서 함께 일하고 싶다는 진규의 권유를 단마디로 거절한 것이다. 식품학 박사로서 새로운 발명품을 내놓는 것보다 중요한 것이 박사로서의 사회적 품위를 지키는 것이었다. 정연자는 둘이 한 공간에서 일하면서 받게 될 주위의 이상야릇한 시선을 이길 자신이 없었다.

17

이래저래 복잡한 심경을 다잡지 못하고 있는 때에 아들에게서 편지가 왔다. 호영은 편지에서 부대의 식량과 피복 공급실태가 매우 어렵다고 적었다. 그리고 꼭 다녀갈 것을 당부했다. 설마 들리는 소문처럼 호영의 부대에도 영양실조에 걸린 군인들이 있는 걸까. 아니면 방사능물질로 인한 질병이 발생했을까. 그렇다면 그는 아들을 위해 무엇이든 선택해야 한다. 영변에 신설된 버섯공장은 군부대 산하 생산기지다.

아들 문제로 고심하던 정연자는 문득 진규의 모습을 떠올렸다. 오래 생각할 것도 없이 그에게 전화를 걸었다. 그는 진규에게 아마도 상부의 지시에 따라 평안북도 영변에 신설된 버섯공장에 연구사로 가게될 것이라고 말했다. 전화기 너머에서 진규는 펄쩍 뛰었다. 얼마 전까지 함께 일하자며 그토록 애원하더니 정작 연자가 그쪽으로 가겠다니 절대 오면 안 된다, 자신은 현재 신설된 버섯공장의 연구사로 발령을 받았지만 연자는 오지 말라고 한사코 반대하고 나섰다. 또 군부계통보다 안전한 사회단위로 가서 일하라며 그것이 서로에게 좋은 것이라고 권했다. 군부는 명령과 복종에 의해 움직이지만 사회의 기관은 무조건적인 명령체계가 없기에 근무하기도 편할 것이라는 의미심장한 말을 남겼다. 구체적인 것은 후에 만나서 얘기하자며 다만 지금은 연자와 함께 일할 수 없다는 사실을 이해해 달라고 한다. 그의 말을 통이해할 수 없다.

도움이 될까 싶었던 진규와도 원만한 결론을 내리지 못하고 떠난걸음이어서 아들을 찾아가는 정 박사의 마음은 개운치 않다. 백 번 듣기보다 한 번 보는 게 낫다고 진규는 말했다.

18

낮과 밤에 이어 사흘을 달린 열차가 드디어 맹중리역에 도착했다.

열차가 맹중리역에 도착하기를 참고 기다렸다는 듯이 차량마다에서 군인들이 쏟아져 내렸다. 자칫 개찰구로 향하는 인파에 밀려 넘어질 것 같아 정 박사는 잠시 짐을 끌고 옆으로 비켜섰다. 밤중에 내리지 않은 게 다행스러웠다. 한동안 개찰구가 조용해지기를 기다리던 정 박사는 할 수 없이 군인들 속에 다시 끼어들었다. 초행길에 한없이 머뭇거리다가는 호영의 부대에 언제 도착할지 모를 일이었다. 간신히 밖으로 밀려 나온 정연자는 저도 몰래 긴 한숨을 내쉬었다. 눈앞에 펼쳐진 전경은 그야말로 무아지경을 방불케 했다. 작은 시골 역인 줄 알았던 맹중리역은 더위에 익은 사람들로 바글거렸다.

멀찍이 치솟은 악산과 나지막한 산발들이 둘러선 맹중리 도로는 달리는 자동차가 말아 올린 뿌연 흙먼지와 중천에서 내리쬐는 뜨거운 열기로 숨이 턱턱 막혔다. 길가에 나앉은 군인들도 거의 다 군복 상의를 벗거나 모자를 움켜쥔 채 부채질을 하느라 여념이 없다. 역전의 장사꾼들은 땀에 흥건히 젖은 얼굴로 지나치는 군인들을 다잡느라 무진 애를 썼다. 갓 열차가 도착했을 때를 놓치면 무더위에 음식이 상해 장사밑천을 날리기 십상이어서 한 개라도 더 팔려고 악을 썼다. 솜털이 보송보송한 어린 군인이 홀쭉한 바지춤을 추켜올리며 장사꾼의 빵과 꽈배기를 기웃거리다 말고 물러난다. 둥근 군관모를 쥔 군인도 장사꾼들 사이를 오가다 말고 찻길에 나선다. 맹중리는 드넓은 들판을 에워싼 산발이 있는 평범한 시골 풍경과 달리 삐쩍 마른 군인들 천지였다.

정 박사는 혹시 아들도 저러고 있을까 싶어 길에 서성이는 군인들을 눈여겨보았다. 차를 타려는 군인들이 많아서인지 자동차들은 좀처럼 멈추지 않고 뽀얀 흙먼지를 일구며 그냥 지나쳤다. 얼핏 이백 명도 넘을 군인들이 길에 늘어서서 지나가는 차를 잡아타려고 애를 썼다. 멀찍이 도로의 초입에 가서 차를 세우려는 군인들과 여럿이 손에 손을 잡고 늘어서서 길을 막는 군인들, 그러면서도 걷는 군인들은 없다. 모두 걸어서 갈 수 없는 곳으로 가는 듯하다. 어디서부터 오는지 알 수 없는 차들에는 이미 꽉 찬 군인들로 만차가 되어서 세울 수도 없다. 만차가 지날 때마다 군인들의 얼굴로 바람에 날린 희뿌연 먼지가 들씌워졌다. 온통 군인들이어선지 차를 세우는 방법도 전투적이었다. 한 무리의 군인들은 긴 나무막대기에 머리통만 한 돌멩이를 매달고 길 양쪽에 마주서 있다. 이래도 차를 세우지 않으면 운전석의 유리가 깨지게 된다는 위협인 것이다. 멀리서 막대기를 들고선 군인들을 보았는지 다가오는 차 위에서 '만차요!' 하는 외침이 들린다. 청진시라는 대도시에서 맹중리를 처음 찾아온 정 박사는 시골에서 본 험악한 분위기에 그만 소름이 돋았다. '인심 좋은 농촌 사람들'이라는 말은 애초에 없었다.

한갓 맹중리라는 시골에 군인이 이리 많을 것이라고는 생각지도 못한 것이다. 번번이 만차가 지나가며 길가 군인들의 기동이 점점 빨라졌다. 어쩌다 서는 차량에 군인들은 벌떼같이 몰려들었다. 하주(조수)가 내려 군인들에게 서비(차비)를 내라며 기름을 사 넣어야 간다고 한다.

"야, 이 새끼 뭐야, 장군님의 군대한테 돈을 내라고?"

"야, 니 눈깔에 호랑이 가죽이 안 보여?"

"군사 임무 수행 중이니 그냥 갑시다!"

군인들만큼이나 조수도 물러서지 않는다.

"기름이 바닥나서 얼마 못 가서 설지도 모릅니다. 기름값 내세요."

그는 군인이기에 조금만 받는다며 불쌍한 인상을 써가며 기교를 부렸다. 하지만 군인들은 막무가내다. 일단 차에 탔으니 기름 문제는 네가 알아서 해결할 바라는 듯 시치미를 뚝 뗀다. 오히려 얼른 출발하지 않고 뭐하냐며 운전석 천장을 쾅쾅 두드려 댄다. 한 푼이라도 받으려고 입씨름을 하던 조수가 맥없이 차에 올랐다. 차가 떠나간 자리에 흙먼지가 피어올랐다.

19

그렇게 가끔 맹중리에 멈춘 자동차에는 군인들이 발 디딜 틈이 없을 정도로 올랐다. 더는 자리가 없을 때까지 빼곡히 탄 차들이 여러 번 지나가도 정 박사는 그대로 길에 남아 있었다. 아들 호영을 위해 준비한 짐을 끌고 다니던 정 박사는 해가 저물어서야 그런 식으로 차를 탈 수 없음을 알았다. 길에 늘어선 수백 명의 군인이 다 차를 타려는 것인데 힘없는 자신이 그것도 여성의 힘으로 차에 오른다는 것은 무모함 그 자체였다. 혼자서 무작정 차를 타려고 했던 것은 어리석은 생각이었

다. 아들이 있는 맹중리에 도착해서도 몇 시간째 부대를 찾아가지 못하는 심정은 눈물이 날 지경이었다. 이제는 별수가 없이 잘 데를 찾아야 했다. 주변을 둘러보던 정 박사는 서성거리는 장사꾼에게 다가갔다. 어슬녘까지 소리치며 빵을 팔던 장사꾼이 정 박사에게 마지막 빵을 팔며 오늘은 차를 잡기 글렀으니 여관에 가라고 일러주었다. 여관도 좀 늦게 가면 자리가 없다면서 한지에서 잘 수 있게 될지도 모른다고 했다. 주변에 있는 여관을 알려주었다.

기다란 단층짜리 여관에는 손님들이 빼곡히 차 있었다. 열차를 기다리며 대기하는 사람들과 열차에서 내려 자고 가려고 들어온 사람들이다. 허연 턱수염이 더부룩한 노인이 여관 책임자라며 손님들을 접수하고 있었다. 군데군데 헐어빠진 낡은 건물에 비해 숙박비는 비쌌다. 정박사가 안내받은 방에는 이미 스무 명 정도의 손님이 차 있었다. 모두가 자신의 짐을 옆구리나 머리맡에 두고 있었다. 남녀노소, 군인과 사민이 방안에 각양각색의 모양으로 차 있었다. 무슨 이야기인지 신나게 말하는 사람도 있고 이미 잠이 든 사람도 보인다. 정 박사도 빈 자리를 찾아 사람들 틈에 자리를 잡았다. 짐을 모아놓고 코트를 벗으려는데 웬 여자가 다가와 어디서 오느냐고 묻는다. 정 박사는 청진에서 떠났고 아들이 있는 군부대를 찾아간다고 했다. 몇 시간이나 기다리며 차를 잡아타려고 하다가 끝내 여관에 들게 되었다는 정 박사의 말을 듣던 여자는 오느라고 고생이 많았겠다며 아침에 일찍 서둘러야 차를 탈 수 있을 것이라고 알려준다. 친절하고 상냥한 그의 말에 정 박사는 아침 일찍 일어나기로 하고 잠자리에 누웠다. 며칠째 밤을 샌 탓인지 피로에 지친 몸은 천근만근이 되어 잦아들었다. 혼곤히 잠들었던 정 박사는 조심스러운 인기척에 놀라 깨어났다. 동이 트고 있었다.

벌써 간밤에 같이 있던 사람들의 절반 이상이 빠져나가고 방안이 휑하다. 그런데 곁에 놓아두었던 배낭 하나가 보이지 않는다. 구석구석 찾아보아도 어디에도 없다. 엊저녁에 말을 걸던 그 여자도 보이지 않는다. 아들 부대에 부식물로 주려고 준비한 마른 명태 배낭이 통째 사라진 것이다. 그제야 열차에서 맹중리에 찾아간다는 정 박사에게 그곳에서는 정신을 똑바로 차려야 한다던 주위 사람들의 말이 떠올랐다. 맹중리는 '눈이 없으면 코를 베어 가는 곳'이라던 말이 이런 일을 두고 한 말이었다. 비록 배낭을 잃었어도 캐리어와 짐이 남아있어 다행이라고 여겨야 할 판이다. 정 박사는 빨리 서두르지 않으면 오늘도 부대를 찾아갈 수 있을 것 같지 않아 이내 여관을 나섰다. 동녘이 푸름이 밝아오고 있었다. 차를 잡지 못해 간밤에 밖에서 잤는지 몇몇 군인들은 길바닥에 군데군데 누워있었다.

20

정 박사는 역 앞에서 좀 떨어진 곳에 있는 단속초소로 갔다. 차단봉을 마주선 군인에게 군부대 출장 증명서와 아들의 군부대 주소가 적힌 종이를 내밀며 차를 좀 태워줄 것을 부탁했다.

"저…… 여기를 찾아가려는데 도와주세요."

한쪽 어깨에 총을 멘 군인이 경계하며 다가섰다. 출장 증명서와 주소를 여겨보던 그는 정 박사를 다시 유심히 훑어본다. 나이 지긋한 여자에게 군부대 출장 증명서가 웬 말이냐는 눈치다.

"어머니, 어디서 오세요? 누굴 찾아가세요?"

보초병 뒤에 섰던 다른 군인이 팔에 건 완장을 추켜올리며 나섰다.

"난 청진에서 오는 길인데 아들을 만나러 가요."

"청진이요?! 누구 말입니까?"

"에그, 청진 누구라면 어찌 알겠소?"

정 박사는 길에서 호영을 찾는다는 게 한심하다 싶었다.

"저도 청진에서 왔어요. 청진 누굽니까?"

군인이 눈을 반짝이며 다그쳐 물었다.

"호영이라고, 아들 강호영을 찾아가요."

"호영이? 호영이 어머니세요? 호영인 제 친구예요. 우리 같은 날 입대했어요."

라선시당 위원장의 아들이라고 자신을 소개한 군인은 갓 입대하여 호영이와 같이 신병훈련을 받았다. 둘 다 청진시 태생이고 성격이 잘 맞아 친구가 되었는데 신병훈련이 끝나고 서로 다른 부대에 배치되면서 헤어졌다. 같은 항공부대로 입대했지만 호영이는 로켓 격납고를 지키는 포부대로 가고 자신은 핵시설경비부대에 배치되었던 것이다. 그래도 배치된 부대를 알게 되면서 호영은 이곳을 지날 때마다 친구를 만났다. 그는 자기 엄마를 만난 것처럼 기뻐했다. 그러면서 호영의 부대까지 가려면 자동차로 200리를 들어가야 하는데 그곳까지 가는 차가 있을지 걱정했다. 잠시 후 아들의 친구는 초소에서 좀 떨어진 곳에 있는 군인들에게 다가갔다. 댓 명의 군인들이 차를 기다리고 있었다. 군인은 그중 군관모를 쓴 군관에게 경례를 하고 찾아온 경위를 말했다. 그는 친구 어머니가 아들을 만나러 가는 길이니 같이 가 달라고 정중히 부탁했다.

군관은 고급스러운 갈색 코트에 곱슬머리를 짧게 커트한 정 박사에게 인사하며 안전하게 모셔다드리겠다고 약속했다. 간단한 통성명이 끝나자 정 박사는 군인들을 데리고 역전 주변의 식당으로 향했다. 정 박사는 아들을 생각하며 푸짐한 아침 식사를 대접했다. 흰쌀밥에 뜨끈한 두부탕을 한 그릇씩 비운 군인들은 몇 번이고 고맙다고 인사한다. 그게 뭐라고. 한편으로 가슴이 아팠다. 아들 호영이도 저들처럼 허기져 있을 것이라고 생각하니 한숨이 절로 나왔다. 식당을 나서자 초소 앞에 화물자동차 한 대가 서 있었다. 초소에서 세워놓은 것이었다.

군관은 운전사에게 정 박사를 내 어머니라고 소개했다. 운전사는 별다른 의심을 하지 않고 이내 출발했다. 드디어 차를 탔다는 안도감도 잠시, 부대로 들어가는 길은 곳곳에 팬 웅덩이 때문에 심하게 흔들렸다. 정 박사는 가운데에 자리를 잡았지만 몸을 가눌 수 없었다. 조금 달리자 덜컹거리는 도로 양옆에 눈부신 풍경이 펼쳐졌다. 아침 햇살을 받아 반짝이는 둥근 물체가 대각선으로 엇갈리며 정 박사의 시선을 사로잡은 것이다. 집채보다 크고 둥그런 모양의 커다란 물체가 일제히 하늘을 향해 들려 있었다. 자동차 길을 사이에 두고 톱니처럼 촘촘히 엇갈린 접시들은 도로를 따라 길게 늘어서 화려한 장관을 연출했다. 눈앞에 펼쳐진 신기하고 황홀한 풍경에 놀란 정 박사가 물었다.

"저기 접시같이 생긴 건 다 뭐예요?"

어디를 보아도 산과 벌뿐인 곳에서 번쩍이는 대형물체는 너무나 대조되었다.

"아, 저거요? 레이더입니다. 최첨단 레이더."

함께 아침 식사를 했던 어린 군인이 친절하게 대답했다.

"그래요. 참 많이도 있네요?"

정 박사는 레이더가 딱히 뭣인지 모르지만 그저 머리를 끄떡였다. 군부대 주둔지역에 배치된 것이니 분명 군사비밀에 해당될 것이라는 생각이 들었다. 레이더는 찻길을 따라 계속되었다. 양옆에 늘어선 레이더에 홀린 듯 눈을 떼지 못하는 정 박사에게 아까 그 군인이 또 자랑했다.

"멋있죠? 저것이 아드님 부대까지 수백 리에 쭉 이어져 있어요. 레이더는 불의에 날아오는 적의 포탄이나 공격물체, 무인비행기를 멀리서부터 탐지하는 첨단 설비예요. 저 레이더 때문에 이곳 군부대는 난공불락의 요새인 겁니다. 적의 어떤 공격도 능히 막아낼 수 있습니다."

정 박사는 수백 리 밖에서부터 이어진 레이더들이 어떻게 공중에서 날아오는 포탄과 기습공격을 막아낸다는 것인지 들고도 도무지 이해되지 않았다. 자랑스레 말한 군인도, 함께 탄 군인들도 번쩍이는 레이더의 광경에 심취돼 눈길을 떼지 못한다. 군인들은 저마다 레이더와 같은 첨단 설비가 있어 이곳은 철옹성이라고 자랑스레 한마디씩 했다. 그 말은 아들을 찾아오는 정 박사에게 조금도 걱정하지 말라고 강조하는 듯했다.

200리 길을 가는 동안 정 박사는 초소를 지나칠 때마다 단속을 받았다. 군부대가 가까워지면서 단속은 더 심해졌다. 초소의 주요 단속 대상은 매번 사민(일반인) 차림의 정 박사였다. 차량에 탑승한 군인들은 총인원과 인솔 군관의 증명서 확인으로 그치지만 정 박사는 군부대 출장 증명서 외에 어디론가 전화를 걸어 재확인하곤 했다. 군인들의 엄격한 단속 분위기에 눌려 정 박사는 차가 차단봉을 통과할 때마다 공연히 두근거리는 가슴을 쓸어내렸다. 단속에서는 말이 통하지 않았다. 군부대에서 발급받은 출장 증명서만이 정 박사의 존재를 확인해 준다. 십여 개의 단속초소를 지난 어느 골짜기 갈림길에 이르러 정 박사는 차에서 내렸다. 이곳에서부터 차가 호영의 부대와 다른 길로 가게 되어 있었다. 초소에 짐이 내려지고 차는 이내 떠났다. 멀어져 가는 군인들은 아쉬운 듯 손을 흔들었다.

"어머니, 앓지 마시라요!"

"또 만나요!"

"잘 가시라요!"

초면에도 저리 반갑게 구는 군인들을 보며 정 박사는 눈시울이 젖어 들었다. 차가 떠난 후 초소장 완장을 낀 군인이 부대에서 곧 데리러 올 테니 잠시 기다리라고 했다. 한여름의 따가운 햇볕에 풀과 나뭇잎이 늘어져 있다. 메마른 열기는 과연 숨이 막힐 지경이다. 사철 시원한 해풍이 부는 청진과 달리 영변은 무더운 열기로 사람을 지치게 한다. 이처럼 힘든 곳에 아들 호영이 있다고 생각하니 왠지 모를 서글픔이 밀려왔다. 그것은 아들이 입대하여 10년 넘게 한 번도 집에 올 수 없는 곳에 있었다는 억울한 심정이기도 했다. 잠시 후 산골짜기 어귀에서 갱생68 지프차가 나타났다. 초소 앞에서 웬 군관이 내리더니 곧바로 정 박사에게로 다가왔다. 아들 부대에서 온 것 같다.

40대 중반의 그는 자신을 호영이 부대 정치지도원이라고 소개했다. 쌍꺼풀진 눈에 웃은 모습이 정겨운 그는 호영이 오늘 외부근무 중이어서 혼자 나왔다고 한다. 그는 차를 타고 가는 내내 호영에 대한 이야기만 했다. 아들은 훈련이나 실전, 근무에서 부대에 없어서는 안 될 보배 같은 존재라며 병사들이 모두 호영을 좋아하고 따른다는 칭찬이다. 요즘 군병원에 입원한 병사가 있어 조금 바쁜 시간을 보낸다고 했다. 청진을 떠나기 전에 호영의 편지를 받은 정 박사는 호영에 대한 정치지도원의 말을 곰곰이 새겨들었다.

지프는 산속으로 난 가파른 고갯길을 몇 개를 더 넘어가서야 어느 산 중턱에서 멈췄다. 정치지도원이 도착했다며 먼저 내렸다. 정 박사가 온다는 사실을 알고 있었는지 군인들이 전호(참호)에서 우르르 뛰어나왔다. 고작 10대밖에 안 돼 보이는 솜털이 보송보송한 햇내기 병사부터 구레나룻이 시커먼 30대가 넘는 고참 병사도 보인다. 모두가 반가운 얼굴로 정 박사를 맞아 주었다. 한 신입 병사가 나서며 "오마니, 먼길에 오시느라 고생하셨습니다"하며 꾸벅 인사한다. 눈을 슴벅거리는 그의 눈에는 눈물이 그렁했다. 정 박사는 왜소한 체격의 신입 병사를 꼭 안아주었다. 갓 입대한 그가 어떻게 호영이처럼 이곳에 오래 있을까 하는 애처로운 생각이 들었다. 군인들과 인사를 마치자 정치지도원이 정 박사에게 아들의 부대를 돌아보시라고 권한다.

21

과연 부대는 묘한 지리적 위치에 있었다. 높은 산이 병풍처럼 둘러막혀 어디가 어딘지 분간할 수 없게 가려져 있었다. 앞산 정면에는 둔중한 문이 달린 지하터널이 보인다. 로켓 격납고다. 커다란 터널 입구가 휑하니 열려 그 깊이를 알 수 없이 시커멓다. 산허리에는 보통 사람의 키를 넘는 참호가 빙 둘러쳐져 있었다. 참호에는 로켓 격납고를 보호하기 위해 설치된 포가 가지런히 배치돼 있었다. 10m는 실히 될 기다란 포신들은 하나같이 허공을 향해 치솟아 있다.

영변 핵시설 전체를 둘러싸고 있는 포신들은 그야말로 요란한 광경이었다. 로켓 격납고 주변에는 낮고 흰 단층건물들이 널려 있었다. 맹중리로부터 부대까지 이어진 수백 리 구간에 설치된 레이더도 시설방어를 위한 것으로서, 어떤 불시공격에도 자동으로 감지하고 방어하게 된 것이다. 듣고 보니 위기일발의 순간에도 부대의 전투력은 더할 나위 없이 충만했다. 정치지도원은 정 박사를 안심시키듯이 내내 웃으며 말했다. 하지만 정 박사는 아까 만난 군인들의 야위고 거친 모습이 눈앞에 어른거려 그의 설명을 유심히 새겨들을 수가 없었다. 정 박사는 군인들의 식사가 궁금했다. 돌도 씹어 삼킬 나이의 젊은이들에게 대체 무엇을 얼마나 주기에 모두가 이렇게 야위었는지 식사를 확인하고 싶다. 정치지도원이 그건 좀 어려울 것 같다며 불편한 기색을 지었다. 식당에 가보면 집에 돌아가서 마음이 아플 것이라며 거기는 가보지 않는 게 좋겠다고 말렸다. 그는 얼마 전 호영이가 군인들의 식사문제로 식당에서 난리를 치면서 부대의 식사 질이 조금 개선되었다는 얘기를 했다.

원래 국가에서 지급되는 군인들의 하루 식량은 가공 식량으로 780g이다. 전국적인 식량부족 현상이 군부대까지 미치던 시기여서 군인들은 가공 식량이 아닌 겉곡식을 지급받았다. 그것도 농장에서 제일 잘 된 포전(圃田, 채소밭)을 골라 정보당 수확고를 책정한 뒤 군량미로 회수해 현장에서 실어가도록 했다. 대부분 제일 잘된 포전을 기준으로 책정하면서 농사가 안 된 밭을 받으면 실제 수량은 턱없이 모자란다. 거기에 군부대 자체로 운송하게 되면서 운송에 필요한 자동차의 원유(디젤유, 휘발유)도 밭곡식을 팔아 구하는 실정이다. 군량미로 받은 농작물은 하루가 다르게 소모되었다. 포전이 군부대에 넘어간 이상 농민들은 사정없이 덤벼들었다. 인근 농민들은 농작물이 군량미로 넘어가면 밤낮을 가리지 않고 도둑질에 나섰다. 군량미 포전에서 몰래 훔친 곡식을 천장에 숨기고 마당을 파고 숨기다가 김치 움에 숨겼으며 산에 가져다 숨기다 못해 심지어 남들이 차마 생각지도 못할 변소 옆 두엄 무지에까지 숨겼다.

봄철에 당에서 군부대와 학생들을 농촌 동원에 불러내면서 제시한 구호가 있다. "농장 포전은 나의 포전이다!" 이는 농촌지원에 자기 텃밭을 가꾸는 심정으로 임하라는 것이다. 하지만 봄에는 듣는 척 않던 주민들이 가을이면 곧잘 '농장포전은 나의 포전이다'고 들먹인다. 봄철 농촌지원에 동원된 사람은 가을 곡식을 먹을 자격도 충분하다는 뜻이었다. 이 때문에 군량미 운송은 하루가 시급한 문제였다. 비록 겉곡식을 받았지만 한시바삐 날라야 한다. 가을철 곡식 운반은 부대들의 급선무로 나섰다. 농장에서 잘된 포전의 정보당 수확고를 계산하여 군량미로 넘기다 보니 겉곡식의 감소량도 많다.

원래 군인들의 식량 규정량은 가공 식량으로 780~800g이던 것이 겉곡식으로 500g을 채우기도 버거운 상황으로 변했다. 겉곡식이라도 입쌀이면 다행일 테지만 겉벼마저 모자라 강냉이로 받을 때가 더 많았다. 거기에 전기마저 들어오지 않아 쌀을 도정하거나 강냉이를 타개 짝쌀로 만드는 일도 어렵게 되었다. 제대로 된 식사를 보장하기 위해서는 디젤유를 구입해 발전기를 돌려 겉곡식을 가공해야 했다. 끼니마다 군인들의 식사를 보장하는 것은 부대의 전투였다. 전력공급이 끊기고 발동기를 돌릴 디젤유도 구하지 못하면 어쩔 수 없이 통강냉이를 삶아야 한다. 밥량을 늘리려고 몇 시간씩 물에 삶아낸 통강냉이는 통통 불어 거짓말을 보태어 왕밤알만큼 커졌다. 하지만 껍질을 그대로 먹다 보니 소화를 시키는 게 문제다. 특별히 체질이 좋은 군인들도 통강냉이를 소화시키기가 어려워했다. 게다가 태생적으로 체질이 약한 군인들은 먹은 통강냉이를 그대로 배설했다. 몇 개월씩 통강냉이로 식사를 때우다 보면 군인들은 하나둘 지쳐갔다. 날이 갈수록 영양실조에 걸려 쓰러지는 군인들이 늘어났다.

갓 입대한 어린 병사가 쓰러져 병원에 실려 가자 참다못한 호영은 식당으로 뛰어갔다. 그날도 군용식기에는 통강냉이가 담겨져 있었다. 호영은 다짜고짜 식당 근무병에게 왜 강냉이를 타개 소화할 수 있게 밥을 짓지 못하냐고 따졌다. 전기가 오지 않아 그리되었다는 말을 듣자 호영은 식판에 닮긴 삶은 강냉이 그릇을 몽땅 바닥에 엎어버렸다. 이따위를 먹고 24시간 경계근무를 제대로 서겠냐며 마구 소리쳤다. 식당에서 난동을 부린 것으로 호영은 곧바로 대대 정치부에 불려갔다. 호영의 입당청원서가 이미 여단 정치부까지 올라간 때에 발생한 것이어서 자칫 문건이 취소될 수도 있었다. 하지만 분대장이 병사들의 영양 상태를 문제 삼을 수 있다는 것으로 하여 호영의 행동은 좀 과도했지만 정당한 행위로 평가되었다. 이후 식당에서는 삶은 통강냉이 대신 타갠 강냉이밥을 주었다. 강냉이를 타겠다고는 하지만 껍질, 가루, 알맹이를 분리하지 않아 밥이 설거나 탄가루 범벅이었다. 어쨌든 사건

이후 군인들의 식사 질은 바뀌었다. 미처 소화하지 못해 변소에 넘치던 통강냉이도 사라졌다. 그러나 식량 부족은 계속되었다.

군인들은 주로 산 중턱 참호에서 생활했다. 참호 뒤편에는 깊숙하게 파인 은폐부(병사들의 생활관)에서 군인들은 교대로 경계근무를 섰다. 그들은 식사 시간과 상학 시간에만 아래로 내려갔고 그 외에는 24시간 교대제로 항공경계태세를 유지하고 있었다. 정치지도원의 안내로 부대를 다 돌아본 정 박사는 소대장의 집으로 향했다. 저녁에 정 박사가 준비한 먹거리로 분대 군인들에게 식사를 대접하기로 한 것이다.

22

소대장의 집은 걸어서 20분 거리에 있었다. 군관사택(관사)이라야 산기슭에 지어진 25평의 두 칸짜리 단층주택이다. 소대장의 아내와 11세 외동딸이 정 박사를 반갑게 맞아주었다. 특수 병종의 부대는 뭔가 다를 줄 알았던 정 박사는 소대장의 살림 도구를 보고 적잖게 놀랐다. 가구도 고작 가구공장에서 대량 생산해 일반 주민들에게 파는 나무상자와 비슷한 모양의 볼품없는 식장, 책장, 옷장이 전부다. 텅 비다싶은 안방에는 배가 불룩한 구식 텔레비전이 놓여 있었다. 한눈에 봐도 어렵게 산다는 것이 그대로 느껴졌다. 군인들을 먹일 식량도 부족한데 군관들의 배급이야 오죽하랴 싶다. 가지고 온 짐을 풀어놓자 소대장의 아내와 딸아이가 깜짝 놀란다. 고급 사탕과자와 청진 특산물인 이면수 절임, 마른 가자미, 오징어, 돼지고기, 흰 밀가루국수, 하모니카, 하족(여름용 신발)…….

저녁 무렵이 되자 한 무리의 군인들이 소대장의 집으로 왔다. 맨 앞에서 들어오는 군인은 필경 호영일 것이다. 멀리서부터 싱글벙글 웃으며 다가오는 것이 대뜸 호영임을 짐작하게 했다. 하지만 다가오는 군인은 입대할 때 바래다주었던 아들이 아니다. 하얀 피부의 귀여운 아들은 간데없고 검게 그을린 피부에 시커먼 수염 자국이 선명한 장년의 남자가 다가왔다. 정 박사는 한동안 선 자리에서 움직이지 못하고 마주 선 군인을 멍하니 바라보았다. 입대한 지 11년 만에 이런 모습일 줄이야.

"어머니!"

외마디를 지른 호영이도 더 다가서지 못한다. 웃고 있는 아들의 두 눈에 눈물이 그렁그렁하다. 귀에 익은 호영의 목소리에 정 박사는 아들을 와락 끌어안았다. 목이 메어 아무 말도 할 수 없다. 둘은 부둥켜안은 채 하염없이 흐느꼈다. 11년 만에 첫 상봉이었다. 주변에 둘러선 병사들이 보고 있어 호영은 눈물을 그치고 소대장의 집으로 들어갔다. 구수한 돼지고기에 하얀 밀국수가 푸짐하게 담긴 그릇이 밥상 한가득 차려져 있었다. 군인들은 좋아라 눈을 반짝이며 어쩔 줄 모른다. 정 박사는 오늘은 고향의 엄마가 차려준 상이라고 생각하고 마음껏 들라고 권했다. 보통 곱빼기를 하는데 세 그릇째 비우는 병사도 있다.

오랜만에 배불리 먹은 군인들의 얼굴은 하나같이 화색이 돌았다. 삐쩍 마른 얼굴에 광대뼈가 툭 불거진 군인은 자기 배를 두드려 보이며 오늘에야 눈이 튀어나올 것 같다며 상에서 물러났다.

한 군인이 국수물을 끝까지 다 마시고는 "식성은 곧 당성이요"하고 우스갯소리를 한다. 그가 제일 많이 먹었다고 생각했던지 옆에서 어린 군인이 "아바이, 한 그릇 더 하십시오" 하며 놀려댄다.

"야 임마, 내가 뭐 씽치(먹는 병)인 줄 알아? 먹은 걸 다해도 한 삽은 안 될걸?"

왕고참인 그가 움쭉 몸을 일으키는 시늉을 하며 눈을 부라리자 대원들이 키득키득 웃는다.

"당연합니다. 한 삽은커녕 반 바케쓰도 안 됩니다."

누군가 능청스럽게 한 수 더 받아쳤다. 한동안 웃고 떠들며 훈훈한 시간이 흐른 뒤 군인들이 모두 부대로 복귀했다. 병사들이 돌아간 뒤 정 박사는 조용한 방에 소대장과 마주 앉았다. 소대장이 긴히 할 말이 있다고 한 것이다. 소대장의 아내와 딸은 눈치를 살피더니 이내 아랫방으로 내려갔다. 뜬금없이 긴 한숨을 내쉰 소대장이 입을 뗐다.

"저, 호영이 어머니, 제가 호영의 소대장으로 할 말이 아닌 줄 압니다만……. 오늘은 솔직히 말씀드리겠습니다. 아드님을 될 수 있으면 여기서 빨리 빼내셔야 합니다."

깊이 고민하고 힘들게 꺼낸 말인 것 같다. 방바닥을 내려다보는 소대장이 마른 침을 삼켰다.

"무슨 말씀이신지……. 자세히 말씀해 주십시오."

정 박사도 정색하며 앉음새를 고쳤다. 이렇게 심중한 말을 믿고 해 주는 게 여간 고맙지 않았다.

"실은 여기 병사들 대부분이 현재 방사선에 피폭된 상태입니다. 호영인 여기서 그냥 썩히기 아까운 인재입니다. 머리도 남달리 비상하고 적성에 맞는 공부만 좀 하면 사회에서 훌륭한 일을 할 수 있는 가능성이 충분합니다. 조만간 상부에서 영변 지역 군인들을 제대시키지 말라는 방침이 떨어질 것으로 알려져 있습니다. 아마도 핵시설과 관련된 비밀이 새어나가는 것을 방지하려는 차원인 것 같습니다. 외부에서 계속 영변 핵시설에 대한 사찰을 하겠다고 하는데 이곳 군인들을 제대시키면 비밀담보가 어려워질 것은 뻔하지 않습니까. 여기서 복무한 군인들 대부분이 마흔을 넘기지 못합니다."

충격이었다. 짐작을 어느 정도 했지만 이런 무시무시한 형편인 줄은 생각지도 못했다. 더욱이 방사능에 피폭되면 오래 살지 못하는 것을 알면서도 국가가 군인들을 시설 노무자로 떨구어 사망할 때까지 일하게 한다는 것은 듣고도 믿을 수 없는 말이었다. 정 박사의 마음을 알아차렸는지 소대장은 최근 부대에서 일어난 한 가지 사실을 전해 주었다.

23

표원석이 지뢰 폭발로 입원한 뒤 호영은 병원 면회를 자주 갔다. 병원에는 영양실조에 걸려 입원한 '뼈가'들이 많았다. 뼈에 가죽을 씌워놓았다는 줄임말인 '뼈가'들은 거의 20~30대의 젊은 군인들이었다. 원석은 부대에서 면회를 가면 병원에서 보고 들은 이야기를 전해주었다. 그중 원석이 병원에서 만났다던 만기제대 1년을 앞둔 서른 두 살 군인의 이야기는 충격이었다. 그 군인은 군의 지시에 의해 군병원을 거쳐 131국 요양병원에 가게 된 것이다. 그는 입대하여 13년간 화물차 운전병으로 복무했다. 그가 하는 일은 단 한 가지다. 매일 나무함으로 된 상자를 꼭 같은 장소에서 실어서 정해진 장소로 운반하는 일이다. 13년간 똑같은 일을 반복했다.

그날도 군수품 공장에서 실은 나무상자를 싣고 부대로 들어오고 있었다. 그는 드디어 만기제대로 고향으로 간다는 기분에 붕 들떠있었다. 그리운 부모 형제, 다정한 동무들과 살뜰한 이웃들, 제대하면 그들은 나에게 물을 것이다. 특수병종에서 복무했다면 대체 무슨 일을 하다 왔냐고. 그러면 나는 당당하게 대답할 것이다. 아니, 무엇이라고 답할까. 13년간 운전대만 잡고 있다가 돌아왔습니다! 아니, 네모난 나무상자만 운반했었습니다. 아니, 그것도 아니다. 무어라 말할까, 할 말을 찾지 못한 그는 스스로도 놀랐다. 과연 본인도 정작 자신에게 무슨 일을 했냐고 묻는다면 대답할 말이 없다.

13년간 무슨 일을 했는지 자신도 모르고 있다. 그는 호기심이 동했다. 운전병은 조용한 길에 러시아산 '지르' 트럭을 세우고 트럭에 실린 나무상자를 하나 끄집어 내렸다. 길가에서 돌을 찾아들고 나무상자의 판자를 뜯고 뚜껑을 열었다. 그 안에는 알루미늄으로 보이는 금속으로 된 네모난 상자가 들어있었다. 금속상자에는 열쇠가 채워져 있다.

하, 이것 봐라?! 대체 그 속에 무엇이 들어있기에 나무로 된 상자에 넣고도 금속상자로 봉인을 했단 말인가. 일단 한번 뚜껑을 열고 보니 궁금증은 더해졌다. 대담성도 슬슬 생긴다. 금속상자에는 영문으로 된 글이 쓰여 있다. 보아하니 상자 속 내용물에 대한 전문용어 같은 것들이다. 그는 이왕 나무상자를 연 바에 금속상자의 내용물을 꼭 알고 싶어졌다. 마음을 다잡고 금속상자의 열쇠를 돌로 내리쳤다. 첫 번째 금속상자의 열쇠가 열리고 그 안에서 또 금속상자가 나왔다. 역시 영문으로 된 글이 쓰여 있고 열쇠로 단단히 봉인이 되어 있었다. 두 번째 금속상자에도 열쇠가 채워져 있는 것을 본 운전병은 그만 오기가 발동됐다.

고향에 돌아가 나는 13년간 무엇을 날랐다고 말해야 할 것이었다. 두 번째 열쇠를 또 깠다. 뚜껑을 열었다. 그 안에 금속상자가 또 있었다. 영문으로 된 글이 있고 맹랑하게도 또 열쇠가 잠겨 있다. 그제야 군인은 겁이 더럭 났다. 또 열어봐야 안에 또 열쇠가 잠겨 있을 것 같았다. 금속상자로 몇 겹이나 포장하고 열쇠까지 걸어 잠근 걸 보니 대단히 중요한 무엇인 듯싶다. 왠지 모를 두려움이 밀려왔다. 그는 세 번째 금속상자를 두 번째 상자에 넣고 열쇠를 걸었다. 두 번째 금속상자도 첫 번째 금속상자에 집어넣고 또 열쇠를 걸어 잠갔다. 돌멩이로 깐 열쇠는 원상태로 잠기지 않았다. 마지막으로 나무상자에 넣었다. 금속상자를 넣고 걸고, 또 넣고 걸고 나무상자의 뚜껑까지 원래대로 봉인했다. 차는 부대를 향해 출발했다.

이튿날 이른 아침, 그는 사단 보위부에 불려갔다. 네 명의 조사관들이 그를 기다리고 있었다.

예상대로 나무상자에 대한 조사가 시작되었다. 운전병은 책상 외에는 아무것도 없는 방에서 보위부 조사관들을 마주하고 앉았다. 군단 보위부라고 하니 괜히 사지가 떨렸다. 마음을 다잡아야 했다. "당신이 상자의 봉인을 뜯었는가"라는 질문으로 조사가 시작되었다.

"네, 그렇습니다. 제가 열었습니다."

숨길 게 없었다. 숨길 수도 없다.

"왜 열었는가."

차가운 질문이 떨어졌다.

"궁금해서 열었습니다."

사실이었다. 다른 조사관이 물었다.

"무엇이 궁금했는가."

질문이 기계적이다. 그러나 사실대로 말해야 한다.

"사실 저는 곧 제대를 앞두고 있습니다. 곧 만기 13년을 마치고 고향에 돌아가게 됩니다. 그런데 저는 입대한 첫해부터 13년이 흐른 지금까지 운전병으로 복무했습니다. 매일 꼭 같은 일을 했습니다. 그러나 무슨 일을 했는지는 모릅니다. 아무도 내가 무엇을 운반했는지 말해주지 않았습니다. 그래서 내가 대체 무슨 일을 했는지, 무엇을 날랐는지 분명하게 알고 제대하고 싶어 열어보게 되었습니다. 잘못했습니다."

몸이 떨리고 혀가 굳어져 발음이 잘 되지는 않았지만 애써 참으며 한마디씩 힘주어 말했다. 조사는 의외로 간단하게 끝났다. 사실대로 솔직히 말해서인지 조사관들은 부대로 복귀해도 된다고 했다. 날아갈 것만 같았다. 이제 제대명령서만 받으면 드디어 집으로 가게 된다. 조롱에 갇혔던 새가 창공을 날아가는 기분이 들었다. 부대로 복귀하기에 앞서 운전병은 조사관이 내민 서류에 열 손가락으로 군복무중 보고 들은 모든 것은 일체 비밀에 붙인다는 서약의 십장(열 손가락 지장을 다 찍는 일)을 찍었다.

며칠이 지나 군의소(의무대)에서 운전병을 찾았다. 제대를 앞두고 신체검사를 하라는 것이다. 지금까지 아무 병이 없이 건강한데 무슨 검사냐고 물었다. 군의관은 운전병에게 그동안 오랫동안 복무하면서 고생이 많았는데 제대 전에 검사도 받고 요양도 하라고 말했다. 군의 자상한 배려에 눈물이 났다. 13년을 하루같이 충성한 대가를 받는 기분이 들어 감격했다. 운전병은 정해진 날짜에 부대 군의관과 함께 운전군병원을 거쳐 131국 요양병원으로 갔다. 소나무 숲속에 자리 잡은 4층짜리 요양병원 건물에는 대략 천여 명의 환자들이 꽉 차고 넘쳤다. 요양병원에는 신체가 잘리고, 패이고, 온몸이 헐어 죽어가는 군인들

천지였다. 131국 요양병원은 생의 마지막 문턱에 선 환자들이 생의 마지막 시간을 보내는 곳처럼 보였다.

눈앞에 펼쳐진 뜻밖의 광경에 놀란 운전병은 "나는 건강하니 보양이 필요없다"고 했다. 그러나 군의관은 운전병에게 간단히 검사하고 제대하기 전에 치료를 좀 받고 오라며 떠나갔다. 이제는 요양병원의 의사들에게 찾아가 부대로 돌려보내 달라고 요구하기 시작했다. 운전병은 치료와 요양을 권하는 의사들에게 "내가 여기에 왜 왔냐"고 물었다. 의사는 그때서야 "다른 것 없다. 보양시켜서 건강한 몸으로 제대시키라는 지시가 있었다."고 웃으며 말했다. 병원에서는 약속이나 한 것처럼 "오래 걸리지 않을 테니 요양을 잘 마치고 건강하게 집으로 돌아가라"고 말해준다. 건강한데 무슨 요양인가.

다음날부터 의사의 지시에 따라 검사와 치료와 요양이 시작되었다. 운전병은 아무 영문도 모른 채 요양에 충실히 임했다. 매일 약을 복용하고 주사를 맞았다. 그리고 매일 간호사에게 물었다. 내가 이곳에서 요양할 이유가 대체 뭐냐고. 번번이 돌아오는 대답은 하나였다. 요양을 잘 마치고 돌아가라는 말뿐이었다. 운전병이 요양병원에 입원한 지 근 한 달이 지났다. 요양을 받으며 그는 날마다 지쳐갔다. 영문을 알 수 없어 주사를 내미는 간호사에게 치료 이유를 물었으나 아무도 말해주지 않는다. 운전병이 입원한 지 33일째 되는 날 담당간호사가 그를 찾았다.

"동무는 방사선에 피폭돼 백혈구감소증에 걸렸습니다. 이제 남은 시간은 7일입니다."

　운전병이 받은 최후통첩이었다. 13년간 군 복무의 결말이었다. 비밀 엄수에 대한 십장은 이미 부대에서 찍었다. 요양병원에 입원한 지 딱 40일 되는 날 그는 떠났다. 트럭의 상자 뚜껑을 열어 본 결과였다. 요즘은 트럭운전병이 아니었어도 모두가 제대하지 못할 것이라고 한다. 영변 지역의 군인들은 시설 내부에서 평생 종사하도록 노무자 형태의 제대조치가 시행될 것이라고 한다. 영변 지역의 군인들은 국제원자력 기구의 핵사찰을 원망했다. 영변 지역의 핵시설 비밀보장 때문에 최고 사령부가 군인들의 13년간 복무를 했음에도 노무자 종신 근무제로 전환했다고 있었던 것이다.

24

　소대장은 자신도 군을 떠나려고 치료 중에 있다고 말했다. 상부에서 이 지역 군인들의 제대를 군법으로 막기 전에 빨리 사회로 빠져나가야 한다는 것이다. 벌써 움직임이 시작되고 있었다. 슬금슬금 부대를 빠지는 인원 때문에 서른 살이 넘도록 제대하지 못하는 군인들이 수두룩하다. 만기로 제대될 줄로 알고 사민주택에 다니며 사권 여자 친구들은 하나둘 아기를 낳았다. 그렇게 군복무 중에 낳은 자식이 둘씩이나 되는 '아바이' 군인들이 꽤 있었다. 이 지역에서 농장이 철수하기 전에는 농장마을에는 아버지가 없는 아이들이 많았다. 그 애들의 아버지는 아직 부대에 복무 중이거나 제대되었어도 여자를 데려가지 않아 남겨진 아이들이다. 군인이 만기로 제대할 때 자기 자식을 데리고 가는 것은 영변에서는 별로 놀라운 일이 아니었다. 시민들도 이 지역을 벗어나려는 것은 매한가지다. 이곳 군인들과 사귀면 제대되어 그의 고향에 따라가 결혼해 살 수 있다. 부대에서 '아바이'로 불리는 군인들은 다 서른 살이 넘은 노총각들이다. 호영이도 이젠 서둘러야 했다. 소대장은 친구인 군단병원 군의관을 소개해 주겠다고 나섰다.

다음날 정 박사는 호영을 만났다. 이 지역을 벗어나는 방법은 두 가지로, 우선 다른 부대로 옮기거나 병원에서 치료 불가의 진단을 받아내는 것이었다. 방법은 뻔한데 둘 다 현실에 옮기기는 어려운 문제다. 이제 와서 다른 부대로 옮기자니 겨우 진척된 자신의 후보 당원 심사가 물거품이 될 것이고 치료 불가 진단을 받자니 인맥과 뇌물이 상당해야 했다. 어쨌든 정 박사는 이제부터 아들을 제대시키기 위해서 수단과 방법을 가리지 않으리라 마음먹었다.

문득 얼마 전 영변에 신설된 군부대 산하 버섯공장 연구소가 떠올랐다. 정 박사의 군부대에서도 정연자를 버섯연구소 연구사로 발령할 뜻을 내비쳤고 진규도 처음에는 함께 일하자고 했던 곳이다. 범을 잡자면 범의 굴로 들어가야 한다고 했다. 호영을 제대시키기 위해 가장 강력한 힘을 발휘할 수 있는 방법으로 정연자 자신이 영변지역의 군사시설에 신설된 버섯공장에 들어갈 필요를 느꼈다. 그곳에서 군단 정치위원을 만나야 한다. 만약 정 박사가 영변에 가게 되면 호영은 영변을 벗어날 수 있을까. 핵물질에 의한 피폭 현상이 인간에게 얼마나 심각한 것인지 모르는 사람이 없을 것이다. 아들이 영변 군부대에 입대한 것도 억울하기 그지없는데 자신까지 영변으로 들어가야 한다니 기가 막힐 노릇이었다. 정 박사는 부대의 지시라고 하지만 다른 방법이 없나 고민해 보았다.

5장

구룡강의 노래

25

낮동안 내리쬐던 태양이 서산으로 사라진 지도 시간이 꽤 흘렀다.

'이제는 일과를 다 마쳤을 텐데 왜 아직 못 오지?'

정 박사의 얼굴에 등나무의 성근 가지가 짙은 그림자를 드리웠다. 부대에 오면 사랑하는 아들을 안아볼 수 있다는 생각에 들떴던 그녀는 도착한 지 벌써 며칠이 지나도 둘이 마주앉아 얘기할 시간마저 충분히 갖지 못했다. 아들은 짬을 내어 엄마에게 왔다가도 급히 부대로 복귀하곤 했다. 오늘 아침 소대장은 정 박사에게 오늘은 아들을 만날 수 있게 될 거라고 했다. 그런데 해가 지고 달이 뜨도록 호영은 오지 않는다.

아들의 신상에 어떤 일이 생겼는지 불길한 예감이 든다. 진정할 수 없는 착잡한 심정에 사로잡혀 정 박사는 몇 시간째 밖에서 서성이고 있다. 아들을 이곳에서 빼내야 한다던 소대장의 말을 들은 뒤로 호영을 만나는 것이 다급해졌다. 내일 부대를 떠나게 되어 있는 정 박사는 오늘은 꼭 아들을 만나야 한다고 생각했다. 그의 말을 직접 들어보아야 했다.

정연자에게 호영은 유별난 아이다. 사형제의 장남으로 태어난 그는 어릴 적부터 집안의 사랑을 독차지했다. 하얀 피부에 그려놓은 듯 잘생긴 얼굴만큼이나 성격도 활달했다. 그가 밖에 나갔다가 들어올 때면 집안이 들썩일 정도였다.

"할머니! 어머니! 학교 다녀왔습니다! 저 왔어요!"

호영으로 인해 집안에는 늘 활기가 넘쳤었다. 어릴 적의 호영을 생각하며 정연자는 저도 모르게 미소를 지었다. 컹컹 개 짖는 소리가 들리더니 웬 그림자가 정 박사가 서 있는 곳으로 성큼성큼 다가왔다.

"호영이니?"

"네, 어머니, 접니다. 들어가 계시지 뭣 하러 나와 계세요? 오래 기다리셨죠?"

정 박사를 꼬옥 껴안는 호영의 몸에서 시큼한 땀내가 물씬 풍긴다.

"군생활이 힘든 게로구나. 매일 이렇게 바쁜 거니?"

"아닙니다. 요즘 좀 그렇습니다."

호영이 짧게 대답했다. 그의 어깨가 축 처져 있다.

"좀 그렇다니? 많이 안 좋은 게로구나"

좀처럼 힘든 내색을 하지 않던 아들이 오늘은 울적해 보인다. 정 박사는 호영에게 이끌려 방으로 들어갔다.

"오늘 많이 늦었구나. 무슨 일이 있었니?"

마주 앉은 정 박사의 목소리가 가늘게 떨렸다. 잠시 어머니를 바라보던 호영이가 고개를 숙였다. 필경 무슨 일이 있었던 것이다. 오늘 호영은 중대 지휘부에 불려가 대열관리를 잘못한다며 추궁을 받았다. 그것은 분대의 막내 때문이다. 아니, 신입병사 만수 때문이라고 할 수도 없는 일이다. 사실은 군인들에게 지급되던 담배 보급이 끊기면서 발생한 일이었다. 군인들에게 매일 담배 한 갑씩 보급하던 때는 호랑이가 담배를 피던 시절의 옛말이 된 지 오래다. 얼마 전까지 군인들에게 겨우 한 달에 한 갑씩 공급하던 담배 보급도 요즘은 영 끊어졌다. 국가적인 경제난이 군부대들에도 영향을 미치고 있었다. 원료와 전력 부족으로 공장에서 담배를 제대로 생산하지 못하게 되었기 때문이었다. 가끔 소량이나마 군부대에 공급되는 담배가 병사들에게 전달되지 않는 것이 더 큰 문제였다. 담배에 주린 병사들이 때 없이 문제를 일으키고 있었다.

그러나 부대의 시급한 문제는 담배보다 식량이다. 매 군인의 하루 정량 800g은 국가의 식량부족 사태로 500g으로 줄어들었고 그것마저 도정미 입쌀이 아닌 겉곡으로 지급되고 있다. 옥수수마저도 원활히 지급되지 않고 있었다. 군인들의 배고픔은 현실이 되었다. 취사병들은 병사들의 식사량을 늘리기 위해 온갖 방법을 다 고안해 냈다.

물에 불린 옥수수 쌀을 증기 가마에 쪄내어 뜨거운 김이 다 빠지고 식은 다음에 밥주걱으로 조심스럽게 쌀알을 일으켜 담는다. 훅 불면 날아갈 것 같이 담긴 밥그릇을 소대별 인원에 맞게 세어서 차려놓아도 밥그릇은 항상 부족하다. 한 줄로 서서 식당으로 들어오던 군인들이 서로 짜고 그릇 몇 개를 순식간에 감추는 데는 대책이 없었다. 이때 나온 대책 중 하나가 군인들에게 보급할 담배를 시중에 팔아 보충 식량을 마련하는 게 일반화되고 있었다. 그러니 병사들에게 보급될 담배가 있을 리 없다. 담배가 보급되지 않자 병사들 속에서 이상한 현상들이 나타나기 시작했다. 처음에는 이야기로 담배를 피웠다. 병사들이 있는 곳에는 언제나 담배로 시작해 담배로 이야기가 끝난다. 식후에 피는 담배 한 대를 '식후 일미 후 연초'라며 누군가 세상에서 처음 시작된 담배의 유래를 꺼내면 다른 쪽에서는 전국에서 재배하는 담배의 종류와 특징들이 다 나왔다.

량강도 '떼초'의 인분 재배법과 자극적인 맛과 향이 나오면 한 모금에 정신이 팽 돌아 혼미해서 전봇대를 꼭 붙들어야 한다는 함경도 '팽돔' 독초가 나왔다. 그러다가 꿀이 들어간 간부용 '성천' 담배가 나오고 김일성이 생전에 즐겨 피웠다던 미국산 말보로 담배와 영국산 로스만 담배까지 들먹인다. 등급으로 치자면 군인 보급용 '백승'이 일반에 고루 해당되는 '해당화'에 비해 우월해야 하는데 현실은 그 반대였다. 이는 바로 병사들 사기를 생각하지 않는 당국의 무관심 때문이라며 툴툴거리기도 했다.

그러나 등급이야 어찌 되었든 맛이 쓰고 아려서 혓바닥이 갈라질 정도라고 해도 그마저 보급이 끊겼으니 병사들의 담배 갈증은 날로 더해질 수밖에 없었다. 병사들은 근무시간에도 온통 담배 생각에만 정신이 팔려있다. 식사 시간에도 담배에 신경이 곤두서 있다. 식사하러 가서 누가 변소에 가는지 눈여겨 살핀다. 어쩌다 누가 변소에 가는 게 보이면 서로 뒤를 쫓아가느라 승벽내기를 한다. 재래식으로 지어 배설물이 그대로 차 있는 변소는 담배 피는 장소다. 인분에서 나는 지독한 악취 때문에 변소에서 담배를 피우지 않으면 일을 볼 수가 없다. 눈이 시고 코를 찌르는 진한 암모니아 냄새를 피하려고 군인들은 변소에서 담배를 피운다. 그런데 담배가 공급되지 않아 그마저도 피울 수가 없다. 그나마 담배를 피울 수 있는 대상은 군관들이다. 가정이 있고 자녀가 있어 외부와의 소통이 가능한 그들은 담배를 떨구지 않았다. 이를 보는 병사들이 침을 흘리지 않을 수가 없었다.

호영 분대의 신참인 만수가 특히 더했다. 사회에서 얼마간 직장생활을 하다가 입대한 만수는 입대할 때부터 담배찌골(골초)로 소문났다. 배고픈 대원들이 곡식을 훔치려 농장 밭을 습격할 때도 그는 옥수수 대신에 담배밭에 뛰어들어 담뱃잎을 따는 담배찌골이다. 그런 그가 오늘 일을 쳤다. 변소에 가는 중대 정치지도원을 발견한 만수는 얼마간의 간격을 두고 따라가다가 정치지도원이 나오자 잽싸게 변소로 들어갔다. 과연 변소바닥에 꽁초가 여러 개 버려져 있었다. 갓 버린 꽁초는 한쪽에 침이 묻어 있었다. 꽁초가 여과 담배가 아닌 게 얼마나 다행인가. 만약 여과 담배라면 물주리(여과뽕) 때문에 남아날 담배씨가 없을 터다. 꽁초 벌이에 흡족해진 만수는 얼른 준비해간 비닐주머니에 담배를 담아 변소를 나섰다. 젖은 꽁초를 말려 구수하게 한 모금 빨아들일 것을 생각하니 그 황홀함에 기분이 째질 것만 같았다. 그런데 변소 앞에 영철이가 서 있다. 1년 앞서 입대한 그는 다짜고짜 만수에게 주머니를 까라고 했다. 부아가 치밀었지만 엄격한 위계질서 때문에 어쩔 도리 없이 그만 비닐 주머니째 빼앗기고 말았다. 진한 꽁초 연기로 심연을 달래려던 계획이 틀어지자 만수는 꽁초가 있을 만한 곳을 탐색했다. 문득 대대 지휘부가 떠올라 그곳으로 발길을 옮겼다. 그곳에는 이미 또래 병사들이 여럿 와 있다. 그들도 지휘부 창문으로 꽁초가 던져지기를 기다리는 모양이다. 푹푹 찌는 더위 때문에 지휘부의 창문이 하나같이 활짝 열려있었다. 창밖으로 두런두런 말소리가 흘러나왔다.

병사들은 숨소리를 죽이고 창문 아래 벽에 붙어 서서 창문으로 흘러나오는 담배 연기를 바라보며 군관이 피우다 버린 담배꽁초가 던져지기를 기다렸다. 담배 한대를 피우는 시간은 약 7분, 이윽고 창문으로 꽁초 한 개가 던져졌다. 순간 창 밑에 붙어있던 병사들이 와락 꽁초를 덮쳤다. 지휘부 군관이 꽁초를 버리는 동시에 창밖으로 머리를 내밀었다. 그는 창문 밑에서 꽁초 한 개를 놓고 옥신각신하는 병사들의 모습을 넌지시 보더니 소속 상관들을 불러들였다. 당연히 호영의 중대장도 불러갔다.

"부대원 교양을 잘하라!"

그의 한마디에 중대부 비상소집이 마련되었다. 꽁초 수집에 나선 만수의 소행으로 소속분대장 호영이도 지휘부에 불려갔다. 병사들이 꽁초를 얻으려고 지휘부에 출현하기까지의 대열관리의 책임을 지라며 호영에게 경고성 책벌이 떨어졌다. 호영이 보는 앞에서 분대원들이 몇 시간 동안 집단처벌을 받았다. 계속되는 반복 동작에 지쳐가는 병사들을 바라보는 호영은 울컥 치미는 감정을 주체할 수 없었다. 신참인 만수가 여러 차례 말썽을 일으키면서 대대에서 유명해졌지만 이번 책벌은 한 명 병사가 고스란히 받아들일 사안이 아니라고 생각했다.

"군관 동지, 한 가지 이의 있습니다. 병사가 식사 후 대열을 이탈한 것은 분명한 잘못입니다. 하지만 그의 개별일탈은 꽁초를 줍기 위해서인데 그게 무슨 큰 죕니까? 담배공급만 제대로 됐더라도…….."

"뭐야? 그럼 1분대장, 지금 상관한테 반박하는 거야?"

"반박이 아니라 그깟 꽁초를 주워 피우는 걸 갖고 너무 크게 문제를 삼는 것 아닙니까?"

호영은 지금 군관은 피워도 되고 병사는 안 되는 이유를 묻고 있다. 그것도 상관이 피우다 버린 꽁초를 주워 피우는 게 왜 죄가 되고 교양 대상이 되어야 하는지 따지고 있는 것이다. 상관의 말을 맞받아치는 호영의 기세가 만만찮다. 기가 막힌 듯 입을 하 벌리고 그를 노려보던 상급군관은 당장에 중대장에게 호령했다.

결국 호영은 중대원들 앞에서 중대장의 구두 경고 책벌을 받았다. 물론 그깟 책벌이 두려워 기분이 저하된 것은 아니다. 호영은 어떤 경우에도 대대 정치부 노동당 입당 심사가 코앞에 다가온 지금 그런 군사적 책벌은 피해가야 했다. 감사 표창도 아닌 경고 책벌은 입당대상자에게는 치명적인 것이었다. 경고 책벌을 내린 중대장이 다시 중대를 집합시키고 해제 명령을 떨구지 않는 이상 호영은 입당 심의는 물론 어떤 표창이나 감사도 받을 수 없게 된다. 하지만 일단 책벌이 떨어진 이상 후회해도 소용없었다. 후보당 심사문건이 상부에 올라간 상태인데 호영은 해서는 안 되는 행동을 한 것이다.

"1분대장, 아직도 의견이 있어? 잘못이라면서 이유를 설명하라니, 무슨 말이야?"

군관이 여유작작한 얼굴로 호영을 훑어보았다. 호영은 한 가정의 귀한 아들이 입대하여 꽁초를 줍는 처지에 빠졌다며 울먹였다. 군관은 호영의 말에 흠칫하면서도 상급자에 대한 그의 당돌함이 거슬렸다.

"1분대장, 당에 입당하겠다는 군인의 태도가 그게 뭐야? 당의 유일사상 체계 확립의 10대 원칙에서 본인에게 0.001%의 결함이 있어도 먼저 자기 잘못을 뉘우치는 게 당원의 기본자세라고 나오지 않았냐 말이야? 그런데 나더러 꽁초를 줍게 된 설명? 당 앞에서 그리 당당해?!"

그가 노발대발하며 책상을 내리쳤다. 누구 앞에서 함부로 원리원칙을 따지느냐는 것이다. 호영을 노려보는 군관의 눈가에 다시 섬뜩한 독기가 서렸다. 군관이 입당문제를 들고나오는 순간 호영은 아차 싶었다. 자신의 입당문제가 물거품이 될 것이라는 위기감에 두 다리가 떨렸다. 하지만 엎질러진 물은 다시 담을 수 없는 법이다. 조금만 참을 걸 하는 약간의 후회가 드는 그때 군관이 만수의 과거를 따지고 들었다.

"그리고 이만수가 누구야? 2·16 명절(김정일 생일)에도 식당에서 문제를 일으켰던 그 병사가 아니야?"

군관이 입당 심사로 말문이 막혀버린 호영에게 지나간 만수의 문제를 상기시키고 있다. 과연 그랬다. 만수 때문에 호영의 분대가 군단에 소문나게 된 것은 사실이다. 누구보다 동작이 민첩하고 생각이 기발한 만수는 돌발 행동에 거침이 없다. 2·16 명절을 맞아 인근 지역에서 원호 물자가 들어오고 부대서도 명절 준비가 한창인 그때 눈 덮인 초소에서 근무를 서던 만수가 갑자기 사라졌다. 중대 식당을 들이친 것이다.

식당은 이른 새벽부터 돼지를 잡는다, 찰떡을 친다며 북새통이다. 영하의 추운 날씨 탓에 식당 안은 하얀 김이 서려 한 치 앞도 보이지 않았다. 이때 만수가 식당으로 기어들었다. 갓 쳐놓은 찰떡이 네모난 증기 밥솥에 그득 담겨 있었다. 만수가 떡 그릇을 쥐려는 순간, 누군가 들어오는 발걸음 소리가 들렸다. 자칫 어물대다간 찰떡을 먹을 수 없다고 여긴 만수는 생각할 여유도 없이 있는 힘껏 천장으로 찰떡을 던졌다. 금방 쳐놓은 말랑말랑한 찰떡은 생각한 대로 천장에 착 달라붙었다. 어둠이 깔린 이른 새벽에 누군들 찰떡 도둑이 들 줄 알았으랴. 만수는 허리를 숙여 내부를 관찰했다. 무릎 위에 김이 서려 있어 허리를 바닥까지 숙이면 식당에 누가 있는지, 들어오고 나가는 사람의 다리가 훤히 내다보였다. 복잡한 틈에 잠시 몸을 숨겼던 만수는 취사병들이 돼지를 잡는 소란을 이용해 찰떡을 들고 유유히 어둠 속으로 사라졌다.

진지에 도착한 만수는 떡을 여러 개로 나누어 높은 나무에 매달아 두었다. 산과 들이 꽁꽁 어는 2월이라 찰떡을 오래 건사하기에도 안성맞춤이었다. 날이 밝자 만수는 호영에게 중대 식당을 습격한 사실을 털어놓았다. 분대원들과 함께 먹으려고 찰떡을 훔쳐 왔다는 것이다. 만수의 도둑 행각을 듣게 된 호영은 망연자실했다. 분대장으로서 분명 그의 잘못된 행동을 안 이상 상부에 보고해야 하지만 배고픈 분대원들을 위해 헌신한 그를 고발한다는 것도 내키지 않았다. 호영은 찰떡을 조용히 잘 처리하라고 당부했다. 만수는 마치 영웅이 된 것처럼 나무에 매단 떡을 한 덩이씩 꺼내 분대원들과 나눠 먹었다. 찰떡이 거의 동이 날 무렵 부대 전체 집합 명령이 떨어졌다. 중대에서 찰떡의 임자를 찾고 있었다.

며칠째 이어진 사상검토에서 만수가 자신의 소행이라고 자백했다. 그는 너무 배가 고픈 나머지 명절에 식당에 들어가 찰떡을 훔쳤으며 다른 대원들 몰래 혼자 감춰두고 먹었다고 용서를 구했다. 상부에서는 강한 사상 투쟁회를 열고 만수를 처벌할 것을 지시했지만 일은 조용히 마무리되었다. 중대에서 만수의 소행이 분대를 위한 것이었다는 사실을 알게 된 것이다. 군의 식량 사정이 점차 열악해지면서 자유주의가 개인영웅주의로 부각되고 있었다.

그렇게 부대에서 소문난 찰떡 도둑 만수가 이번에 또 개인행동으로 꽁초를 줍다가 걸렸으니 군관이 부하 관리의 책임을 묻는 것은 당연한 것이다. 그런데 호영이가 만수를 편들고 있다. 화가 난 군관이 호영의 입당 심사를 재검토하겠다는 그때 뒤에 선 소대장이 앞으로 나섰다.

"군관 동지, 잘못했습니다. 병사들의 일탈이 반복되지 않도록 철저한 대책을 취하겠습니다."

소대장의 공손한 태도에 화가 좀 풀렸는지 군관이 인상을 폈다. 사실 호영의 문제 제기는 부질없는 짓이었다. 만수의 분대장으로서 부하 관리의 직접적인 책임이 있음에도 자신의 잘못을 인정하지 않는 불손한 태도를 보인 것은 큰 실책이다. 후보 당 입당서류가 재심사를 받게 된다면 자칫 호영의 11년 군사복무가 물거품으로 끝날 수 있다. 당에 입당하는 것은 군인의 군 복무에 대한 결과나 같은 것인데 재심사는 탈락의 위험이 높았다. 자기 분대원을 싸고돌며 상급의 책벌에 이의를 제기했던 호영은 여전히 속이 내려가지 않는다. 오늘 만수의 행동이 잘못이라면 그 원인은 전적으로 군이 제공한 것이 아닌가. 경고 책벌을 내린 중대장이 다시 중대를 집합시키고 해제 명령을 내리지 않는 이상 호영은 입당 심의는 물론 어떤 표창이나 감사도 받을 수 없게 된다. 하지만 일단 책벌이 떨어진 이상 후회해도 소용없었다.

"그래서 후회하고 있는 거냐?"

정연자는 아들을 응시하며 물었다.

"글쎄요, 생각 중입니다."

"후회해도 필요 없는 경우엔 후회하지 마라."

"예에?"

"넌 원래 그런 아이였잖니. 줏대가 강한……."

"어머니도 참, 좀 그렇긴 해도 후회하진 않습니다."

"그러면 됐다."

아들의 이야기는 끝났지만 정 박사는 착잡한 심정이다. 뭐니 뭐니 해도 가족같이 한 솥밥을 먹고 산 대원들을 사랑하며 분대장의 도리를 지키려는 아들이 미더웠다. 강산도 변한다는 10년 세월 아들은 많이 성장해 있었다. 아직 아들의 제대문제가 걸려 있어 미래를 다 예측할 수 없지만 아들에게 일생을 함께할 사랑하는 여자도 생겼고, 장래에 대한 포부도 있다. 아들이 그려보는 아름다운 사랑도, 꿈도 이곳 영변을 벗어나는 길에서만 가능하다.

이제는 소대장의 말처럼, 그리고 중대 정치지도원의 말처럼 호영이가 제대되어 이곳을 하루빨리 벗어나야 한다. 상부에서 이곳 군인들의 제대를 군법으로 차단한다면 그때는 늦다. 서둘러야 한다. 선택의 여지가 없다. 아들 호영의 제대문제에 정 박사 자신이 나서야 한다는 사실이 명백해졌다. 자신이 아들을 찾아온 것이 얼마나 유익한지 새삼 느껴졌다. 창밖에서 숲속 풀벌레의 울음소리가 깊어가는 영변의 밤하늘을 아름답게 수놓고 있었다. 시곗바늘이 자정을 지나고 있다.

26

다음날, 정 박사는 호영이와 부대 간부들의 배웅을 받으며 부대를 떠났다. 정치지도원이 정 박사를 바래다주려고 200리 밖의 맹중리역까지 함께 왔다. 그는 영변 버섯연구소로 가는 차를 물색해 정 박사를 태워 보내며 다시 한번 신신당부한다. 아들을 이곳에서 제대시켜야 한다고. 군인 신분이면서 호영을 친동생처럼 여기는 그의 인간됨에 마음이 숙연해졌다. 정치지도원도, 소대장도 영변 핵기지를 벗어나려고 몸부림치고 있다. 그들을 위해서라도 정 박사 자신이 최고사령부가 관장하는 버섯연구소에 들어가야 한다.

버섯연구소로 가는 길은 구룡강 기슭을 따라 긴 굽이길로 되어 있었다. 단속초소의 차단봉이 곳곳에 설치돼 있어 그때마다 무력부 후방총국 산하 붉은별 무역총회사의 증명서로 확인했다. 버섯연구소로 가는 정 박사의 증명서를 확인하는 초소군인들은 정중한 태도를 취했다. 아마도 구룡강변에 신설된 버섯연구소가 최고사령부가 관활하는 원자력총국 산하의 연구기관이라는 점에서 정 박사를 중요한 인물로 여기는 모양이었다. 약산동대의 산발을 끼고 굽이쳐 흐르는 구룡강 기슭에 이름 모를 고층건물들이 눈에 띈다. 고층이라야 4층, 5층짜리 건물로 된 기업소들이다. 기업소 간판은 대개 '2월 기업소', '3월 기업소'…… '12월 기업소'로 각각 월별로 구분돼 있다. 기업소 이름을 월로 일치시킨 것을 발견한 정 박사는 속으로 웃음을 지었다.

문득 청진에 있는 5월 10일 연합기업소가 떠오른 것이다. 원래 갈탄이 많은 함경도 지역에는 각 대상 기업소의 석탄생산을 위한 설비와 부품을 생산 보장하게 된 탄광 기계 연합 기업소가 있었다. 그런데 어느 해 탄광의 굴착기 생산기지인 라남탄광기계연합기업소에 대한 김일성의 현지 지도가 있었다. 그 뒤 기업소의 생산지표가 탄광 굴착기에서 군수품 생산기지로 바뀌면서 기업소 명칭도 '5월 10일 연합기업소'로 바뀌었다. 라남탄광연합기업소가 '5월 10일 연합기업소'로 명칭이 바뀌고 얼마 지나지 않아 인근에 '원자력연구소'가 생겨났다. 청진시에서 일반인 출입이 엄격히 차단되는 원자력연구소가 사실상의 핵개발 연구소라고 알려지면서 지역 주민들 속에서는 5월 10일 연합기업소에 대한 관심이 더욱 높아졌다.

그런데 이곳 구룡강 기슭에 청진에 있는 그 숫자의 기업소 풍경들이 펼쳐져 있는 것이다. 4층, 5층짜리 건물 벽체는 하얀 회칠로 단장되어 있는데다 밖에 다니는 사람들이 별로 없어 외관으로 봤을 때에 무슨 생산 시설일까 싶을 정도로 조용하고 평온한 분위기를 자아냈다. 그러나 이곳은 누가 뭐래도 분강지구다. 국제사회가 핵시설 기지로 지명한 위험지역이다. 이곳은 김소월 시인이 노래했던 '진달래꽃'의 배경을 담은 태고연한 약산동대가 아니다. 약산의 기묘한 산봉우리와 울창한 수림을 감돌아 유유히 흐르는 구룡강의 아름다운 명소인 '관서팔경'에는 한 발자국도 마음대로 내디딜 수 없는 삼엄한 초소들이 수없이 길을 막고 있다.

2월 기업소를 지나 도착한 초소에는 사민 복장의 한 사람이 나와 있었다. 미리 전화를 받은 김진규 박사다. 훤칠한 키, 반듯한 이마, 뚜렷한 이목구비에서 발산하는 광채가 한 눈에도 김진규임을 알아보게 했다. 청진을 떠나기 전에 이곳 버섯연구소 발령과 관련해 통화할 때는 오지 말라고 그렇게도 만류하더니 정작 눈앞에 나타난 정 박사 앞에서는 반가움을 감추지 못한다. 정 박사를 바라보는 진규의 잔잔한 미소는 형언할 수 없는 그리움으로 넘실거렸다.

버섯연구소로 뻗은 길은 한적했다. 진규가 있는 버섯연구소는 인민무력부 원자력총국 산하 304연구소의 버섯공장 소속이다. 진규의 안내를 받으며 몇 개의 초소에서 군부대 증명서를 확인한 뒤에 둘은 도로에 나섰다. 멀리 나지막한 산기슭에 산뜻하게 들어앉은 버섯연구소 건물이 보인다.

"연자, 어떻게 된 거예요?"

그는 벌써 몇 번째 되묻고 있다. 버섯연구소가 어떤 곳인지 어렴풋이 아는 정연자가 이곳에 나타날 줄은 전혀 몰랐다는 표정이다. 전화에서 절대 오지 말라고 신신당부하지 않았던가.

정 박사를 다시 보고 또 보며 놀라움과 반가움으로 어쩔 줄 모른다.

"그렇게 됐어요. 제가 아무래도 김진규 박사와 함께 일해야 될까 봐요."

정연자는 자신은 이미 버섯연구소에서 일하기로 결심했다고 못을 박고 있다. 놀라서 커진 진규가 정색하며 정연자에게 물었다.

"굳이 연구소에 오려는 의도는 잘 모르겠지만……. 이곳은 오면 안 되오. 그리고 정동무 남편도 허락하지 않을 거고."

진규의 남편에 대한 걱정은 공연한 것이 아니었다. 정 박사가 받은 연구 테마 때문에 외부 출장에 나설 때마다 그의 남편은 늘 불만이 많았다. 그의 머릿속에는 박사 정연자보다 가정주부 정연자가 있다. 꼭 출장을 갈 때마다 집안이 복잡해지곤 했다. 시모가 있고 자식이 넷씩이나 되는 여자가 그깟 연구랍시고 밖으로 나돈다며 정연자를 바람난 여자 취급을 했다. 남편은 출장이 제기되고 가정불화로 언성을 높일 때마다 김진규를 들먹였다. 아내의 대학 시절에 가장 가까이 지낸 진규가 다름 아닌 첫사랑을 고백한 남자라는 사실에 열을 올렸다. 같은 대학에서 같은 학과를 졸업하고 같은 연구 분야에서 일하면서 같이 박사의 반열에 오르고 연구성과를 올리고 있는 둘의 관계에 대해 은근히 신경을 썼다.

작년 전국 과학자대회에도 함께 참가해 나란히 앉아 텔레비전에 얼굴이 비치자 남편은 극도로 흥분했다. 정연자의 남편 강진은 시도 때도 없이 트집을 걸어 아내를 가정주부로 살라고 요구했다. 그는 가정은 나라의 세포이며 세포가 건강해야 나라도 건강한 것이라며 정연자의 연구 활동을 비하했다. 이런 가정사를 아는 진규에게 버섯연구소에 온다는 정 박사의 말은 예측할 수 없는 불안으로 다가왔다.

그런데다 이곳은 사랑하는 사람을 불러들일 곳이 아니다. 국가에서 IAEA의 핵사찰 검증에 대비해 방사능 성분을 감추려고 일부러 신설한 버섯공장이라고 하지만 주변이 온통 방사능에 노출돼 있는 곳이다. 언제부터 이곳 주민들 속에서도 방사능 성분에 노출된 증거 현상이 포착되기 시작했다. 대다수 주민의 수명이 다른 지역에 비해 현저히 짧은 것으로 집계되고 있다.

　이상한 신체 현상은 젊은 층 부부의 하소연에도 나타났다. 한쪽 머리가 없이 태어나는 아이들과 빨간 눈동자의 아이, 발뒤꿈치가 잘린 것 같은 기형아들이 태어나기 시작한 것이다. 산 좋고 물 맑고 경치 좋은 약산동대가 핵기지가 들어선 후 방사능 성분에 노출되어 몸살을 앓고 있는 것이었다.

　버섯연구소는 텅 빈 것같이 한적하다. 얼핏 보기에 빈 건물로 보이는 연구소 주위에서 쉴 새 없이 울어대는 매미 소리에 귀청이 따갑다. 건물마당에 다가서자 흰 가운을 입은 연구원들 몇이 오가는 것이 보였다. 5층짜리 연구실의 방들은 꼭꼭 닫혀 있어 끝없는 미지의 세계에 들어선 것 같은 불안한 정적마저 감돌았다. 진규의 연구실은 4층 복도의 맨 끝에 있었다. 2중으로 된 연구실 문을 열고 들어가자 여러 개의 방이 나타났다. 햇빛이 눈부신 첫 방은 가운데에 진규의 사무용 책상과 전화, 벽면에 관련 서류와 서재를 꽂은 책장이, 그 외에 간단한 연구토론을 할 수 있게 화이트보드와 몇 개의 걸상이 놓여 있었다.

　다음 방에는 갖가지 연구기재들이 즐비하게 갖춰져 있었다. 벽면에 설치된 선반에는 버섯 포자를 삽입한 날짜와 종류별 기호가 적힌 유리병들이 진열되어 있다. 마지막 방에는 버섯재배 선반이 있었다. 온도계와 습도계가 설치된 매 선반에는 일정한 크기로 자란 느타리버섯이 화려한 꽃잎을 펼치고 있다. 일반 버섯재배 시설에서 느끼는 탁한 공기와 달리 신선한 공기가 방안을 가득 채우고 있어 연구실은 한층 쾌적하게 느끼게 했다. 최고사령부 직속 연구소라서 그런지 실험 도구와 설비들은 전부 최신식 외국산으로 갖춰져 있었다. 연구실을 둘러본 연자에게 진규가 따뜻한 김이 오르는 버섯차를 내밀었다.

"둘러본 소감이 어때?"

한 모금을 들이키자 향긋한 버섯향이 온몸에 기분 좋게 퍼졌다.

"좋은데요? 이런 곳에서라면 정말 연구할 맛이 나겠어요."

연자는 진정 부러웠다. 지금껏 전국을 돌며 수많은 실험실과 연구실을 둘러보았지만 이곳 버섯연구소처럼 최신식 연구설비와 실험도구가 구비된 곳은 한 번도 본 적이 없는 그녀에게 진규의 실험실은 환상적이었다. 게다가 책장에 꽂혀 있는 번역판 서적들은 과학을 연구하는 사람이라면 누구라도 탐낼 만한 세계적인 자료들이다. 말없이 찻잔을 내려다보던 진규가 긴 한숨을 내쉬었다.

"사실 좋아, 그런데 내가 하는 연구가 무엇을 목적으로 하는가가 문제인 거지."

이에 대해 대답을 해보라는 듯 진규가 연자를 바라본다. 좀처럼 정색할 줄 모르던 진규의 부드러운 인상이 굳어져 있다. 그의 깊은 눈동자에 그동안의 고민이 고스란히 비껴있었다.

"새삼스럽게, 우리의 연구목표가 우리의 의지대로 정해지는 건 아니잖아요."

점점 무거워지는 분위기를 피하고 싶어 연자는 단도직입적으로 말했다. 연자도 진규의 말뜻을 모르는 바가 아니다. 하지만 지금껏 해온 연구의 결과들이 다 당에서 지시한 연구 테마에 맞춰진 것이 아닌가. 이 땅에서 사는 과학자 중에 어느 누가 자기가 하고 싶은 연구를 할 수 있단 말인가.

"연자의 말이 맞아. 그런데 난 과학자로서 지금의 버섯연구가 양심에 찔려."

진규가 신음하듯 조용하게 말했다. 최고사령부의 직접 지시를 받는 원자력총국 산하에는 핵무기 개발을 목적으로 한 304연구소와 101연구소, 108연구소, 206연구소가 있다. 그리고 최근 버섯연구소가 신설되었다. 외부에는 영변의 버섯공장과 버섯연구소가 군인들의 식생활문제를 해결하기 위한 최고사령부의 지시로 건설되어 운영된다고 알려졌다.

지금 분강지구의 한쪽 산속 동굴에는 방사능 성분을 원천차단한 버섯 생산기지가 있다. 유사시, 국제원자력기구의 핵물질 검증 사찰을 회피하기 위한 전략기지인 셈이다. 국제원자력기구의 한스 사찰단이 영변 핵시설 검증을 하기로 확정된 바로 전날 밤, 지정된 지하터널은 일제히 버섯연구소에서 재배한 무성분 버섯들로 가득 채워진다. 이미 버섯공장을 밤중에 통째 옮기는 데 필요한 자재와 설비, 차량이 빈틈없이 갖추어져 있었다. 최고사령부의 직접 지시를 받으며 원자력총국에서 열리는 행사에 종종 참가하는 진규는 날이 갈수록 이곳 버섯연구소에서의 버섯연구에 절망감을 느끼고 있다.

27

그것은 얼마 전 회의에서 한 연구사에 대한 처벌이 있고 난 뒤부터다. 며칠 전 신종버섯 배양균을 삽입하고 있는 김진규의 버섯연구실로한 통의 다급한 전화가 걸려왔다. 101연구소로 즉시 모이라는 긴급소집 명령이었다. 101연구소라면 친구 김성택이 있는 연구소다. 가끔 만나게 되지만 언제나 편하고 소탈한 성택을 만날 생각에 진규는 정성껏 마련해 둔 버섯술부터 챙겼다. 신종버섯을 개발하는 과정에 항암치료에 특효가 있는 새로운 성분을 발견한 그는 일밖에 모르는 친구의건강을 위해 따로 약술을 만들어 두었다. 실험용 가운만 벗고 서둘러도착한 101연구소 마당에는 보이지 않던 차량이 죽 서 있었다.

회의는 101연구소 소회의실에서 열렸다. 30대의 젊은 연구사들과진규 또래의 연구사들이 회의에 참가하려고 다 모였다. 벽에는 김정일친필 말씀이 커다란 판에 걸려있다.

"위대한 수령님 시대에 반드시 핵 개발을 완성하려고 합니다. 수령님 대에 핵 개발을 완성하는 것, 이것은 나의 단호한 결심입니다. 우리는 핵 개발에서 조국 통일을 시작하고 핵으로 조국 통일을 총화하려고 합니다. 핵 개발 부대 제3공병국은 나의 친위대입니다."

연구원들이 다 모인 가운데 회의가 시작되었다. 연단에 평양 국방과학원 연구소 소장이 101연구소 당위원장과 함께 나란히 서서 중앙당에서 하달한 지시내용을 열거했다. 회의의 내용은 국내외의 정세가 심각해지고 있는 이때 연구원들 속에서 직무에 대한 이탈과 연구사업에서 태만 현상이 나타나고 있다는 것, 특별히 분강지구의 연구원들은 김정일의 친위부대로서 더욱 긴장되고 동원된 태세로 연구에 임해야 한다는 지시가 하달되었다.

갑자기 이탈이고 태만이라니, 전에 없던 회의 내용에 적잖게 놀란 진규는 퍼뜩 주위를 둘러보았다. 분강지구 연구원들에 대한 지시라면 무슨 사고가 터진 것이 분명하다. 누굴 두고 하는 말인지 감이 잡히지 않았다. 그런데 김성택이 눈에 띄지 않는다. 외부에 출장갈 때면 잠깐이라도 전화를 걸어 연락을 해오던 친구다. 설마, 김성택이 누군데. 친구에 대해 별의별 지나친 억측을 한다고 생각하니 저도 몰래 얼굴이 달아올랐다. 그런데도 성택이가 보이지 않으니 마음에 걸린다. 성택이가 사고를 친 것은 아니겠지. 아무렴 일밖에 모르는 그에게 사고라니 가당치도 않다. 진규는 성택이가 또 어디론가 출장을 다녀올 것이라고 여겼다.

28

101연구소 김성택은 핵 관련 기술연구 분야에서 최고로 꼽히는 현장기술자다. 그의 전문분야는 구소련산 로켓 탄두 엔진이다. 평안북도 운전군이 고향인 그는 명석한 두뇌를 가진 덕에 김책공업대학을 최우등으로 졸업하고 국가의 배려로 러시아 유학까지 다녀온 인물이다. 그의 유학은 다 군사와 관련된 무기기술에 맞춰져 있었다. 유학 기간 중 김성택은 아시아인 특유의 부드러운 인상과 쾌활한 성격으로 소비에트 연방이 키우는 수많은 군사전문가를 만나 친구로 사귀었다. 그러던 중 구소련이 붕괴되면서 친구들은 각 나라로 뿔뿔이 흩어졌고 그때 친구들로부터 중요한 군사기술 문서들을 대량 확보하게 되었다. 성택은 러시아에서 군사전문가들에게 접근해 숱한 무기기술과 군사 비밀 자료들을 수집해 조국으로 빼돌린 공로로 김일성으로부터 훈장을 받은 이후 유명해졌다.

유학을 마치고 귀국한 후에도 그는 자주 러시아 출장길에 나서곤 했다. 유학 기간에 맺은 러시아 친구들을 만나기 위한 해외여행이라고 하지만 실제로는 아직 확보하지 못한 핵무기 관련 군사기술자료들을 수집하기 위한 국가적인 파견 임무를 수행하고 있었다. 김성택이 최고사령부의 직접 지시를 받고 김일성과 김정일의 총애를 받는다는 것은 권력과 출세에 눈이 어두운 다른 군사전문 기술자들에게는 시기심과 질투심을 불러일으켰다.

김성택을 밀어내려고 중앙당 고위간부들이 무던히도 애를 썼지만 그의 위치는 요지부동이었다. 당에서 키운 젊은 인재들도 이 부서에 들어와 과장의 자리를 넘보고 있었지만 그가 이루어낸 공적과 전문적인 군사학문의 한계를 넘지 못해 부하직원으로 세월을 보내고 있었다.

한동안 평양시 용성구역 용성 2동에 있는 국방과학원에서 재직하던 그는 지난해부터 국방과학원 연구소 분원이 있는 분강지구 101연구소에서 현장기술자로 근무하게 되었다. 하지만 분강지구 핵 연구소에 내려온 후에도 그는 평양에서의 핵무기 관련 업무를 그대로 관장했다. 함경북도 청진에서 자강도 강계로, 평안북도 희천으로 출장을 다니던 그에게 큰 사건이 발생했다.

어느 날 함경북도 청진시 소재 원자력연구소에서 유도 무기용 로켓 엔진 설계가 완성되었다는 연락이 왔다. 성택은 지체없이 도면을 접수하러 청진으로 떠났다. 얼마나 기다리고 기다려 온 소식인가. 지금까지 살아온 성택의 인생이 다 군사무기 개발을 위해 바쳐진 인생이라면 앞으로 살아갈 인생 목표 또한 핵무기 개발이다. 수령님께 또 하나의 충성의 보고를 올리게 되었다는 사실에 가슴은 진정할 수 없이 벅차올랐다. 설계도면을 넘겨받은 성택은 바로 평양부터 갈 생각이었다. 한시라도 빨리 신형무기 완성 소식을 알려야 한다. 오전에 도착한 그는 설계도면을 받아 평양행 열차에 올랐다. 그런데 서둘다 보니 침대표가 다 매진된 상황이었다. 다행히 성택은 핵개발 담당 비밀기관인 131지도국 43여단 군부대 증명서를 내밀고 상급차표를 샀다. 침대칸이 아니어서 긴 복도에는 사람들이 발 디딜 틈 없이 꼭 차 있었다. 겨우 사람들을 비집고 열차에 오른 성택은 단조로운 기차 소리에 그만 꿈나락에 빠져들었다. 밤낮으로 뛰어다니던 긴장감이 한꺼번에 몰려왔다.

영변 핵시설에 대한 IAEA 사찰이 시작되었다. 사찰단에는 유학 시절 성택의 친구들이 여럿 보였다. 성택의 안내를 받으며 분강의 여러 의심지역을 돌아본 사찰단은 만족한 웃음을 지었다. 그들은 내일 약산동대를 돌아보자며 한 곳을 지명했다. 어디든지 상관없다. 이미 모든 준비를 마친 상태라 사찰단의 검열이 전혀 문제될 것은 없었다. 사찰단의 검증요구를 흔쾌히 받아들인 성택은 진규에게 전화를 걸었다.

수화기 너머로 삑- 하는 대기음이 울리더니 전화가 끊어진다. 여러 차례 더 통화를 시도했지만 여전히 전화가 연결되지 않았다. 무슨 일일까. 얼마간 시간이 흐르면서 성택은 불안해졌다. 멀지 않은 거리에 있는 버섯연구소를 찾아가기로 한 성택은 구룡강 기슭에 나갔다. 지난밤에 퍼부은 폭우에 강물이 불어 거품을 일으키며 흐르고 101연구소와 버섯연구소와 연결된 다리가 흔적도 없이 떠내려갔다. 김진규!

두 손을 허우적거리며 친구의 이름을 부르던 성택에게 사찰단 검열성원들이 다가왔다. 무슨 문제가 있냐고 물었다. 성택은 아무것도 아니라고 안심시키며 주위를 둘러보았다. 낯선 사람들이 손사래를 치는 자신을 물끄러미 보고 있다. 꿈이었다.

이마에 흥건히 내밴 땀을 닦아내며 성택은 허전함을 느꼈다. 가방이 보이지 않는다. 정신이 번쩍 들었다. 설계도면을 넣은 가방이 없어졌다. 머리카락이 쭈뼛 곤두섰다. 열차 안전원들을 찾아가 가방을 잃어버렸다고 말했다. 안전원이 자기 짐은 본인 스스로 정신 차리고 건사해야 한다며 핀잔을 준다. 열차에서 분실되거나 도난당하면 찾을 수 없다고 잡아뗀다. 열차 승무대의 전화를 빌렸다. 중앙에 설계도면 분

실내용을 알렸다. 달리던 열차가 멈추어 서고 대대적인 수색소동이 벌어졌다. 사람과 짐을 이 잡듯이 뒤졌다. 의도적인 도난이었다. 안전원의 말처럼 도면은 끝내 나타나지 않았다.

29

중앙에서도 문제가 발생했다. 설계도면이 외부로 유출되면 국가적 손실이 막대하다고 보고 전국적인 수사로 확대했다. 열차에서 벌어진 분실사건인 만큼 전국 각지의 유명 깡패와 도둑까지 수사망에 넣었다. 국가안전성과 국가보위성의 합동 수사가 시작된 지 며칠이 지나도록 도면은 감감무소식이다. 성택은 혼자 출발한 것을 후회하기 시작했다. 도면을 넣은 가방을 잃어버릴 것이라고는 꿈에도 생각하지 못한 자신을 자책했다. 이제는 수사국에서도 슬슬 맥을 놓는 분위기다. 그들이 우려하는 것처럼 정말 도면이 외부로 유출되었다면? 남조선으로 보내진다면? 생각하기도 끔찍했다. 그동안 피땀으로 쌓아 올린 공든 탑이 와락 무너져 내리고 있다. 전국을 다 뒤져서라도 반드시 찾아내라는 인민무력부 최고사령부의 수사명령이 떨어졌다.

중앙에서 우려하는 것도 외부유출이다. 핵무기가 없다고 하는 원점에서 시작해 사찰을 받아들이고 국제적인 식량과 기름원조를 받기로 했는데 그게 물거품이 될 위기에 처한 것이다. 인민무력부, 국가보위성, 국가안전성에서 수사경쟁이 붙었다. 사회안전성에서는 떠돌아다니는 꽃제비들을 조사하기 시작했다. 정처 없이 떠도는 꽃제비도 활동지역이 있고 패가 있다. 청진 안전부에 등록된 꽃제비들이 한 명씩 안전부에 불려가 조사를 받았다. 수사당국이 설계도면을 찾고 있다는 소문이 바람처럼 청진시 바닥에 퍼져 나갔다.

그러던 중 도면의 출처가 나타났다. 어느 꽃제비 패에서 수사의 실마리를 제공한 것이다. 청진-함흥 간 구간을 돌며 손님들의 물건을 훔쳐 연명하는 꽃제비 패거리가 성택의 가방을 훔쳐 갔다. 질 좋은 가죽 가방이어서 돈이든 먹을 것이든 있을 줄 알았던 꽃제비들은 돈도 먹을 것도 없자 설계도면을 불쏘시개로 쓰기 시작했다. 종일 길거리를 헤매다가 밤중에 다리 밑에 모여들면 꽃제비들은 불을 피우고 노래를 불렀다. 꽃제비들 손에서 로켓엔진 설계도면은 그렇게 불태워졌다. 꽃제비 중 하나가 행여나 팔아먹을 만한 것인지 대학을 졸업했다는 유식한 꽃제비에게 도면을 보였지만 눈 뜬 장님이었다. 이리 보고 저리 봐도 아무짝에도 쓸모없는 복잡한 선과 선의 연결이고 그렇다고 팔아먹을 수 있을 것 같지도 않은 종이뭉치였다. 종이에 빼곡히 쓰인 글은 모두 영문이어서 죽으라는지 살라는지 알 수 없었다. 모두 생소한 전문용어를 보고는 도리질했다.

하지만 로켓엔진 분실에 대한 책임은 분명했다. 김성택은 다시 돌아오지 않았다. 어떤 사람은 추방되었다고 하지만 그 문제는 추방으로 끝낼 간단한 문제가 아니었다. 전 국가적으로 수사 능력을 총동원하면서 내부에서 로켓엔진 역설계 도면과 로켓 탄두의 핵미사일 장착과 같은 군사 비밀들이 새어나갔기 때문이다.

30

여름날의 태양이 곧 유리창을 뚫어버릴 것 같이 강렬했다. 침상에 누운 원석은 몇 번이고 벽시계를 언짢은 눈으로 올려다본다. 사고 후 유증으로 자그마한 소리에도 신경이 곤두선다는 건 느꼈지만 별안간 시끄러운 초침 소리에 인상이 잔뜩 찌푸려졌다.

"똑똑!"

누군가 병실 문을 두드렸다.

"들어오세요."

유미의 엄마다.

"오마니, 오셨습니까? 날이 푹푹 찌는데 오시느라 힘드셨겠습니다."

서둘러 상체를 일으키려는 원석의 얼굴에 미안함과 고마움이 고스란히 비친다.

"아직 불편한데 일어나지 마시라요."

여인은 자기의 부주의로 쌩쌩 날아다녀도 시원치 않은 청년을 침대에 묶어놓았다는 미안한 마음에 원석에게 일어나지 말라고 만류했다.

"많이 덥죠? 시원한 물부터 좀 드시라요."

원석은 간호원이 금방 떠다 놓은 약수를 가리켰다.

"물 좀 마실까? 무슨 놈의 날씨가 더워도 너무 덥네."

원석의 말이 떨어지기 무섭게 벌컥벌컥 물을 들이켜는 유미 엄마의 목선으로 굵은 땀이 빗줄기처럼 흘러내렸다.

"그래 몸은 좀 어떤가?"

손등으로 연신 땀을 훔치면서도 시선은 원석에게서 떼지 못한다. 그녀의 얼굴에 걱정스러운 기색이 역력하다.

"네, 덕분에 많이 좋아졌습니다. 오마니 근데 오늘은 혼자 오셨습니까?"

말끝을 흐리는 원석의 두 눈망울이 어린아이의 눈처럼 여리고 순수하다. 지난번 병문안에 왔을 때 유미의 어머니는 다음 면회 때에는 딸과 함께 오겠다고 약속했다. 발랄하고 예쁜 딸과 함께 오겠다는 그 말이 젊은 군인의 마음을 설레게 했던 모양이다.

"그게 말이야…… 갑자기 좀 안 좋은 일이 생기는 바람에…….'

안색이 어두워지는 모습에 불안해진 원석은 재차 물었다. 혹시 딸에게 무슨 일이라도?

"집에 무슨 안 좋은 일이라도 생겼나요?"

"사실 우리 딸 친구 중에 고은아라는 친구가 있다네. 둘이 단짝 같은 친구라 가족 같았는데 얼마 전 로켓 탄두 기술자로 일하던 아버지가 중요한 기밀문서를 잃어버리는 바람에 쥐도 새도 모르게 사라졌다네. 상심했을 친구를 위로하러 간다고 해서 같이 오자는 말을 못 했네.”

할 말을 잃은 원석은 괜찮다는 말조차 쉽게 나오지 않았다.

“정말 안됐습니다.”

한참 후에야 입을 연 원석은 영문도 모른 채 들뜬 자신이 미안하고 부끄러웠다.

“그런 줄도 모르고 죄송합니다, 오마니.”

“아닐세. 자네가 죄송할 일은 아니지. 아, 그리고 내게 들은 말은 누구에게도 하지 말게.”

유미 엄마는 괜히 주위를 두리번거리며 귓속말을 했다.

“네, 오마니. 걱정 마십시오. 따님 친구분 부친께서 꼭 돌아오시기를 바라겠습니다.”

원석은 씩씩한 목소리로 여인을 안심시켰다. 그러면서도 궁금해졌다. 병실 안에 감도는 무겁고 탁한 공기 속에서 시계 초침 소리만 숨가쁘게 들렸다. 한편 소식을 듣고 한달음에 달려온 유미를 보자 은아는 눈물을 왈칵 쏟았다.

“어떻게 된 일이야? 은아야! 내가 들은 게 전부 사실인 거야?”

“유미야, 우리 아버지…… 우리 아버지를 어디 가서 찾을 수 있어? 나 좀 도와줘.”

목이 메어 우는 은아의 온몸이 당장이라도 쓰러질 것처럼 휘청거렸다.

“은아야, 내가 도와볼게. 우리 힘을 합쳐보자.”

다짜고짜 유미는 은아를 부둥켜안고 같이 눈물을 쏟았다.

"아버지를 찾아볼 무슨 방법이 있을까?"

갑자기 닥친 상황에 놀란 은아는 진정하지 못하고 덜덜 떨고 있었다.

"너 혹시 101연구소 알지? 거기에 내 사촌오빠가 있다고 했던 것도 기억나지? 우리 오빠한테 부탁하면 무슨 해결책이 있을지도 몰라."

"유미야, 뭐라도 도와줘. 제발!"

101연구소가 최고사령부 직속 기관이라는 걸 알고 있던 유미는 사촌오빠 철웅에게 한 가닥 희망이 있다고 믿었다.

"내가 오빠와 자리를 마련할 테니 만나서 좀 더 구체적으로 논의해 보자. 침착해. 그러다가 너 쓰러질까 걱정이야."

유미에게 희망이 있을 거라고 믿은 은아는 떨리는 가슴을 애써 진정하고 싶었으나 두렵고 불안한 마음은 쉽게 가라앉지 않았다.

31

호영은 요즘 말썽꾸러기 만수의 일로 입당 심사가 보류되면서 심경이 복잡하다.

'원석이 많이 좋아졌으려나?'

아무리 힘든 상황에 처해도 병석에 있는 원석을 만나러 가는 날을 손꼽아 기다려온 호영이다. 누군가를 위해 자신의 목숨도 기꺼이 내놓던 원석은 호영의 가슴 속에 영웅처럼 빛나는 존재다. 여름 땡볕도 호영의 발걸음을 더디게 할 수 없었다. 온몸이 땀범벅이 되어서 병원에 도착한 호영은 동행하는 군관의 뒤를 따라 성큼성큼 계단을 올라 병실 앞에 도착한다.

"똑똑똑!"

"들어오십시오!"

병실 문을 조심스레 연 호영은 동행군관에게 인사한 후 안으로 들어갔다.

"원석아! 잘 있었어?"

문을 열자 원석이가 몸을 움찔하며 일어나려고 한다.

"호영 동지! 오시느라 수고 많으셨습니다!"

몸을 일으키며 경례를 하는 원석을 호영이 얼른 일으켜주었다.

"건강은 좀 어때? 더 나빠진 증상은 없어?"

원석의 표정을 깐깐히 살피며 호영이 물었다.

"덕분에 잘 회복하고 있습니다."

"나는 그저 그래. 근데 원석이 너 얼굴색이 왜 그래? 무슨 일 있었던 거야?"

어딘가 수심에 잠긴 듯한 원석의 표정을 읽은 호영이 바싹 가까이 다가가 안색을 살폈다.

"아, 아닙니다."

원석이가 당황하며 더듬거린다.

"아닌 게 아닌데? 무슨 일이야? 너 지금 내가 아는 표원석의 얼굴이 아니잖아!"

호영은 얼굴만 봐도 다 알 수 있으니 솔직하게 털어놓으라고 다그 쳤다.

"아, 그게 말입니다. 병문을 다녀가신 염소 오마니 때문에……"

"염소 오마니? 왜 염소 오마니가 뭐 안 좋은 얘길 하신 거야?"

"그 오마니네집 일은 아니지만, 듣고 나니 저도 마음이 좀 안 좋습니 다……"

원석이 시무룩한 얼굴로 말꼬리를 흐렸다.

"무슨 얘긴데 이리도 힘들게 말을 꺼내고 그래?"

"오마니가 누구에게도 말하지 말라고 했습니다만……. 오마니 따님 친구분의 부친이 쥐도 새도 모르게 행불되셨답니다. 그래서……"

"행불? 왜?"

"무슨 로켓 탄두 기술자로 일하셨는데 중요한 기밀문서를 잃어버리 셔서 비상이 걸렸고, 그 후 행불이 되셨다고 합니다. 하루아침에 아버 지를 잃은 게 남의 일 같지 않아서 말입니다."

"안타까운 일이군. 정말 남 일 같지가 않군. 잠시만, 방금 로켓 탄두 기술자라고 했나?"

퍼뜩 무언가 짚이는 데가 있다.

"네, 그렇습니다."

"혹시 그 염소 오마니 따님의 친구 이름이 뭐라고 했는지 기억나나?"

"글쎄 말입니다. 뭐라고 하셨던 것 같은데 기억이 잘……."

"기억해봐. 전혀 기억이 안 나?"

"죄송합니다. 기억이 나질 않습니다."

불현듯 불길한 느낌을 받은 호영은 은아가 걱정됐다.

'은아를 어서 만나야 할 텐데. 아니겠지?'

호영은 불길한 예감이 들었지만 은아에게 일어난 일이 아닐 것이라고 단정했다. 은아에게 일어나서는 안 될 일이 일어났을까 불안한 마음에서 스스로 위안하는 것인지도 모른다. 호영은 당장에 은아에게 달려가 확인하고 싶지만 부대로 복귀할 때까지 동행해야 하는 군관 때문에 외부에서 개인적인 시간을 보내기 어려워 부대로 돌아왔다.

32

유미의 소개로 철웅을 만나게 된 은아는 낮고 차분한 목소리로 인사했다.

"안녕하세요. 유미의 친구 고은아라고 합니다. 바쁘실 텐데 시간 내주셔서 감사합니다."

"안녕하세요. 이철웅입니다."

철웅은 눈부시게 아리따운 처녀의 인사에 몸 둘 바를 몰라했다. 수줍게 인사를 한 은아가 얼굴을 드는 순간 철웅은 깜짝 놀랐다.

'아니, 이분은?'

철웅은 대번에 예전 유미의 집에서 본 사진의 얼굴을 기억해냈다. 그때 비록 사진으로 만났지만 철웅이 한눈에 반해버렸던 그 사람이 아닌가. 세상에 이렇게 기분 좋은 우연이 있을까 하는 마음에 철웅은 상기된 기색을 감추지 못했다.

"아버님 일은 차마 뭐라 말씀드리기가 어렵네요. 하지만 제가 도울 수 있는 한 최대의 힘을 다해볼게요. 은아 동무를 진심으로 돕고 싶습니다."

철웅의 적극적인 태도에 은아는 잠깐이나마 안도의 숨을 내쉴 수 있었다. 아버지의 일로 만났지만 첫 대면이어서인지 시간이 흐를수록 대화가 끊겼다. 둘 사이에 숨 막히는 침묵이 이어졌다. 슬픔에 겨운 은아와 편한 대화를 잇기 어려웠다.

"사실 여부를 파악하고 도울 수 있는 방법은 유미를 통해 다시 한 번 연락 드리겠습니다."

철웅이 쪽에서 먼저 자리에서 일어났다. 그것이 은아에 대한 배려라고 생각한 것이다. 그런 철웅에게 몇 번이고 머리를 숙여 인사한 은아는 연락을 기다리겠다는 말을 남기고 자리를 떴다.

"오빠! 은아는 내게 정말 특별한 친구예요. 꼭 좀 부탁해요."

은아와 함께 저만치 걸어가다 말고 유미가 뛰어와 철웅의 손을 꼭 잡고 신신당부했다.

"걱정 마. 유미야! 내가 할 수 있는 게 뭐가 있는지 당장 알아보고 연락하마."

걱정 말라는 말에 유미는 코끝이 시큰했다.

힘든 마음을 가까스로 달래고 있을 은아를 생각하면 자꾸만 목이 멘다.

"그나저나, 친구가 굉장한 미인이네."

유미에게 손을 흔들며 철웅이가 가볍게 한마디 던진다.

"왜 그래요, 오빠. 그런 얘기는 나중에……."

"아차, 은아 동무 미모에 넋을 빼앗겨서 나도 모르게 그만 중얼거린 거니 이해해 줘."

철웅이 당황하여 쩔쩔매며 급히 변명했다.

"오빠, 은아는 지금 숨만 쉬고 있을 뿐 죽을 만큼 괴로워하고 있어요. 무슨 뜻인지 이해했죠?"

"이해했지. 이해하구 말구."

울음을 참느라 눈이 충혈이 된 유미의 어깨를 다독거려주고는 철웅은 은아의 뒷모습을 지그시 바라보았다.

6장

분강의 아침

33

　무거운 마음으로 은아와 헤어진 철웅은 빠른 걸음으로 자기의 연구실로 올라갔다. 문을 여니 평소 느끼지 못했던 후덥지근한 공기가 확 밀려왔다. 앉아 있던 실험공이 상기된 철웅의 안색을 살펴보고는 이내 나가버린다. 잠시 숨을 몰아쉰 철웅은 지체없이 은아 부친에 대한 상황을 파악하려고 연구소의 상급 단위인 국방위원회 참사실로 전화를 걸었다. 아무 때나 연락해서는 안 될 비상 라인이긴 하나 지금은 어쩔 수가 없다.

　수화기를 든 철웅의 얼굴에는 비장한 의지와 함께 무모한 용기가 비쳤다.

　"안녕하십니까. 원자력총국 101연구소입니다."

　"국방위원회 교환입니다. 어디를 찾으십니까?"

젊은 여자의 반가운 목소리가 전선을 타고 흘러왔다.

"국방위원회 참사실 과학기술 책임참사 동지께 연결해주십시오."

"네, 잠시만 기다려 주십시오"

수화기를 통해 접속구가 연결되는 달그락 소리가 들렸다.

"안녕하십니까? 국방위원회 참사실 문국현 서기입니다. 누구를 찾으십니까?"

철웅은 수화기 너머의 사람이 서상국이 아님을 대뜸 알 수 있었다.

"저는 원자력공업총국 101연구소의 유체역할연구실 이철웅 연구사입니다. 서상국 책임참사 동지를 찾습니다."

"책임참사 동지는 현재 자리에 안 계십니다. 무슨 급한 용건이 있습니까?"

"아, 네네……."

서상국이 아닌 다른 사람이 전화를 받자 당황해 철웅은 말꼬리를 미처 잇지 못했다.

"저, 책임참사 동지께 꼭 드릴 말씀이 있습니다. 책임참사 동지는 저의 대학 때 논문 지도교수셨는데 중요한 연구과제에서 확인할 부분이 제기되어 전화했습니다. 제자 이철웅이 참사동지께 전화를 해왔다고 전해주십시오."

"아, 예. 보고하겠습니다. 혹시 다른 전달할 말이 또 있습니까?"

"없습니다. 혹시 책임참사 동지께서 언제쯤 들어오시는지 알 수 있습니까?"

잠시 망설이던 서기가 말을 이어갔다.

"그 부분은 말씀드리기 어렵습니다. 책임참사 동지께서 돌아오시면 보고하겠습니다."

전화가 끊긴 후에도 철웅은 진정하지 못하고 선 자리에서 한참이나 서성거렸다.

은아와의 만남을 결코 우연한 만남이 되게 해서는 안 된다는 생각이 자꾸만 머릿속을 맴돌았다. 첫눈에 반한 그녀를 위해 무슨 일이든 하고 싶었다. 철웅은 핵 관련 분야를 총괄하는 서상국 박사와의 인연이 반드시 좋은 결과를 만들어 낼 것이라고 확신하고 있었다.

'왜 자꾸 생각나는 거지?'

그래봤자 겨우 두 번 만난 은아란 여자에 대한 끌림이 이렇게 짓궂을 줄은 미처 몰랐다. 그녀에 대한 감정이 사랑이란 한계를 넘어섰다고나 할까?

'그의 아버지는 어떤 사람일까, 대체 어디로 데려간 걸까?'

예전부터 알고 지낸 사이처럼 은아의 집 사정이 왠지 남의 일 같지 않았다. 불안한 마음 때문인지 평소엔 돌아보지 않던 담배까지 피워 물고 거푸 연기를 들이켰다.

철웅은 늦은 시간까지 퇴근하지 않고 연구실에서 실험을 거듭하고 있는 탄도연구실의 동기를 불러냈다. 그를 만나면서 평양의 구소련 유학생들이 한 명, 두 명 소리 없이 사라진다는 소식을 들었다. 딱히 모를 불길한 예감이 밀려들었다. 하지만 은아 일 때문에 예민해진 것이라 생각하며 철웅은 잡생각을 떨쳐냈다. 어두컴컴한 하늘에 점점이 박힌 별들이 반짝거렸다.

무거운 걸음으로 연구실을 들어서는 그때 마침 연구실에 전화 벨 소리가 울렸다.

철웅은 숨 돌릴 새도 없이 얼른 전화기를 들었다.

"이철웅 전화 받습니다."

"이철웅 연구사 동지십니까?"

"네, 제가 이철웅입니다. 누구십니까?"

"평양에서 전화가 왔습니다. 지금 돌려 드려도 되겠습니까?"

"네, 돌려주십시오."

이어 수화기 너머에서 꽤 익숙한 목소리가 들려왔다.

"나 서상국이요. 잘 있었소? 내게 전화했었다면서? 무슨 일이요?"

"교수님, 안녕하십니까. 그간 건강하셨습니까?"

대학 시절 군수공업 부문에서 명성을 떨치던 철웅의 아버지나 큰아버지와도 오래전부터 잘 아는 사이라 서상국을 철웅은 스승 이상으로 특별하게 대했다.

간단히 안부 인사를 한 철웅은 은아 아버지 사건에 대해 요약해서 들려드렸다. 정보 교환에 대한 감청라인을 의식하면서도 최근 벌어진 사건내막에 자신도 관련이 있음을 암시했다.

"부탁드립니다. 교수님."

철웅은 마지막 목소리에 힘을 실었다.

서상국은 김일성이나 김정일의 핵 개발 관련 과학기술 및 행정문제들에 대하여 자문역할을 할 뿐 사실 간부들의 인사문제나 비밀보안에까지 개입할 수 없는 위치였다. 그러나 철웅이가 정보 교환을 통해 참사에게 전화까지 한 것은 자신의 도움이 절실하다는 뜻임을 분명히 알아차렸던 것 같다. 서상국은 자신을 믿고 어렵게 도움을 청했을 철웅에게 실망을 줄 수 없었다.

"그래 알았소. 내 한번 알아보지."

"네 교수님, 감사합니다. 정말 감사합니다. 기다리고 있겠습니다."

철웅의 목소리는 기대감에 젖어 있었다. 서상국 참사가 나선다면 해결책이 있을 것이다. 전화기를 놓은 철웅은 손목시계를 들여다보았다. 시침이 밤 10시를 가리키고 있었다.

은아에게 실낱같은 희망이라도 전해주고 싶지만 늦은 시간이라 단념했다.

'어쩌지?'

철웅이가 제정신을 차렸을 때는 이미 사촌동생 유미의 집에 거의 다다랐을 때였다.

'은아 동무도 좋아할 거야. 얼른 이 사실을 알려줘야겠어!'

길가에 심은 백양나무들이 언뜻언뜻 몇 번 지나치더니 멀리 유미네 집이 보였다.

그 시간 은아는 아버지의 죄로 인해 자신도 연좌제로 정치범이 될 수 있다던 리당비서의 말을 떠올렸다. 연좌제로 인한 어떤 처벌도 두

렵지는 않았다. 다만 어디에 계신지 모르는 아버지의 안부만 걱정될
뿐이다.

　멀리 어두운 약산동대의 밤하늘을 넋 없이 바라보던 은아는 문득
호영을 생각했다. 얼마나 그립고 보고 싶은 호영인가. 아니, 보고 있어
도 또 보고 싶었던 호영이다. 요즘 따라 은아의 이 애타는 심정을 누구
보다도 가슴 아파하고 위로해줄 호영이가 무척 그리웠다.

　'호영 동지…….'

　불빛 하나 없는 방에서 은아는 아버지와 호영을 번갈아 생각하다
가 깜빡 잠이 들었다. 어느 순간 문을 열고 조용히 들어서는 아버지
를 본 은아는 소스라치며 벌떡 일어났다. 꿈이었다. 며칠째 밥 한 숟
가락 뜨지 않은 은아는 후들거리는 몸을 일으켜 전등 스위치를 찾았
다. 그때였다. 밖에서 컹컹 개 짖는 소리가 나더니 마당에서 인기척이
들렸다.

　'누구지? 이 시간에.'

　똑똑똑

　"누구세요?"

　"나야! 유미."

　"어머! 유미야, 이 시간에 어쩐 일이야? 어서 들어와."

　은아의 손에 이끌려 안으로 들어오는 유미의 뒤에 누군가 서 있었다.

　"실례하겠소. 고은아 동무."

　유미의 사촌오빠 철웅이었다.

선뜻 들어서지 못하는 철웅을 대신하여 유미가 말했다.

"아, 은아야. 아까 낮에 만났던 철웅 오빠랑 같이 왔어. 오빠가 오늘 너의 아빠를 찾느라 많이 애썼어. 네가 걱정되고 오늘 꼭 널 만나고 싶다고 해서."

"아, 그래……. 어서 들어오세요."

"미안하오. 실례 좀 하겠소."

"이렇게 갑자기 오실 줄 몰랐습니다. 제 상황을 걱정해주셔서 감사합니다."

정색하여 깍듯하게 말하는 은아의 얼굴은 많이 지쳐 있다.

"은아 동무, 내가 잘 아는 분께 동무 아버지에 대해 잘 말씀드렸으니 곧 좋은 소식이 올 거요. 기대해도 될 것 같소."

"정말요? 맡은 일도 바쁘실 텐데 이렇게 도와주셔서 정말 감사합니다."

"너무 걱정하지 마시오. 우리 유미의 부탁인데 당연히 도와야지 않겠소."

"제가 이 은혜 꼭 갚겠습니다."

"은혜는 무슨, 나는 그냥 동무를 도와주고 싶은 마음으로 나선 것이니 부담 갖지 마시오."

철웅은 잔잔한 미소를 지으며 한참이나 은아를 바라보았다.

34

무슨 일이 일어났는지, 자정이 지나고 새벽녘이 가까워지면서 분강의 곳곳에서 요란한 엔진 소리가 다른 소리와 뒤섞여 들렸다. 지축을 흔드는 둔중한 무한궤도의 동음이 흙길로 된 도로를 무섭게 물어뜯으며 달렸다. 향산 방향으로 가는 동북쪽 평양 향산 도로에 출발지와 목적지를 알 수 없는 탱크, 자행포와 같은 중무기 행렬이 길게 늘어서 어디론가 분주히 움직이고 있었다.

며칠 전 분강지구 101연구소 회의에서 북한의 원자력 핵무기개발에 대한 국제원자력기구 IAEA 핵사찰단 검증이 박두했다고 알려졌다. 한스 사찰단이 핵기지의 자료들을 정밀하게 분석하고 검증의 망을 좁히고 있다고 하더니 위에서 특단의 조치를 내린 것인가.

그 무렵 북한 외교부 강석주 제1부부장은 구체적인 최종보고서와 대책보고서의 내용을 간략하게 추려 김정일에게 보고했다. 김정일은 최고사령관의 명령으로 준전시 이후 최고 수위인 군단별 교방 훈련과 함께 각 군단별로 정예 연대, 여단들을 뽑아 최고사령부 예비 타격대와 합동훈련을 할 것을 지시했다. 내일이면 북한 전역에서 교도대와 노농적위대, 심지어 붉은청년근위대(고등학교 4, 5학년 학생들로 조직된 군사조직)까지 나서 일사천리로 비상소집이 벌어질 것이었다. 그동안 봐오던 것과는 사뭇 다른 대규모 훈련에 주민들도 너나 긴장했다.

북한의 최고 군사기밀 지역인 분강의 20~30대 청년들과 40~50대까지 모두 녹색 적위대복 차림으로 유사시 착용할 비상 군량을 지참하고 나설 것이고 텅 빈 마을에 어린아이들과 노인들만 남아 방공호에 들어갈 것이었다.

정연자는 밤새 뒤척이며 끝내 잠을 이루지 못했다. 밖에서 들리는 요란한 굉음 때문에 마음을 진정하기란 좀처럼 쉽지 않다. 밤공기를 뒤흔드는 굉음은 오래전 아버지가 전해준 전쟁의 참혹함을 떠올리게 한다. 삽시에 날아든 비행기와 콩 볶듯 터지는 총 폭탄 작렬과 둔중한 포성, 귓전을 찢는 파괴 소리, 소음이 지나간 뒤 사방에 흩어진 피에 젖은 팔다리와 널린 살점들, 생각만 해도 소름이 돋았다.

밤새 잠을 설쳐 머리가 지끈거렸지만 일어나야 했다. 아들을 위해 급작스러운 조직이동으로 자리를 옮긴 후 정연자는 새로운 체계에 정착하느라 무진 애를 쓰고 있었다. 정신을 차리고 자리를 털고 일어난 그는 거울 속에 비친 자신의 모습에 적이 놀랐다.

서리 맞은 가을날의 초목처럼 초라한 여인이 자신을 내려다보고 있었다.

'연자야, 너 지금 잘하고 있는 거지? 지금 너에겐 너의 가족의 미래가 달려있어. 정말이지 자칫하면 네가 지금껏 애지중지 지켜온 가족의 미래가 불행해질 수 있어. 잘해야 해. 조금이라도 실수를 한다면 평생 후회하게 될 수도 있거든. 힘내.'

예측할 수 없는 두려움에 가슴이 답답해진 정연자는 호흡을 가다듬고 큰 숨을 내쉬었다.

'그래, 잘할 수 있어.'

억지로 불안감을 떨쳐낸 정연자는 오전에 해야 할 실험절차에 대해 곰곰이 되새겨 보았다. 요즘 그녀는 최고사령부의 지시로 된 비공개회의가 반복되면서 맡은 연구에 대한 압박감에 시달렸다. 그런 중압 속에서도 사랑하는 아들의 웃는 얼굴이 눈앞에 어른거린다.

이 세상 모든 어머니처럼 정연자도 아들 호영을 살아가는 삶의 전부로 여기고 있었다. 그 때문에 아들을 위해 최고의 직장과 명예를 다 포기해도 아무런 미련도 없는 일이었다. 정연자는 그동안 후방총국 산하 '붉은별 무역회사'에서 다양한 혜택을 받으며 풍족한 삶을 살아왔다. 이제 그녀에게 남은 희망은 오직 아들의 장래뿐이다. 가족을 뒤에 남겨두고 떠난 만큼 아들의 장래 문제를 꼭 해결해야 했다. 며칠 전 딸 인애의 다급한 전화를 받았지만 돌아설 수가 없었던 그녀였다.

그날 연구소의 교환으로 정연자를 찾는 한 통의 전화가 걸려왔다.

"교환실입니다."

"안녕하세요. 정연자 선생님의 딸 강인애입니다. 어머니와 연결해주시길 바랍니다."

교환실에서 딸의 전화를 돌려받는 순간 정연자는 가슴이 두근거렸다.

'무슨 일이라도 생겼을까?'

"여보세요, 엄마! 엄마 저 인애예요."

큰딸 인애였고 집을 맡기고 떠난 후 처음 듣는 목소리였다.

"응, 인애야, 엄마다. 다들 어떻게 지내고 있니?"

수화기 너머로 목이 멘 딸의 목소리가 잠시 끊어졌다가 이어졌다.

"엄마, 엄마 건강은 어때요? 어디 아픈 데는 없어요?"

인애는 잘 있다는 대답 대신 엄마의 안부를 먼저 물었다.

"음…… 인애야, 난 건강하게 잘 있다. 일하는 것도 괜찮고."

괜찮다고 하지만 사실 마음이 심란하다. 아직 신혼살림이어서 어린 자식을 키우기도 버거울 딸에게 집을 맡기고 온 뒤로 하루도 걱정을 놓지 못했던 정연자다.

"인애야! 많이 힘들지?"

"엄마……."

수화기 너머로 미처 다하지 못하는 수많은 말들이 숨죽이고 있었다.

"아이는 잘 크고 있지? 사는 건 좀 어때?"

"엄마, 사실 이곳 상황이 많이 나빠요. 학교 교원들까지 굶어서 출근하지 못하는 상황인데 너무 끔찍해요."

정연자는 딸의 말에서 극심한 경제난이 다가오고 있음을 직감했다.

"여기도 지금……."

하려던 말을 급히 얼버무린 정연자는 다른 말을 꺼냈다. 연구소 전화는 정부 교환원과 연결된 것이어서 자칫 정치적인 오해를 받을 수 있어 말을 조심해야 했다.

"엄마는 맡은 연구 때문에 정신이 하나도 없구나. 전화로 다 얘기할 상황이 아니다."

사실 인애의 솔직한 얘기가 두려웠다. 연구소의 전화는 전부 도청되고 있었다.

"엄마, 거기는 배급을 제때 줘요? 여기는 배급을 주지 않은 지 한참 되었어요. 준다고 하면서 자꾸 밀려서 사람들이 먹을 것이 없어 아우성이예요."

인애가 끝내 속심의 말을 꺼내고 있다.

"뭐라고? 떠날 때 아버지에게 몇 달치 식량을 마련해두고 왔는데. 참 걱정이구나."

"엄마가 떠나고 얼마 안 되어 아빠가 그 식량을 팔아서 장사를 하려다가 사기를 당했어요."

"……."

가슴이 먹먹해져서 정연자는 아무 말 없이 깊은 한숨을 쉬었다.

"엄마, 무서워요. 무슨 일이 일어날 것만 같아요. 배급이 밀리고 사람들이 굶어서 영양실조가 오고 길가에는 사람들이 쓰러져 있고……."

두려움에 떠는 딸의 목소리를 듣고 있는 것도 힘들었다. 인애는 도청이나 감청을 의식하지 못하고 힘든 상황을 그대로 엄마에게 터놓고 있었다.

시장에서 10원씩 하던 쌀값이 두배 세배로 뛰어올랐다. 남편과 딸들이 극심한 식량난에 처해 있다는 소식을 듣고도 아무것도 해줄 수 없는 처지를 생각하며 정연자는 망연자실했다.

배급과 노임을 정상적으로 받던 군부대 생활을 떠나 이곳 분강으로 온 것에 대해 잠시 혼란스러운 생각이 들었다. 연구소 이동은 호영을 위한 엄마로서의 선택이었지만 아들을 위해 할 수 있는 게 아직은 아무것도 없다.

'마음을 다잡아야 해. 정신을 차리자.'

오늘은 복잡한 심정을 달랠 겸 오랜 친구인 진규를 만나 속을 터놓고 싶었다. 그를 만나면 마음속에 가득한 무거운 짐들을 내려놓을 수 있을지, 탱크의 무한궤도가 마구 짓이긴 흙길을 따라 정연자는 연구소로 향했다.

35

가을이 되면서 낮과 밤의 기온 차가 뚜렷해졌다. 내륙성 기후의 영향을 받는 지역이어서 밤에는 꽤 서늘하다. 밤새 잠을 설쳐서인지 정연자의 발걸음이 여느 때와 달리 느리다. 주위는 온통 등화관제훈련이 진행되는 것처럼 어두웠고 괴괴한 정적에 휩싸였다.

인기척에 놀란 정문 수위가 정연자를 쳐다보았다. 정연자는 고개를 끄덕여 간단한 눈인사를 하고는 정문에 들어섰다. 실험실 건물이 있는 골짜기 입구 옆으로 저 멀리 분강지구를 휘감고 흐르는 구룡강이 내려다보인다. 물고기 비늘같이 반짝이는 물결이 새벽의 잔바람에 출렁이고 있었다.

"안녕하세요? 경비원 동무!"

"아, 누구신데 이렇게 일찍 나오시죠?"

보위대원으로 보이는 앳된 아가씨가 정연자를 빤히 쳐다보며 말을 건넸다.

"음, 난 최근에 여기 조성된 3층 연구실 책임연구사입니다. 앞으로 자주 뵙겠네요."

하지만 아가씨는 격식을 차리며 연구사 신분증을 요구했다.

아래위로 훑어보는 눈길이 불쾌했지만 규정이니 정연자로서도 어쩔 수 없다. 마치 정연자의 생각을 알아차리기나 한 것처럼 경비원 처녀는 건네준 신분증을 자세히 들여다보며 말을 건넸다.

"박사 선생님, 오늘부터 특별 경비명령이 내려졌습니다. 그래서 오늘부로 모든 연구소 출입 대상자들에 대한 통제가 한 단계 강화되었다는 점을 알려 드립니다."

예전에 있던 청진연구소에도 정문에 전자자동화 시스템이 있었다. 그러나 정연자는 연구소 내 유명인사로 이 같은 '불친절한' 예우를 받아본 적이 없었다. 그를 대하는 사람들은 늘 깍듯했고 친절했다. 보위대원의 정색한 태도를 무시한 채 정연자는 출입대장에 건물에 들어선 날짜와 시간, 이름을 적고 사인까지 마쳤다. 그때서야 보위대원은 경비실 한쪽에 있는 스위치를 올렸다. 자동문이 열리자 각종 시약이 뒤섞인 실험실 특유의 냄새가 복도에 짙게 배어 있었다. 선풍기가 돌아가도 거듭되는 연구로 인해 방안 곳곳에 시약 냄새가 진동한다.

하얀 위생복으로 갈아입은 정 박사는 전날 새롭게 발견한 균 배양 결과부터 확인했다. 밤새 고압멸균 가마에 건조시켜 놓은 삼각 플라그와 앰풀들을 꺼내 버섯 시료를 삽입한 뒤 다시 배양기에 넣었다. 실험실 한쪽에 놓여 있는 책상에서 실험 노트를 작성하던 그때 유선방송으로 방송원의 흥분된 목소리가 울려 퍼졌다.

"오늘부터 최고사령관 명령으로 전국적인 군사훈련이 실시됩니다. 다시 한번 알려 드립니다. 오늘부터 최고사령관 명령으로 전국적인 군사훈련이 실시됩니다."

정연자는 출근 시간이 훨씬 지났음에도 연구소에 아무도 보이지 않았던 이유를 짐작할 수 있었다. 또 여기 실험실에 들어올 때 보위대원이 이상한 눈초리로 뚫어져라 훑어보던 의미도 그때에야 알았다.

잠시 하던 일을 멈추려던 찰나, 전화가 요란스럽게 울렸다.

"정 박사요?"

평소 '정 동무'라고 친근하게 불러주던 김진규 박사다.

"예. 정연자 전화 받습니다."

"방금 전에 보위대를 통해 정 박사가 연구실에 들어왔다는 보고를 받았소. 오늘 어차피 연구실에 필요한 급한 연속실험이 있다고 상급 당 조직에 보고하고 허락을 받을 테니 맘 놓고 일하오."

정말 진규는 연자에게 있어서 일생 따뜻한 사람이었고 한순간도 고마움을 잊지 못하게 하는 좋은 사람이었다.

"아, 그런 일이 있었군요. 새벽 내내 탱크 소리가 나더니, 아까 특별

경비 명령이 떨어졌다고 보위대원이 한 얘기가 바로 그거였군요. 그리고 3방송에서도 군사훈련이 진행된다고 하던데 하여튼 알려줘서 고마워요."

"뭔 그런 섭섭한 말을. 정 박사가 이곳에 오니 사실 기분이 좋은 건 나요."

정연자가 아무 말이 없자 머쓱해진 진규는 서둘러 화제를 돌렸다.

"점심 식사는 어떻게 할 거요?"

예전처럼 정연자를 세심하게 챙기는 진규다운 질문이었다.

"이 와중에도 내 점심을 염려하다니. 정말 고마워요."

"고맙긴 뭘 자꾸……. 이제 아들 제대문제가 잘 해결되면 그땐 정말 고맙다는 인사를 받고 싶소."

정연자가 방사선 피폭 지역으로 서슴없이 들어온 것이 아들 호영 때문이라는 것을 알고 있는 진규는 며칠째 호영을 제대시킬 방도를 물밑에서 추진하고 있었다.

수단과 방법을 총동원하여 호영이를 제대시키려 하는 진규의 모습에서 정연자는 그가 아직도 여전히 자신을 깊이 사랑하고 있음을 느꼈다. 사랑이란 묘약과도 같은 것이었다. 한 번 들이켜면 영원히 그 사랑에 지배당하고 싶은.

36

연구소 대기차를 타고 평양 용성구역에 있는 국방과학원 도서실에서 며칠 동안 밤샘을 한 진규는 급기야 피로가 엄습해 옴을 느꼈다. 저녁에는 정연자의 아들 문제로 도움을 받을 만한 지인들을 찾아다닐 계획이다.

며칠 전 정 박사와 함께 참가한 IAEA 특별사찰단의 재방북에 따르는 대응 회의를 참가하고 나서는 더욱 바빠지기 시작했다. 회의에 참가한 군수공업부 박송봉 제1부부장의 요구에 따른 보고서를 제출한 후라 이제는 정연자의 사적인 부탁을 들어줄 차례다. 보고서를 제출하면서도 진규는 마음 한구석에 정 박사가 안고 있는 아들 호영의 문제를 푸는 것을 내내 고민하고 있었다. 아들을 구출하기 위해 자신의 목숨을 통째로 영번에 던진 정연자의 마음을 누구보다 잘 알기 때문이다. 한때는 누구보다 사랑했던 그녀다.

요즘 진규는 귀밑머리가 하얘진 정연자를 만나면서 종종 그 옛날의 추억에 사로잡힐 때가 있다. 그런 진규의 마음을 알 리 없는 정연자는 진규를 만날 때마다 아들 이야기만 꺼낸다. 진규는 정연자의 아들 문제를 해결하기 위해 국가계획위원회 산하 군사계획국의 친구를 만나기도 했다. 그들의 권력이라면 정연자에게 작은 도움이나마 보탤 수 있을 것이라고 생각했다.

작업은 은밀하게 시작되었고 계획대로라면 호영은 머지않아 건설될 김일성 전용 비행장에 투입되어 입당까지 하게 된다. 물론 이 일은 모든 것이 계획대로 순조롭게 진행될 경우다. 진규는 정박사 인생에 가장 큰 어려움을 함께 풀어줄 수 있다는 것이 흐뭇하면서도 자칫 여러 사람의 희생이 따를 수도 있다는 위험도 걱정하지 않을 수 없다.

어느덧 저녁이 되어서야 진규는 버섯연구소 실험실 건물에 도착했다. 운전기사에게 차를 좀 정비할 겸 대기하라고 지시한 진규는 하얗게 불이 켜진 정연자의 실험실을 올려다보았다. '오늘은 정연자와 아들 문제를 확실히 논의해야겠어!' 걸음을 재촉하는 진규에게 정문 보위대원 아가씨가 깍듯이 인사를 했다. 보위대원에게는 눈길도 주지 않은 진규는 연구실 쪽으로 걸음을 다그쳤다. 똑똑.

"누구세요?"

방 안에서 누군가 문가로 다가오는 소리가 들린다.

"어, 소장 동무가 어떻게? 아침까지만 해도 용성에 계시지 않으셨어요?"

늘 진규 동무라고 부르던 정연자는 낯선 사람을 대하듯 소장이라고 불렀다.

"들어가도 괜찮소?"

"그럼요. 어서 들어오세요."

잠시 침묵이 흐르고 먼저 침묵을 깬 건 진규였다.

"거 말이요. 내가 호영이 문제를 조금 알아보았는데……. 가망이 있어 보이오."

"아, 그래요? 정말 반가운 소식이군요."

정연자의 눈이 감격에 젖어 빛난다.

진규는 이번 출장에서 호영의 이동과 제대를 위해 어지간히 애쓴 이야기를 들려주었다. "우선 호영이를 국방위원장 명령으로 향산에서 진행되는 비행장 건설 기술 인원으로 직무를 이동시켜야 하오. 그런데 호영이 부대나 상급부대인 포지도국에서 문제 제기를 하지 말아야 하는데, 어제 저녁 내가 총참모부에서 감평원을 하는 내 사촌 동생을 만나 부탁해 놨소만."

말없이 자신을 도우려는 진규의 마음 씀씀이에 정연자는 눈시울을 붉혔다.

"정말이지, 어떻게 고마워해야 할지 모르겠군요."

"연자 동무를 도울 수 있다니, 나야말로 고맙고 기쁘지. 내가 부디 도움이 되길 바랄 뿐이오."

두 사람 사이로 온기가 감돌고 해를 삼킨 저녁노을이 허공으로 사라졌다.

37

진규로부터 온 희소식에 정연자는 당장이라도 달려가 아들 호영을 만나고 싶었다. 비행장 건설에 참여했다가 당원이 되고 자연스럽게 제대할 수 있다는 소식을 듣는다면 아들도 분명히 기뻐할 것이다. 그토록 위험한 방사능 오염 지역에서 내 아들을 빼낼 수 있다니 정연자는 벌써 마음이 들떴다. 어깨를 들썩이며 기뻐하던 정연자는 청진에서 들어올 때 꽁꽁 숨겨두었던 비상금을 꺼냈다.

'호영이 부대에 지원금으로 내야겠어. 그리고 호영이를 만나면서 이 좋은 소식을 어서 알려야겠어.'

정연자는 다짜고짜 호영의 부대 전화번호를 눌렀다.

"안녕하십니까. 오봉산 부대 교환수입니다."

"안녕하세요. 정연자라고 합니다."

"무슨 일이십니까?"

"포지도국 2여단 본부 2소대 부소대장 강호영의 엄마인데 부대 지원차 아들과 통화하고 싶은데 가능할까요?"

"네, 어머님. 잠시만 기다려주십시오."

한참을 기다리자 전화기 너머로 아들의 목소리가 들렸다.

"어머니!"

"호영아! 잘 지냈니? 본론부터 이야기하마. 엄마가 너한테 해줄 말도 있고 부대에 지원금을 좀 낼까 하는데 언제쯤 갈 수 있는지 알아보렴."

"지금 당의 방침대로 민간지원이 있다면 부대에서는 대단히 환영할 겁니다 어머니. 어쩌면 이번이 좋은 기회가 될 수도 있을 것 같습니다. 많이 힘드실 텐데 어머니 고맙습니다."

"아들아, 내게 너는 목숨보다 소중하단다."

"어머니……."

호영이의 목소리가 떨렸다.

"우리 일단 만나자. 언제쯤 부대를 방문하면 되는지, 또 널 만날 수 있는지 알아보렴."

"네, 어머니. 안 그래도 저도 어머니께 꼭 전해드릴 말씀이 있습니다. 내일 이 시간에 다시 전화 주십시오."

숙소로 돌아온 정연자는 벌써 아들의 건강해진 모습을 그려보며 흥분되었다.

호영이가 하고 싶은 말이 무엇일지 거듭 생각하다가 그만 새벽을 맞았다. 한편 굶주림과 사투를 벌이고 있을 청진에 있는 가족들의 얼굴도 눈앞에 어렸다. 밤새 이런저런 생각으로 잠을 설친 정연자는 아침 일찍 자리를 정리하고 앉아 비상금을 전부 꺼내 보았다. 청진을 떠나던 날, 두고 오는 가족들에게 쥐어 주고 싶었던 돈이었다. 하지만 호영이를 영변에서 빼내기 위한 만약의 경우를 대비하여 독하게 마음을 먹고 끝까지 간직해 온 돈이기도 했다.

'그래! 아들을 위해 쓰려던 돈이니 마지막까지 아들을 위해 깡그리 쓰자. 어차피 호영이를 구출할 수만 있다면!'

부랴부랴 비상금을 세어본 정연자는 하얀 종이봉투에 정성껏 담았다.

그리고 봉투 위에 짧은 메모를 적었다.

"영변의 아들들을 위하여!"

부대로 전화할 시간만 기다리며 초조한 하루를 보낸 정연자는 시간이 되자 바로 전화번호를 눌렀다.

"안녕하세요. 어제 전화했던 강호영의 어머니입니다. 부대 지원과 관련하여 아들과 통화하기로 약속되어 있습니다."

"네, 어머님. 잠시만 기다려주십시오."

한참을 기다려서야 급하게 숨을 몰아쉬는 아들의 목소리가 들렸다.

"어머니, 저 왔습니다."

"우리 아들이구나! 부대 군관들께 보고드렸니?"

"네 어머니, 부대에서는 어머니의 지원을 매우 감사하게 생각하구요, 어머니가 괜찮으시다면 오늘이라도 당장 오셔도 된다고 승인했습니다."

"정말 잘 되었구나. 연구 일정을 미뤄달라고 요청하고 당장 갈 테니 조금만 기다려라."

아들을 향한 엄마의 사랑을 하늘이 알아주었을까, 모든 일이 순조롭고도 빠르게 진행되었다. 정연자는 진규와 간단히 토론하고 연구소에 버섯균 배양시간을 이유로 하루의 외출시간을 허락받고 호영에게로 떠났다.

부대에 도착하자 벌써 숱한 병사들이 정연자를 기다리고 있었다.

"어머니! 어머니!"

까까머리를 한 병사들이 마치 자기 부모를 만난 것처럼 반갑게 달려왔다.

병사들의 환영과 아들의 안내를 받으며 정연자는 부대 안으로 들어갔다.

"어서 오십시오!"

부대 정치위원을 포함한 여러 군관들도 정연자의 방문을 진심으로 기뻐하고 있었다.

"안녕하십니까. 이렇게 맞이해 주셔서 감사합니다."

정연자는 부대에 원호금을 내는 이유에 대해 명백하고 주도적으로 말을 이어갔다.

"비록 많지 않은 돈이지만 군인들의 생활에 도움이 되길 바라는 마음으로 바칩니다."

요란한 박수갈채가 터져 오르고 군관들이 정연자에게 한마디씩 인사를 건넸다. 정치위원이 다가와 인사하는 틈을 이용해 정연자는 아들과 하루만 같이 있게 해달라고 부탁했다. 그녀에겐 아들을 따로 만나는 것이 급선무였다. 예상외로 호영의 외출은 쉽게 허락되었다.

38

김정일은 총참모장 최광과 같이 자기가 탄 검은색 벤츠 S500에서 내렸다. 앞에는 호위를 위해 전문 만들어진 974군부대 직속 55과 전속 근접경호원들이 쭉 산개해있다. 중장 계급장을 단 당중앙위원회 직속 6처 산하 974군 부대 정치위원이 경직된 자세로 김정일이 나오기를 기다렸다 문을 열어주었다.

주변에는 잣나무와 백양나무들이 빽빽해 대낮에도 어둑한 곳에서 대기하고 있던 수명의 성원들이 모두 김정일에게 거수경례를 하는 모습이 어른거렸다.

오직 김정일만 사용하도록 되어 있는 1호도로 옆 유사시 평양 삼석구역의 최고사령부 지하벙커로 들어가기 위한 입구에 도착한 것이다. 카키색 얇은 잠바를 입은 김정일의 책임부관이 유사시 입는 김정일의 원수 군복 코트를 한 손에 정갈하게 받쳐 들고 반대편 차문으로 내렸다. 주변에는 똑같은 벤츠 S500이 5대 보인다. 유사시 김정일이 어느 차에 탔는지를 알 수 없게 하기 위해 쿠데타를 대비하려는 전략상 경호방식이다.

해당 지하벙커는 평양 중구역 당중앙위원회 집무실의 지하 280m 되는 곳에서 전동차를 타면 30분 만에 도착하는 곳이다. 하지만 오늘은 무엇 때문인지 김정일은 강동관저에 갔다가 차로 직접 운전을 해왔다. 이미 도착해서 김정일을 기다리던 최고사령부 작전조 일부 성원들이 급히 김정일이 있는 곳으로 접근했다. 김정일은 일행을 인솔하여 지하벙커로 들어갈 수 있는 커다란 방탄문 앞에 섰다. 리모컨이 작동하자 수개의 나무가 뿌리 채 박혀 있는 20평대 출입문이 서서히 열렸다.

안에 들어서자 또다시 2미터 두께의 철근 콘크리트 문이 양옆으로 열리고 2차선 도로가 나타났다. 지하 300m에 김정일과 그의 가족을 위시한 소위 최고사령부 소속 작전조 성원들이 군사작전을 지휘할 수 있는 지하벙커가 있었다. 유사시 수천 명의 인원이 6개월 이상 견딜 수 있는 물품과 군사 예비물자가 완비된 곳이다.

저녁 8시. 김정일의 명령에 의해 전군과 전체 주민들에게 최고사령관 명령 제0034호에 따라 인민군 전체 부대들뿐만 아니라 교도대, 노농적위대 및 붉은 청년근위대 같은 준군사조직들까지 참가한 군사훈련이 시작되었다.

김정일이 급히 내려간 지하벙커에는 이러한 훈련 상황을 수시로 체크하여 기록할 수 있는 수십 명 성원이 긴급히 움직이고 있었다. 지금 이미 425 및 815 기계화 연합부대들이 각각 소재한 정주와 사리원지역에서 서로 교대 방문하면서 전술적으로 사령부를 공격하기 위해 움직이고 있었다.

이날 저녁 김정일의 지하벙커에는 평소 김정일의 평양 중구역 소재 당중앙위원회 집무실로 날아오던 북한 내부 관련 상황이 보고되었다. 물론 그 외에도 호위사령부 제1호위부에서 올려보낸 보고서 문서, 당중앙위원회 산하 35호실, 작전부와 총참모부 작전국이 올린 남조선 주둔 미군과 괴뢰군 사이 팀스피릿 군사훈련 분석보고서들, 영변 핵물리연구소 사찰 및 대응 보고서(국제원자력기구 IAEA가 2월 관리이사회 결과보고서)도 수북이 쌓여 있었다. 자정이 훨씬 넘고 이곳저곳에서 군의 각 부대가 움직이고 있다는 보고들이 김정일의 집무실에 있는 TV 전광판에 새겨지고 있었다. 김정일도 피곤했는지 잠시 손목시계를 들여다보고는 침실로 향했다.

　최고사령부 종합 상황실 옆에 만들어진 침실로 들어간 김정일은 핵무기 관련 IAEA 보고서에서 핵사찰 진상의 목표나 관련 미국과 일본의 배후조종 내막들을 각 기관별로 보고한 내용들을 상기했다.

　'아직 핵무기로 미국과 일본에 위협을 가할 수준은 아닌데……. 압박을 이겨내기 위한 시간을 벌어야 해.'

　무엇보다도 가장 중요한 관건은 핵무기를 만들어내기 위한 마지막 설계도면 입수와 핵실험이 성공한다 해도 그것을 탄두에 장착하기 위한 전략 미사일 대량생산 등이 문제였다.

　지끈거리는 머리를 식힐 겸 김정일은 침대에 누웠다. 얼마나 시간이 흘렀는지, 갑자기 누군가 들어와 김정일을 흔들었다. 책임 부관이다. 숙면 시간에는 없던 이례적인 일이다.

　"무슨 일이야?"

　"장군님, 지금 영변 원자력 핵기지에서 화재가 발생했습니다."

　"뭐라고? 그래서!"

　"장군님, 사고가 난 격납고에 많은 인원이 배치되어 있다고 합니다. 그들을 구출하느라 시간을 끌면 내부에 저장된 연유에 의해 시설이 폭발할 가능성이 높다고 합니다."

　그 순간 김정일의 얼굴이 험상궂게 일그러졌다. 가뜩이나 축 처진 볼이 부르르 떨린다.

　"핵시설이 위험한데 뭘 묻고 말고야! 당장 폐쇄해!"

김정일의 벼락같은 괴성에 놀란 책임부관이 얼른 지휘부 전화로 지시를 복창했다.

"화재 진압, 격납고를 폐쇄한다."

최고사령부의 지시는 곧바로 핵시설부대에 하달되었다.

39

그 시각 여단 참모부로 전화가 걸려왔다.

"02번, 청천강, 청천강, 응답하라!"

전화기에서 다급하게 숨을 몰아쉬며 여단 지휘부 대호를 찾는 소리가 들린다. 군에서 02번은 군 총참모장의 대호다. 대략 총참모장의 02번 대호는 실제로 총참모부 작전국장이 실시하며, 때로는 실제 작전국장의 대호인 05번이 실제 역할을 한다. 단 각 사단·여단은 작전국 산하 군단들과 담당 최고사령부 작전조 성원들이 작전국장의 위임에 의해 사실은 총참모장의 권한을 대행한다.

"즉시 산하 대대들에 전할 것, 여단 '폭풍'!"

그러자 대기하고 있던 여단 직일관인 작전참모가 복창했다.

"여단 폭풍! 전달받았습니다!"

여단 직일관인 작전참모가 여단장과 참모장 및 정치위원에게 즉시 전달하면서 여단 폭풍 신호를 알리는 붉은 신호등을 눌렀다. 곧바로 부대 내 사이렌이 요란스럽게 울리기 시작했다. 그러자 기다렸다는 듯 참모부와 정치부 각 방에서 철갑모를 쓰고 어깨에는 위장그물까지 걸친, 가죽 각띠에 권총과 자동보들을 틀어쥔 군인들이 뛰쳐나왔다. 이미 밖에는 대기하고 있던 작전용 자동차들의 발동 소리가 거세게 울려대고 있었다.

이웃한 주변 지역 공군 및 11군단 산하 부대들에서도 비상소집 구령과 동시에 사이렌 소리가 동시에 울려 퍼지면서 그야말로 아비규환을 방불케 했다. 곳곳에서 지휘관의 구령 소리와 전투장구류 부딪치는 소리, 자동차 엔진 소리, 중무기를 이동시키는 소리가 귀청을 때렸다.

조용하던 박천의 골짜기마다 갑자기 벌 둥지를 쑤신 듯 북적인다. 각 부대에서 지휘관들의 열의에 찬 구령 소리와 동시에 윤전 기재들이 엔진 시동을 걸었다. 작은 눈이 쭉 째진 여단 정치위원도 무기와 전투장구류들을 절커덕거리며 자꾸만 돌아가는 철갑모를 왼손으로 바로 잡으며 막 자기 방에서 나가려는데, 갑자기 붉은 벨벳에 '충성'이라고 자수가 새겨진 장식 위 상급부대 지시전용 전화기가 "따르릉!" 소리를 울렸다.

"여단 정치위원 대좌 박진욱 전화 받습니다."

원래는 평시 교환수가 전화가 어디서 오는 것인가를 알려주게 되어 있다. 지금은 긴급 작전 상황시라 교환에서 상급부대의 작전 지시를 직접 따르게 된 유일한 접속구에 이미 전화가 연결된 것 같다. 아마 총참모부 작전국 아니면 총정치국에서 직접 걸어오는 전화일 것이다.

"이번 포지도국 직속 최고사령부 작전예비대들을 맡은 감평원 대좌 김성규입니다."

그 목소리가 아주 귀에 익다. 성규라면 소꿉동무 시절부터 군에 나올 때까지 함께 성장한 그 성규가 아닌가?

"뭐라구요? 김성규라면? 너 그 성북인민학교 성규?"

저쪽 대방에서는 작전용 무선 대화기로 말을 하는지 "웅~웅" 하는 소음으로 발음이 정확히 들리지 않았다. 아마도 그쪽에서는 여기 상황을 다 알고 내가 사무실 전화기 앞에 있는 것까지 헤아리고 전화를 거는 것 같았다.

"오, 그 성규야, 나도 방금 전 내가 맡은 부대 정치위원이 너인 줄 알고 전화하는 거야. ……맞긴 맞구나. 아마 오늘 중으로 너를 만나게 될 거야. 이번 훈련에 너랑 동행하게 될 것 같아서 간단히 전화했어. 곧 다시 만나게 될 걸세."

그리고 전화기가 뚝 꺼지고 윙~ 하는 여운이 들렸다. 갑자기 받은 전화에 어안이 벙벙했다. 평시에는 전화로 사적인 대화를 할 수 없는데, 아마 이런 전화기는 교환수가 없는 공간을 성규가 이용한 것이라 판단했다. 다시 정신이 들면서 여단 정치위원용 작전전투 지휘차가 있는 밖으로 다급하게 뛰어나갔다. 이미 다른 작전용 차들이 빠져나갔는지 여단 지휘부 골짜기는 조용하다. 정치위원이 타자마자 차는 앞선 자동차들의 뒤를 따라 급하게 내달렸다.

전투 훈련이 시작된 것이다. 그것도 밤 10시의 야간에 이뤄지는 훈련이다. 지금껏 대부분 새벽에 훈련 명령이 떨어졌지만 '최고사령부 작전예비대 훈련이 이렇게 밤에, 그것도 취침시간에 일어나는 것은 처음이지 않을까' 하는 잡생각에 젖어 있었다. 특히 이번 군사훈련 작전명령은 이전과 달리 조그마한 사전암시도 없이 진행되는 점이 이전 훈련과는 시작부터 달랐다.

한참 굽잇길을 돌아가고 있는데, 앞의 평양 쪽 갈림길에서 쾌속으로 달려오는 푸른 풀잎으로 위장을 한 전투용 벤츠 작전차 여러 대가 마주 오고 있었다. 주의 깊게 살펴보니 위가 개방된 차량은 상급 참모부인 유사시 최고사령부 산하 작전조로 편입되는 작전차량들이다. 각 차들에는 누런 장령 계급장을 포함하여 각급 계급장을 단 고위군관들이 전투복 차림으로 있는 모습들이 야광 불빛에 얼핏얼핏 보인다. 공중에 예광탄이 발사되면서 전시수준의 군사작전이 시작되었다.

멀리 여단장과 참모장 등이 자기들 작전차량에서 내려서 상급 간부들을 영접하려고 대기하고 있는 것이 희미하게 보인다. 이미 영접 장소가 무선지휘기를 통해 전달된 듯하다. 대충 상황을 짐작한 정치위원이 크게 소리쳤다.

"경적 소리를 크게 내시오! 앞의 차들을 비끼게 하고 앞으로 직진해, 빨리!"

말이 떨어지기도 전에 운전사가 경적 스위치를 소란스럽게 연거푸 눌렀다. 그러자 자기들의 뒤에 있는 차가 여단 정치위원의 차인 걸 알아차린 부대관 하차들이 길녘으로 차를 대면서 마치 배가 물을 가르

듯 가운데로 정치위원 차가 앞으로 쭉 빠져 나아갔다.

어느덧 지휘부의 차들을 거의 따라잡을 즈음에 평양 쪽에서 마주 달려오던 상급 지휘 차량들도 동시에 도착했다. 먼저 두 번째 차량에서 뛰어내린 중좌급 부관인 듯한 군관이 지도국장 동지께서 직접 작전 현장에 나왔다고 여단장 차량에 대고 알렸다.

"대장 동지, 안녕하셨습니까? 조선인민군 제824군 부대는 전투 비상훈련에 대비해 작전지역으로 이동 중입니다. 여단장 대좌 차도철!"

뒤이어 차에서 내린 지휘관들이 여단장과 참모장 등이 영접하려고 정보로 다가와 왼쪽 군화 뒤꿈치에 "딱!" 소리가 나게 오른쪽 군화를 부딪치며 거수경례를 했다. 모두 전투용 철갑모에 그물들을 쓰고 평시에는 쓰지 않던 쌍안경과 전투장구류들을 챙겨서인지 화약내가 물씬 풍기는 것 같았다.

"아, 여단장 동무, 아 저기 정치위원도 오는군."

"쉬엇하시오!"

김하규 포병 지도국장이 직접 나타났음을 알아본 지휘관들은 다들 놀라는 눈치다. 조금 마른 김하규 국장의 뒤로 지도국 작전처장과 총참모부 작전전술 감평원 등 고위간부들이 뒤따라오는 것이 보였다. 성규 비슷한 얼굴도 언뜻 스친다. 지도국장과 기타 지휘관들이 한 명한 명 다가와 악수를 하는 과정에서 정치위원은 방금 전 전화를 한 성규가 이번 여단 작전훈련에 자기 방향 부대들의 전술 이해도를 감시하고 평가하기 위해 파견되었음을 알았다. 그러나 위치가 위치인지라

서로 격식을 갖춰서 인사를 하고는 아직은 정식 친구끼리의 회포를 나누지는 못했다. 악수할 때 서로의 손아귀를 더 힘껏 흔드는 것으로 슬쩍 대신했다.

김하규는 뒤에 따라오는 감평원 김성규 대좌를 가리키면서 "여단장 동무, 총참모부의 작전 지시가 하달될 것이니 만반의 준비를 갖춰 단숨에 전술훈련 목표를 달성하시오. 오늘 하루는 동무들의 부대와 작전지역까지 동행할 것이오. 작전 지시에 의해 여단을 지휘하시오. 건투를 바라오!"

김하규는 격려의 인사를 간단히 남기고 자기 차에 다시 올랐다.

"알았습니다. 대장 동지. 차렷!"

"쉬엇, 쉬엇 하라니까!"

이윽고 김하규가 탄 벤츠 작전지휘차가 떠나면서 함께 지도국에서 온 작전처장이랑 다른 지휘부 차들이 따라 움직였다. 아마도 다른 지도국 산하 부대로 떠나는 것이라고 짐작된다.

이런 가운데 김하규 지도국장과 함께 내려온 총참모부 감평원 김성규 대좌가 여단장에게로 다가왔다. 감평원은 여단장과 참모장이 있는 위치에 다가가서 자기가 가져온 봉인된 명령서를 전달했다. 명령서는 붉은 초로 봉인되어 있다. 여단장은 붉은 초로 봉인된 것을 뜯고 안의 밀랍으로 된 특수한 종이에 쓰여 있는 글 내용을 주의 깊게 읽어보고 뒤따른 여단 참모장에게 즉시 넘겼다. 명령서를 받은 참모장은 자기 차로 황급히 뛰어가면서 대공 무선 전화기로 누군가 찾고 있었다. 아마도 여단 작전과 과장이나 작전참모들을 부르는 것 같다. 다시 여단의 차량들이 부르릉거리면서 움직이기 시작했다.

이번에는 이전처럼 최대 30km 기동훈련 수준이 아니라는 사실이 여단장과 여단 정치위원에게 전달되었다. 여단장과 동행한 감평원이 정주에 들러 최고사령부 작전 예비물자 창고가 있는 정주를 거쳐 기름을 공급받고 평안남도 강서를 통해 서해안을 따라서 사리원 방향 정방산 주변까지 부대가 움직이게 될 것이라고 설명했다.

여단이 위치했던 골짜기를 따라 서북 방향의 평양-신의주 간 국도에는 온통 매캐한 기름 냄새와 엔진에서 나오는 연기가 자욱하다. 이미 시간은 자정이 가까워지고 있었다.

이렇게 외부적으로 특별한 군사훈련의 하루가 지나가고 있는 반면 방금의 작전회의와 중간의 여단 당위원회 집행회의에서는 다른 문제가 결정되었다. 그 한 가지가 바로 지도국 정치부의 결정 지시에 의해 각 군단급 부대별로 국방위원장의 명령으로 특별기능을 가진 병사들을 직접 선발하여 평북 향산으로 보내라는 명령서도 함께 결정된 것이다.

이러한 움직임 뒤에는 정 박사의 염원이 김진규를 통해 김성규에게, 그리고 다시 김성규를 통해 그의 죽마고우인 호영의 여단 정치위원을 거쳐 이루어지는 조동 작전도 함께 거행되고 있었다. 이런 사실은 일반 군인들이 상상할 수 없는 부분이다. 제아무리 최고사령관 김정일의 명령에 의한 군 역사상 처음 있는 대규모 군사훈련이 진행된다고 해도 간부들의 짜맞추기식 인사이동으로 호영의 미래가 다시 바뀌고 있었다. 이렇게 여단이 상급의 군사훈련 지시에 의해 움직이고 있을 동 시간대에 영변의 한 부대에서는 엄청난 사건이 발생하고 있었다.

40

10시, 호영의 부대가 있는 골짜기에도 작전명령이 하달되었다. 부대 내 미사일이 장착된 장갑차 무한궤도들에 곧 시동이 걸렸다. 부대 군관들과 하사관 및 병사들도 전투장구류들을 챙기면서 부리나케 움직였다. 이쪽은 다행히 이날 따라 부대 직일관이 부대 작전참모이어서 훨씬 더 차분하게 대응하는 것 같았다.

"나 20번이다. 모두 내 명령을 들으라, 분소 폭풍!"

10시, 총참모부 산하 포 지도국 직속 제2 여단 본부 로켓 탄두 부대에도 작전명령이 하달되었다. 부대 내 미사일이 장착된 장갑 무한궤도들이 곧바로 시동을 걸었다. 부대 군관들과 하사관 및 병사들이 전투장구류들을 챙기고 부리나케 움직인다. 20번은 여단 참모장 대호였다.

"직일 분대 전투준비, 복창!"

각 여단 산하 대대 직일관들의 복창하는 소리와 함께 부대 직속 경비 및 직일 초소들에도 부산스런 움직임이 유선과 무선을 타고 들려온다.

"정찰소대들을 비롯하여 모든 소대들이 즉시 박천을 향해 출발 준비에 들어갔다. 이번에는 시험 중인 미사일들까지 모두 차지한 격납고를 개방하여 함께 움직인다."

부대장과 정치위원, 그리고 참모장 등이 거주하는 사택의 유선전화기로 전투작전명령이 전달되어서인지 군관들이 사택에서 쏟아져 나오는 것이 부대 관측소 먼발치에서 보인다. 왜소해 보이지만 예지의 눈길로 번뜩이는 작전참모가 대기하고 있어서인지 직일관 포함 모든 직일병들이 평소 일반 훈련보다 신속히 움직이는 것 같았다. 이윽고 상급부대인 여단 참모장으로부터 부대 내 모든 윤전기재에 작전 예비물자 기름을 모두 넣고 예열하여 대기하라는 명령이 전달되었던 것이다.

잠시 후 부대 내 모든 윤전기재들이 움직이기 시작했다. 곧 부대 참모장과 참모들과 소대장들의 구령 소리가 들리더니 반(半)지하 격납고의 자동문을 여는 개폐기들에 전기가 투입되면서 벙커 차단문들이 열렸다. 부응 부응, 하는 소리가 요란했다. 그런데 서북쪽 첫 격납고인 호영의 분대가 관리하는 격납고가 열리지 않는 것이었다. 오히려 전 격납고 계기판에 붉은색 경고등이 켜지고 사이렌이 울린다. 작전참모가 쌍안경으로 살펴보니 격납고 주위에서 미세한 연기가 새어 나오고 있었다.

그 찰나 다른 사람들에게는 알려지지 않았음에도 불구하고 부대 참모부와 잇닿은 실내 로켓 강의실에서 누군가가 날다람쥐처럼 튀어나갔다. 상부 명령이 하달되는 것 같아 비상 작전훈련 진입 기미를 알고 고사 로켓 강의실에 설치된 가상훈련용 CCTV를 이용해 부대 위수지역을 살펴보던 호영이었다. 특히 호영이네가 관리하는 로켓은 핵미사일 탄두를 만들어 시험 발사를 준비하는 것이어서 격납고에 연결된 옆 지하실에는 호영이도 함부로 들어가 보지 못한 곳이다. 격납고에는 당의 자금으로 사온 비싼 연구설비들과 10명이 넘는 연구원들이 있는 연구실과 연결되어 있다. 만일 화재가 발생했다면 정말 큰일이라는 사실이 호영을 다급하게 했다. 입당 심사 대상자로 지명되었다는 사실을 정치위원으로부터 은밀하게 '힌트'를 받은 호영은 평소보다 더 열심히 부대 군사훈련 완성을 위해 밤을 새곤 하였다. 그러면서 호영은 엄마의 노력으로 인해 머지않아 자신의 제대 준비가 착착 이루어질 것 같은 예감에 부대에 무엇인가 가치 있는 자국을 남기려고 더 열심히 생활하고 있었다.

오늘도 취침시간을 미루고 자기가 이곳 부대에서 배운 지식을 통틀어 무엇인가 남기기 위해 고사 로켓 강의실에서 열심히 그 '영역표시'를 하던 중이었다. 후배들이 쉽게 훈련을 하도록 요즘 위장을 어떻게 잘할 것인가에 대한 기존의 매뉴얼을 더 심도 있게 혁신하기 위해 고심하고 있었다. 요즘 호영은 평소에 생각하던 하나의 특기할 아이템을 실행하기 위해 일과를 끝내고 취침 전 여기에 들어박혀 있었던 것이다. 물론 참모부 지휘관들의 묵인하에서다. 그래서 밤새껏 적들의 반적외선 위장막을 뚫어버릴 위장그물 장애탄막을 비롯한 전자위장수단을 효과적으로 관리하기 위해 고사 로켓 강의실에 비치된 관련 참고서들을 읽고 있었다. 특히 호영의 요즘 관심사는 겨울이면 항상 그랬듯 해외에서 수입한 로켓 본체에 있는 전기장치 회로들이 기후 관련 문제인지, 아니면 방사선 강도가 높아서인지, 또는 갱도 시설의 높은 습도 때문인지 자주 방전되어 발사시 늘 골머리를 앓던 문제를 해결해야 한다는 것이었다. 즉 그 회로도에서 문제가 발생하면 누구나 손쉽게 계기판에서 빨리 발견해 제거하는 문제를 해결하려고 그동안의 훈련 경험과 노하우를 종합하고 있었던 것이다. 그러다 보니 호영이 자기가 관리하는 격납고에 문제가 생긴 것을 누구보다도 재빨리 파악한 것이다.

호영이 자기 소속 분대가 관리하는 로켓 격납고에 도달한 순간, 감각적으로 격납고 안에서 큰 화재가 발생했다는 사실을 알아차렸다. 자동차단방어시설로 인해 화재가 외부로 확인되지 않는 것뿐이었다. 호영은 반사적으로 개폐 스위치가 있는 입구로 달려갔다. 하지만 스위치를 누르면 스르르 자동으로 열리던 차단문이 움직이지 않는다. 내부의 감촉 센서가 작동되고 있는 것이다. 호영은 안전수칙대로 수동 개폐기가 있는 철제함에서 커다란 쇠로 된 열쇠를 찾아 안간힘을 다해 열었다. 그곳에는 유사시 인위적으로 열고 닫을 수 있는 금속막대기 열쇠와 함께 화재방지를 위한 모래주머니나 간단한 도구들이 있었다. 말이 열쇠이지 사실 지렛대 형태의 쇳덩이였다.

"사람…… 살려요……."

두터운 차단문 사이로 들릴 듯 말 듯 신음이 새어 나왔다. 누구인지 몰라도 부대 군인임은 틀림없다. '혹시!' 하는 마음에 호영이도 큰소리로 외쳤다.

"누구야? 무슨 일이야?"

그러나 미세한 소리는 더는 들리지 않는다. 다만 무엇인가 터지고 튀는 폭발음이 격납고 안에서 가늘게 흘러나왔다. 펑~펑! 와~르륵, 쉭, 핑! 핑!

사고다. 호영은 흠칫 놀라 한 걸음 물러섰다. 본능적으로 숲속 은밀한 곳에 있는 환풍구 쪽을 보았다. 만약 화재나 폭발이라면 환풍구로 연기가 새어 나올 것이다. 그런데 시야에는 화재라고 단정할 만한 아무런 기미도 없다. 안에서 여자들의 기겁하는 비명이, 그리고 남자들의 단말마적 괴성이 흘러나오는 듯했다. 사고방지를 최우선 목적으로 설계한 핵시설에서 사고라니. 호영은 자신이 무슨 환영에 시달리는가 싶어 머리를 흔들었다. 입대한 지 13년 동안 크고 작은 숱한 사고를 봤어도 격납고에서의 사고는 처음이었다. 매캐한 탄내가 숲속에 퍼져 나갔다. 호영은 상상할 수 없는 위기사태가 발생했음을 알아차렸다. 이 정도의 사고는 혼자서 감당할 문제가 아니었다. 호영은 지체할 새 없이 비상벨을 눌렀다. 즉시 상부에 보고하는 것만이 최선책이었다.

한편, 호영이가 고사 로켓 강의실에 간 이후 표원석은 입당 심사가 승인될 가망이 있는 분대장 호영을 축하할 겸, 또 요즘 담배꽁초 경고를 받고 위축돼 있는 만수를 위로할 겸 분대에서 사기를 돋우는 특별의식을 갖자는 의견을 분대원들에게 내놓았다. 토의된 내용은 지금 농민 시장이나 '주인집'들에서 선호하는, 즉 가장 쉽게 현금으로 바꿀 수 있는 휘발유 40리터를 비밀리에 뽑아 파티용 자금으로 쓰는 것이 가장 좋은 방도라는 데 합의가 이루어졌다.

사실 로켓 발사용 무궤도자행 수단을 움직이는 엔진에서 비밀리에 기름 몇 십 리터 뽑아 쓰는 것은 부대 내에 은밀히 통용되고 있는 현금화 수단이었다. 대부분의 분대들, 심지어 부대 군관들도 상부에 포차를 이용한 것으로 거짓 보고하고 남은 훈련용 기름을 부대원들의 식사 질을 높이는 데 사용하는 사례가 다분히 발생하고 있었다. 마찬가지로 표원석은 분대원들을 친형제처럼 사랑하고 곧 입당을 앞둔 호영에게 피해가 가지 않도록 그가 모르게 조용히 파티 준비를 하는 게 당연한 '동지적 의리'라고 생각했다.

토론 결과 격납고 비상 기름탱크에서 기름을 꺼내기 위해 만수와 원석이가 나섰다. 취침시간 이후에는 직일관이나 직일 근무병 외에 움직일 수 없다. 표원석은 취침 전 여가 시간 30분 동안 기름을 빼내기로 하고 만수와 함께 격납고로 들어갔다.

41

사방이 높은 봉우리로 둘러싸인 골짜기는 검은 구름에 뒤덮여 칠흑같다. 오늘따라 바스락거리는 소리가 신경을 곤두세운다. 둘은 미리 봐두었던 비밀경로를 따라 격납고에 무사히 스며들었다. 원석은 '참 좋은 직속상관 호영'을 위해, 만수는 '참 좋은 직속상관 원석'을 도와

용기를 낸 것이다. 앞서 걷던 원석은 조용히 물었다.

"여 만수, 뒤따라 오는 거지? 그런데 휘발유 냄새가 좀 세지 않아? 어때? 나만 그런 거야?"

양손에 20리터짜리 검은 수지통을 든 만수가 원석의 뒤를 바짝 따라서며 속삭였다.

"네, 부분대장 동지, 이전보다 휘발유 냄새가 짙게 나는 것 같아요."

원석은 벙커에서 휘발유 냄새가 진동하는 게 얼마 전 격납고에 전투용과 비상용을 가득 채워 넣었기 때문이라고 생각했다. 휘발유 저장고에 도착한 원석은 재빨리 탱크 밸브를 열었다. 그러자 탱크 안에서 마개로 인해 공간에 떠 있던, 압축되었던 휘발성 가스가 확 올라오면서 원석의 코끝을 자극했다. 확실히 오늘은 뭔가 다르다고 느끼면서 원석은 먼저 비닐 호스를 탱크에 꽂고 입으로 빨아냈다. 몇 번 빨아내자 호수를 통해 휘발유가 입 안으로 들어왔다. 손으로 호스 입구를 막은 원석은 만수에게 통을 들이대라고 신호했다. 통에 휘발유가 차기 시작했다. 쪼르륵 소리가 들리지만 기름이 어느 정도 찼는지 알 수가 없다. 소리를 가늠하며 순식간에 기름 한 통을 채운 원석은 손을 더듬어 다른 통에도 호수를 꽂았다. 어둠 속에서도 둘은 손이 척척 맞았다. 기름을 거의 채운 원석은 만수에게 드럼통 뚜껑을 달라고 말했다.

"네, 아까 가까이 놓아둔 것 같은데 찾고 있습니다."

바닥을 더듬던 만수가 무엇에 걸렸는지 와당탕 미끄러지며 자빠진다. 순간 금속용 도구들이 부딪치는 소리가 벙커에 소란하게 울려 퍼졌다. 오늘따라 소리가 더 크게 들린다.

"아, 아, 정말, 이게 뭐야?"

만수가 짜증 섞인 소리로 중얼거렸다.

"여 만수, 천천히 찾아, 덤비지 말고."

아마 누군가 낮에 탄두나 기재들을 정비하면서 여기저기 뚜껑을 열어놓고 미처 닫지 않고 철수한 모양이다. 그러니 들어올 때 원석이가 오늘따라 휘발유 냄새가 세게 난다고 했던 것이다. 한참 동안 드럼통 마개를 찾지 못한 만수는 취침 시간 전에 빨리 나가야 된다는 조급한 생각에 얼른 라이터를 꺼내 불을 켰다.

퍽, 아차 하는 순간 사방에서 불꽃이 튀더니 곧 너울거리는 불기둥으로 번졌다. 밀폐된 저장고에 꽉 찬 휘발성 가스분자들이 만수가 켠 라이터로 인해 불꽃이 당긴 것이다. 컴컴한 어둠이 대낮같이 밝아졌다. 저장고에는 휘발유 드럼통이 셀 수 없이 차곡차곡 쌓여 있었다. 펑 퍼펑…… 와르륵, 쉭 핑! 핑! 순식간에 화염이 솟구치고 폭풍이 격납고 안을 힘껏 들어올렸다.

7장

바람처럼, 낙엽처럼

42

순식간에 번진 화염과 폭발로 원석은 종이비행기처럼 허공으로 날려갔다. 잠시 정신을 잃었던 원석은 쿵쿵 지축을 뒤흔드는 둔중한 소리에 눈을 번쩍 떴다. 꿈인지 생시인지. 사방에 온통 매캐한 냄새로 뒤덮여 숨을 쉴 수가 없다. 어디선가 가늘고 날카로운 비명 소리가 들린다. 터널은 대낮같이 밝았다. 너울거리는 불길에 휩싸인 원석은 그제야 만수와 함께 떠났던 일을 생각해 냈다. 멀리서 비상벨 소리가 희미하게 들린다. 원석은 무거운 머리를 힘껏 털었다.

'만수는…… 지금 내가? 어떻게 되었지?'

좀 떨어진 곳에 사람의 형체가 움직이고 있었다. 만수다. 원석은 있는 힘을 다해 움직였다. 뜨거운 열기에 숨이 막혀 한 걸음을 내딛기도 어려웠다. 이렇게 죽을 순 없어. 원석은 살이 타 들어가는 뜨거운 화기를 참으며 벽에 비치한 비상 방화제를 끄집어냈다. 만수의 옷에 붙었던 불은 이내 꺼졌다.

"만수야, 만수 정신 차려."

원석의 목소리를 들었는지 만수가 눈을 감은 채 원석의 팔을 붙들었다.

"나 살려줘, 살고 싶어."

"그래, 나가자, 정신 차려, 여길 나가자."

원석은 만수를 부축한 채 터널 입구를 바라보았다. 깊고 캄캄한 아귀가 쩍 벌어져 있다. 등 뒤에서 계속 드럼통들이 튀는 소리가 펑펑 들린다. 원석은 만수를 이끌고 있는 힘을 다해 입구로 내달렸다. 어느새 정신을 차린 만수도 비틀거리면서도 보조를 맞추기 시작했다. 이제 10미터…….

삐익! 귀청을 찢는 쇳소리가 들린다. 입구의 차단문이 서서히 움직이고 있다. 터널 입구가 점점 좁아지고 몇 겹의 철문들이 하나 둘 미끄러지듯 닫히고 있다. 이제 3미터……. 순간 원석은 한발 늦었음을 깨달았다. 만수만이라도 살려야 한다. 이제 1미터……. 자동문이 거의 닫히는 찰나 원석은 만수를 밖으로 힘껏 뿌리쳤다.

"안 돼! 형, 같이 가!"

검게 그을려 겨우 움직이던 만수가 원석을 움켜잡는다. 얼굴에 단단한 결의가 비껴있다.

"나가!"

원석은 끝까지 놓지 않는 만수를 뿌리치고 젖 먹던 힘을 다해 밖으로 걸어찼다.

이번에도 만수는 원석의 다리를 더욱 억세게 붙들었다.

펑, 펑, 굉음이 울리고 쿵 자동문이 닫혔다. 깊고 깊은 장막이 모든 것을 집어삼켰다.

호영은 뭔가 크게 잘못되었음을 직감했다. 그는 격납고에서 다시 야외 로켓 발사 훈련장 모형이 있는 곳으로 뛰어가 참모부와 연결된 직통전화를 들었다.

"지휘소! 지휘소? 누구 없습니까?"

다급하게 찾는 호영의 목소리가 창밖으로 쩡쩡 울려 나왔다.

"대답하라. 여기는 야외훈련장. 야외 로켓 훈련장. 복창."

처음 쓰던 존칭어가 나중에 전투용 단답형으로 바뀌었다.

"여보시오, 여보시오, 거 누가 없소?"

급기야 호영의 입에서 함경도 사투리가 나온다. 웬만해서 평정심을 잃지 않는 호영이는 지금 감정을 절제하지 못하고 있다. 잠시 후 여단 지휘부와 전화가 연결되었다. 호영은 빠르고 간단하게 로켓 격납고에서 벌어진 상황을 설명했다.

격납고 내의 사건은 즉시 여단을 거쳐 포지도국을 통해 총참모부 작전국까지 보고되었다. 작전국장이 전한 로켓 격납고 화재가 김정일의 책임부관에게 전달되기까지 몇 분 걸리지 않았다. 곯아떨어진 김정일의 침실에서 잠시 지연되었을 뿐 대책은 간단명료했다.

"핵시설 보호하라!"

시설을 보호하라는 김정일의 명령에 의해 기타 모든 것은 수단이 되었다. 그 안의 생명까지도. 최고사령부의 긴급 명령에 의해 격납고의 자동차단문이 닫히고 시설폭발은 일단 막았다. 로켓 격납고의 연쇄 폭발이 차단되고 시설은 보호되었지만 내부의 것은 다 타버렸다.

다음날, 최고사령부의 지시를 받은 현장조사단이 영변의 군부대로 급파되었다.

호영의 소속 부대 군인들은 원석과 만수의 죽음을 슬퍼할 겨를도 없이 조사실로 불려 다녔다. 불타버린 격납고 내부에서 발견된 라이터가 만수가 애용하던 것이라는 것이 밝혀지면서 호영의 분대가 주요 수사선상에 올랐다. 분대병사들의 사기는 땅바닥에 떨어지고 군부대 전체가 살벌한 분위기에 사로잡혔다. 분대장에서 대대장에 이르기까지 부대 지휘관들에 대한 엄중 처벌이 예고되면서 군인들은 숨죽이고 초긴장 상태에 들어갔다.

근 한 달 만에 현장조사를 마친 최고사령부 조사단이 철수했다. 조사결과 격납고의 폭발사고는 두 명의 군인들의 부주의로 인해 발생한 우발적인 화재사고로 결론지었다. 원석과 만수의 소속 지휘관의 처벌이 불가피했지만 사고 사태를 긴급 보고한 호영은 면제되었다. 비록 로켓 격납고는 보존했다고 하지만 그 피해는 컸다. 격납고 내부에 설치되었던 고가의 군사 장비와 설비, 유사시를 대비한 원유를 원상태로 복구해야 했다.

　가장 큰 난제는 격납고 내에서 사망한 사람들에 대한 처리문제다. 터널 내부의 연구실과 교환실에 배치되어 근무 중이던 연구사들과 교환수들은 비상벨이 울리는 그 시각에 비상 탈출구를 이용했더라면 생명은 구할 수 있었다. 하지만 핵시설을 보호하라는 최고사령부의 긴급 명령에 의해 외부와 연결된 격납고의 입구와 터널 내에서 연결된 통로, 심지어 환풍구까지 모조리 차단하면서 결국 사망에 이른 것이다. 원석과 만수를 제외한 나머지 사망자들은 모두 전사자로 처리되었다. 그들의 가족들에게 전사영예훈장이 전달되었고 군부대에서 전사자들을 떠나보내는 영결식이 엄숙히 진행되었다.

　조국 보위의 길에서 영예롭게 전사한 그들의 마지막 가는 길에 슬피 눈물을 짓는 사람은 없었다. 전사자의 부모도 형제도, 가족도, 군 간부들도 의연하고 담담한 모습으로 장례를 치러냈다. 메마른 가을바람이 사랑하는 자식의 죽음에도 눈물을 흘릴 수 없는 가족들 사이를 지나 새로 생긴 봉분 위에 마른 낙엽을 흩뿌렸다. 핵기지를 지키라는 최고사령부의 명령에 따라 전사자들은 격납고에서 황당한 죽임을 당한 것이다.

43

로켓 격납고 화재사건으로 부대 전체가 침울한 분위기에 잠겨 있던 어느 날, 여단 참모부로부터 분대장 강호영을 지시를 받는 즉시 다른 부대로 이동시키라는 무선암호문이 도착했다. 이동 소식은 곧바로 호영에게 전해졌다. 정치위원은 여단에서 내려온 작전용 대기차에 오르려는 호영에게 다가와 의미심장한 말을 남겼다.

"호영 동무, 오늘 동무는 여단에서 내려온 특별지시로 이동되게 되오. 작전상 비밀로 지금 준전시를 가상한 훈련 시기인 만큼 다른 병사들에게 알릴 수 없다는 점을 참작하시오."

"알겠습니다. 정치위원 동지!"

호영은 정치위원에게 절도 있게 경례를 하고 차에 올랐다. 급작스러운 이동에 내심 불안하면서도 한편으로는 어머니의 구원의 손길이 아닐까, 하는 짐작을 해봤다. 어디선가 호영의 정치적 과오를 막으려는 '보이지 않는 동아줄'이 내려오고 있는 것 같았다. 호영의 생각을 알아차렸는지 정치위원이 다시 말했다.

"가보면 알게 될 거요. 난 호영이가 거기에 가서도 모범적으로 생활할 거라 믿소."

정치위원은 마치 상하관계가 아닌 친구에게 하듯 호영의 거수경례한 손을 내려주며 억세게 잡아 흔들어 주었다. 호영은 정치위원의 이 같은 행동에 당황했다.

'갑자기 무슨 일이 일어나고 있지? 무엇 때문일까?'

호영은 재빨리 생각을 정리했다. 왜 하필 지금 전투훈련장이 아닌 다른 방향으로 가게 되는지, 앞으로 또 무슨 일이 있을지 도무지 갈피를 잡을 수 없었다.

'혹시 얼마 전 분대에서 일어난 화재 때문에 어디론가 불려가는 것은 아닐까?'

불안감은 시간이 갈수록 깊어졌다. 화재사고만 떠올리면 왠지 가슴이 떨리고 숨이 막혔다. 향산까지 이동하는 내내 호영의 머릿속은 격납고 사건으로 가득 차 있었다. 오늘따라 약산동대 위에 떠오른 햇빛은 눈부시게 찬란하다. 한낮의 햇빛이 어디론가 도망치는 것 같은 자신의 생각을 환히 밝히는 것만 같아 싫었다. 사고충격에서 헤어나지 못하고 허둥거리는 자신을 발견한 호영은 스스로도 무참하여 얼굴을 들 수 없었다. 사실 호영이 그날 화재 때 신고할 위치에 있지 않았더라면 지금쯤 입당은커녕 다른 간부들처럼 연대적 책임으로 군사재판을 받아 평남 회창군 교도연대(감옥)에 가 있을지도 모른다. 그러나 운 좋게도 그 무시무시한 최고사령부 현장조사단의 검열에서 호영에게는 아무 일도 일어나지 않았다. 하지만 가장 사랑하는 직속 부하들을 잃고도 아무렇지 않게 살아내고 있는 자신의 정체성에 대해 다시금 생각하지 않을 수 없었다. 인간의 생명은 누구에게나 고귀하다. 사회주의 제도에서는 더욱 그렇다고 배웠다. 하지만 현실은 그렇지 않다. 오히려 사회적인 계층구조에 의해 인간 생명의 가치는 너무나 불평등하게 나뉘고 있었다. 호영은 영원히 회복할 수 없는 죄책감을 안고 살아야 하는 한 인간에게 삶의 본질은 무엇인지 스스로 자문했다. 인간 본연의 정직한 삶의 이치와 순리대로 살아가는 것은 과연 무엇이며 어떻게 사는 것인가를 끊임없이 고민했다. 그렇다고 군생활을 게을리하지는 않았다. 향산 비행장 건설부대로 전보된 후에는 로켓 격납고의 사고를 애써 지우려고 임무 수행에 더욱 정열을 쏟았다. 그러자 부대 지휘관들 속에서 호영을 직발(군부대 차원에서 장교로 승급시키는 체계)시켜야 한다는 칭찬의 목소리가 흘러나오기 시작했다. 하지만 호영은 이런 칭찬을 들으면 들을수록 살아있음 자체가 괴로웠다. 자신이 전보된 사실을 전해 들은 후로는 살아있는 '행운'이 오히려 수치로 생각되었다.

자세한 소식을 듣게 된 것은 향산 부대에 배치되고 나서 얼마 지난 후였다. 버섯연구소 소장 진규의 사촌동생 성규는 호영의 어머니인 정연자 박사에게 호영의 이동에 대해 자초지종을 말했다.

호영은 어머니를 통해 이 사실을 알게 되고는 많은 생각을 하게 되었다. 이런 상황 속에 살아가는 호영에게 그렇게도 바라고 바라던 입당이라는 영예로운 '징표'도 달갑지 않았다. 입당문제를 심사하는 당일에도 집행위원회 위원들의 진심 어린 축하와 격려의 말이 호영에게는 와 닿지 않았다. 그의 눈앞에 원석과 만수의 얼굴이 자꾸 어른거렸다.

호영은 비행장 건설에 배치된 후에도 정신적 충격에서 헤어날 수 없었다. 당에 입당하는 것이 군 입대의 최종 목표여서인지 호영의 건강에 적신호가 켜지기 시작했다.

혼돈에 혼돈을 거듭하던 어느 날 호영에게 은아가 찾아왔다. 은아라면 이런 나를 무엇으로 위로해 줄까?

'나는 호영 동지를 끝까지 믿어요. 부디 삶의 소중한 목표를 이루세요!'

이런 말을 해주었을 것 같다. 요즘 은아의 아버지에 대해 들리는 소문이 유다르다. 무슨 운명의 희롱인지 은아를 만나본 지도 퍽 오래되었다. 호영은 은아를 위해 해줄 것이 없는 자신이 참으로 미안하고 안타까웠다. 다른 사람이라면 몰라도 현재 호영의 처지에서 은아를 만나거나 이전처럼 사랑의 희망을 전해줄 수 없는 형편이었다. 하지만 은아를 만나려는 생각마저 포기한 것은 아니었다. 그녀와의 만남을 위해 몇 번 시도해 보았지만 어찌된 영문인지 그때마다 일이 틀어졌다. 은아에게로 전한 자신의 현황이 전해지지 않았는지 답장이 없다. 이래저래 괴로움에 뒤척이는 날들이 이어졌다. 결과적으로 호영은 군 입대 최종 목표인 '입당'은 했지만 누구보다 떳떳하게 살려는 욕구 하나로 버틴 삶의 목표는 희미해졌다.

은아는 은아대로 사활을 걸고 달려드는 철웅의 노력과 도움에 대해 어찌할 바를 몰라했다. 아버지의 행방을 찾기 위해 불철주야 노력하는 철웅이를 결코 가볍게 대할 수 없었다. 그렇다고 진심으로 사랑하는 호영을 잊을 수도 없었다. 낙엽이 떨어지는 가을에 접어들면서 은아의 마음도 착잡했다.

반면 호영은 지금은 정연자의 아들로, 집안의 장자로 가문을 책임져야 시급한 문제만 생각하기로 했다. 그즈음 일부 군인들을 제대시키라는 상부의 지시가 누군가에 의해 새 부대 안에 퍼져 나갔다.

44

어디서 불어오는 마지막 가을바람이 개구리 피부 같은 플라타너스 가로수 잎들을 뜯어내고 있다. 쇠 그물로 고정한 호송차 유리로 누렇게 뜬 잎들이 제멋대로 흐느적거리며 떨어진다. 우수수~ 휘날리는 모습이 마치 자신의 인생 궤도 같다.

저도 모르게 얼굴을 찡그리며 바짝 말라든 입술을 깨문 철웅은 머리를 푹 수그린 채 꼼짝하지 않고 몸을 흔들리는 차에 내맡겼다. 그는 자신이 가을바람에 떠도는 낙엽처럼 어딘가로 실려 가고 있다고 생각했다. 얼마나 치욕스럽고 화가 났는지 아직도 붉게 상기된 눈 흰자위에는 깊은 고뇌와 후회의 빛이 벌겋게 드러났다.

책가방을 처음 멘 교정에서 '경애하는 아버지 김일성 원수님 고맙습니다'라는 한글을 배우던 유년 시절로부터, 해외에 출장을 갔던 아버지가 사온 놀잇감 자동차를 분해해 지청구를 듣던 때가 어제 일 같다. 대학 동기들로부터 '공부벌레'라는 놀림을 받으면서도 성취감으로 오직 학업에만 열중하며 행복했던 대학 시절까지, 그 흔한 연애도 제대로 해보지 못한 그에게 불쑥 나타난 은아에 대한 애틋한 감정을 처음

느끼기까지. 철웅의 지난 인생이 그야말로 주마등처럼 뇌리를 훑고 지나갔다.

"에이, 이게 무슨 처지람……. 허헛, 참."

철웅이 혼자 헛웃음을 치면서 중얼거렸다. 아직은 인간다운 모습이 남아 있었다.

"조용히 하라, 이 반동놈의 새끼래……."

철웅 양옆에 진녹색 견장에 노란 '떡매' 계급장을 단 나이 어린 국가안전보위부 직속 제2 경제위원회 안전보위부 예심과 계호원들이 총 끝으로 족쇄를 차 거동이 불편한 철웅의 어깨를 툭툭 건드렸다. 총의 무게 때문인지 아니면 계호원들이 워낙 세게 힘을 주었는지 경련이 일 듯 어깨가 아팠다.

자동차 조수석에 평소 계급장이 없는 군복만 입던 연구소 책임 보위지도원이 권총 지갑이 달린 각 띠를 매고 앉아 있는 모습이 눈에 들어왔다. 오늘따라 노란 계급장에 중성 두 개의 별이 유난히 눈에 뜨인다. 영변의 핵 연구기지 내에는 중앙의 간부들이 출장을 오거나 이곳 사람들의 친척들이 사사용무로 오는 경우 숙식을 제공하는 초대소 옆에 3층짜리 자그마한 독신자 합숙이 붙어 있다. 그 214호실 주인이 철웅이다. 잠결에 철웅은 1층부터 시작된 다급한 발자국 소리를 들었다. 하지만 그 발자국 소리가 철웅의 인생을 처절하게 파멸로 이끄는 소리인지 모르고 있었다.

"텅! 텅!"

먼저 잠들었던 룸메이트 친구가 문을 열어주었다. 철웅과 함께 살던 친구는 문을 차고 들어선 보위원들에게 이 사실을 누설하지 않는다는 보안 약속을 하고는 밖으로 내보내졌다. 다짜고짜 달려든 보위원들이 철웅의 눈을 검은 천으로 동여맸다. 그리곤 팔목에 족쇄를 채우고 방 한구석에 쭈그리고 앉게 했다. 그들은 창문 반대편 벽면에 세워둔 나무로 만든 책장을 뒤져 철웅의 사물 중 주요한 책이나 서류로 보이는 것들을 갖고 온 커다란 상자에 마구 쓸어 담았다. 그리고는 철웅의 옷가지들을 하나도 빼놓지 않고 주머니까지 뒤졌다. 그들은 철웅의 가방과 자그마한 서재의 물건까지 모두 들춰냈다. 연구소 담당 보위지도원이 물었다.

"장문 열쇠가 어디 있느냐?"

이 말을 하고는 눈에 동여맸던 검은 띠를 풀어주었다. 사실 철웅은 담당 보위지도원이 자기에게 특혜를 준 사실을 몰랐다. 대부분 보위부에 의해 호송되는 이들은 '반동분자'라는 말을 들으면서 처음부터 눈을 가리는 것은 물론 마구잡이로 구타를 당한다. 철웅은 처음에는 팔목에 족쇄를 채울 때 반항하려 했다. 그러다가 문득 철수 형이 언제인가 전했던 러시아 '푸룬제 아카데미' 사건이 떠올랐다. 무엇인가 짚이는 데가 떠오르자 철웅은 더는 항거할 필요가 없다는 생각이 들었다. 그러자 온몸에서 맥이 탁 풀려나갔다. 이윽고 철웅은 영문 모를 '잘못'을 인정이나 한 것처럼 공손하게 담당 보위지도원에게 담배 한 대를 피워도 되냐고 물었다. 철웅을 의아하게 쳐다보던 보위지도원이 자신의 주머니를 뒤적거린다. 잠시 후 불을 붙여준 담배를 피우노라니 담배 피우는 걸 처음 가르쳐준 사촌형 철수의 모습이 떠올랐다. 그때 왜 그렇게 담배를 피우고 싶었는지 새삼스럽게 느껴졌다.

'철수 형은 지금 어디서 무엇을 할까? 그리고 큰아버지는? 아마도 어딘가에서 고문을 당하겠지, 아니면 고문에 못 이겨 이미 하늘나라로 갔을지도 모르지.'

인생이 허무하게 느껴졌다. 진심으로 당에 충성해서 무엇인가 남기고 싶었고 또 능력을 갖기 위해 남보다 배로 노력했다. 그런데 연좌제에 얽혀 아무 잘못도 없이 지금 무엇을 하는 것인가?

'정치범'

기가 막혀 헛웃음이 났다. 그러다가 점차 편안해졌다. 참으로 인간의 적응력은 뛰어났다. 철웅은 폐부 깊숙이 들이마셨던 담배 연기를 후 길게 내뱉었다. 처음 담배를 배우며 느꼈던 니코틴이 들어갔을 때의 구수하고도 흐뭇했던 혼미함을 음미했다. 어두침침한 방 안으로 흩어지는 담배 연기를 보노라니 자신이 열심히 쌓아 올린 과학자의 업적이 서서히 무너지는 환각이 밀려왔다. 이윽고 수색을 마친 보위원들에 이끌려 철웅은 호실 문을 나섰다. 그는 마지막으로 창 옆에 놓고 키우던 일일초의 핑크색 꽃을 뒤돌아보았다. 창가의 일일초는 유미를 통해 은아의 사진을 본 그날 심은 것이다. 일일초의 꽃말인 우정에 대한 즐거운 추억만 남기고 떠나게 되는 사실을 안다는 듯 꽃잎이 강렬한 색채를 뿜어냈다.

정든 방에 추억을 남기고 떠나는 회억이 참 아이러니하다. 불과 10분도 안 되는 사이에 인생은 구렁텅이로 내버려졌다. 철웅은 도살장에 제 발로 걸어 들어가는 짐승처럼 스스로 차에 올랐다. 인생은 참으로 허무한 것이었다.

'분명 오해일 거야. 무죄는 밝혀질 거야.'

철웅은 철수형을 탓하면서도, 사실 속으로는 현 사회의 잘못된 정치를 비판하지 않을 수 없었다. 언젠가 철수형과 둘이서 술을 거나하게 마시고는 취기가 오르자 "조선민주주의? 민주주의? 우리나라에 민주주의가 어디 있어?"라고 하던 말이 떠올랐다. 사실 그때까지만 해도 철웅은 철수형의 사회적 인식에 문제가 있다고 생각하고 있었다. 그러나 자신이 직접 당하고 보니 철수로 인한 구속은 하나의 구실에 지나지 않았다. 한참 달리던 차가 거의 목적지에 다다랐는지 속도를 줄이더니 브레이크가 걸렸다. 아마도 앞의 차가 이미 육중한 보위부의 철문을 열어놓았는지, 철웅이가 탄 차가 보위부 건물 뒤편 가시철조망으로 둘러친 또 다른 구류장 앞에서 멎었다.

차 문이 열리면서 호송계호원이 먼저 뛰어내렸다. 올곧이 자기 생각에만 빠져 있던 철웅이 쭈뼛쭈뼛하며 엉거주춤 일어서자 다른 쪽 계호원의 구둣발이 날아왔다.

"퍽~"

갑자기 옆구리를 채인 철웅이 휘청거렸다. 그 순간 갈빗대에 통증이 몰리면서 분노가 치밀었지만 곧 보위부에 잡혀왔다는 생각에 단념하고 말았다. 얼굴을 찡그린 철웅이가 아픈 갈빗대를 걷어 안고 신음을 토하자 이번에는 다른 계호원이 자동보총소총의 개머리판(총탁)으로 웅크린 철웅의 어깨를 사정없이 내리쳤다.

"이 새끼가 아직도 분위기 파악 못했나?"

헉! 순간 철웅은 외마디 비명을 지르며 바닥에 쓰러졌다. 하늘이 노란 색깔로 변했다. 잠시 후 철웅은 승강기에 태워져 지하로 내려갔다. 그곳에서 철웅은 자신이 어떻게 여기에 오게 되었는지 한참 동안 생각해야 했다. 참나무로 된 딱딱한 나무의자는 앙상한 뼈만 남은 시체를 연상시켰다. 양쪽 팔목은 넓적하고 둥그런 쇠사슬에 묶여 머리 위로 들려 있었다. 방 안 천장에는 시뻘건 전등 하나가 달려있고 구석 모서리에 책상 하나와 보위원들이 앉는 의자인지 두 개가 더 있었다. 당연히 창문은 없었다.

체통이 하마같이 크고 머리를 빡빡 깎은 두 명의 계호원들이 들어왔다. 한 명의 손에는 이미 적당한 크기(7×7cm)의 각목이 들려있다. 아마도 고문실인 것 같았다. 책상 위에는 갈고리, 망치, 펜치, 책상 밑에는 바게쓰 등 고문 도구들이 즐비하게 놓여 있다. 철웅은 말로만 듣던 그 악명 높은 보위부 비밀고문실에 들어와 있음을 그제야 깨달았다.

"야, 너 이름이 이철웅이지?"

허공에 반원형을 그은 각목이 연이어 철웅의 어깨를 가격했다. 피가 내밴 철웅의 어깨에 각목이 또 날아왔다. 이렇게 참기 어려운 통증은 난생처음이다.

"우~욱"

각목을 잡지 않은 다른 계호원이 어느새 발길로 명치 부위를 걷어 찼다. 동시에 다른 발의 징이 박힌 군화가 맨발인 철웅의 발등을 내리 찍는다. 그 아픔은 어깨의 뼈가 부서지는 것보다 더했다.

"이 새끼가 대답 안 해?"

이들은 대답을 기다리는 것이 아니었다. 그냥 입버릇처럼 말하는 고문 방식이었다. 철웅이 대답을 했지만 알아듣기도 어려운 중얼거림이다. 철웅은 이미 넋이 나가버린 상태다. 원통했다. 평범하게 일상을 보내던 밖의 생활이 그리웠다. 감시와 통제 속에서 살아가지만 그나마 제 마음대로 시간을 할애할 수 있는 '강박된 자유'마저 그리웠다.

매질은 계속되었다. 얼마나 시간이 흘렀는지. 깨어보니 이미 몇 번이나 졸도를 했는지 바닥에는 피와 물이 흥건했다. 철웅의 몸은 허공에 매달려 있고 피 터진 상처마다 검게 말라버린 핏자국과 함께 누런 진물이 나오고 있다. 직접 보니 그제야 상처들이 통증이 몰려왔다. 신기한 것은 처음에 들었던 공포와 무서움이 사라진 것이다. 정신이 점점 또렷해졌다. 무엇을 질문했는지 잘 떠오르지 않지만, 철웅은 중요한 것을 알아냈다. 철웅이 잡혀온 것은 비단 철수 형이나 큰아버지 문제만이 아니라는 사실이었다. 은아도 아마 자신처럼 이곳 어디엔가 갇혀 있다는 사실이었다. 왜 은아를 도우려 했고, 그녀와 어떤 사이인지를 물어보았던 기억이 난다.

은아는 또 무슨 문제지? 그녀의 아버지가 부주의로 중요한 절대 비밀문서를 잃어 버렸지만 은아까지 철웅과 연계하여 죄를 만들고 있는 것은 좀 이상했다. 육체가 아픈 것은 문제가 아니었다.

45

은아는 요즘 아버지의 '죄'를 해명하느라 정신없이 싸돌아다녔다. 갑자기 먼지가 켜켜이 쌓인 녹음기를 켰다. 이 녹음기를 켜고 노래도 듣고 외국어 공부도 하느라 녹음기에 먼지가 쌓일 사이도 없었다. 조심히 마른 수건을 찾아 붉은 플라스틱으로 만들어진 '산요(SANYO)' 녹음기를 닦았다. 국방과학원 공학연구소의 아버지 친구분이 중동 어느 나라에 갔다가 기념으로 사주었던 귀한 것이다. 스르륵 하고 처음 테이프가 감기는 소리가 나더니, 녹음기에서 보천보전자악단 조금화 가수가 부르는 〈기러기 떼 날으네〉라는 노래가 흘러나왔다.

봄 노을 피는 저 하늘가에
기럭 기러기 줄지어 나네
서로 다정히 찾고 부르며
나의 마음도 싣고서 가네

요즘 들어 은아는 너무나 쓸쓸했다. 가을을 타서인지 아니면 워낙 노래가 그런 것인지, 빈 공간에 혼자 있는 서글픈 은아의 마음을 기러기라도 아버지에게 전해주었으면 하는 심정이다.

'어디에 살아 계시기는 하겠지?'

삶이란 무엇일까? 누군가 작사한 "삶이란 마지막 순간에 뒤돌아볼 때 웃으며 추억할 지난날"이라고 한 의미 깊은 구절이 생각났다. 웃으며 추억할 지난날이 과연 있었나 하는 의구심마저 들었다. 그 순간 엄마 없이 그나마 홀아버지 밑에서 혼자 꿋꿋이 살아가는 것처럼 보여주느라 한쪽 가슴에 멍이 든 자기를 기쁘게 해주었던 사랑하는 이의 얼굴이 떠올랐다. 호영이다.

'호영 동지는 지금쯤 어디서 무엇을 하고 있을까?'

사랑하는 연인 사이라면 이렇게 가슴이 아플 때 서로 나누고 위로해야 진정한 사랑이 아닐까, 하는 마음에 한편으로 무정한 호영이가 미웠다. 아니, 솔직히 밉기보다 사무치게 그리운 감정이었다. 내심으로는 그만큼 호영에 대한 그리움이 더 컸다.

호영의 억실억실한 눈에 비친 20대 청춘의 열정일까, 아니면 언제나 자기 앞에 차려진 일을 억척스럽게 해나가는 남자다운 그 기상이 믿음직스러웠을까? 새삼스럽게 처음 알게 되었던 박천의 강기슭부터 약산 동대에서의 아름다웠던 그 모습까지 돌이켜 보았다.

'자칫 모든 것이 이렇게 끝나버리는 것은 아닐까?'

호영이 자기의 상황을 알면 오히려 멀리 떠날 것 같은 조바심이 들었다. 아니 호영이 자기를 사랑하면 할수록 자기가 먼저 멀리해야 했다. 인생 일대의 정점인 입당을 위해 마지막 고비를 넘고 있는 호영의 근황을 제일 잘 아는 은아였다. 호영이와의 지난날을 돌이켜볼수록 그가 더 보고 싶어졌다.

　어느새 은아는 자기도 모르게 밖으로 나갔다. 어느덧 그녀의 발걸음은 마치 자석처럼 이끌려 호영의 부대 방향으로 향했다. 가을 햇볕에 산산한 바람이 일었다. 텅 빈 가슴에 무엇인가 채워야겠다는 욕구가 넘쳤다. 아버지의 생사도 문제지만 자기 미래의 전부인 호영과의 관계도 불투명하다. 지금 먼발치에서라도 호영의 얼굴을 한 번이라도 보기만 해도 이 허무하고 불안한 마음을 진정할 수 있을 것 같았다. 높은 기암절벽이 중첩된 산자락은 낮에는 괜찮아도 밤에는 공포가 밀려드는 곳이다. 그럼에도 불구하고 걷고 또 걷는 은아에게 무서움은 문제가 되지 않는다.

　은아의 마음을 약산동대 산신령이 알아차리기나 했는지 구름 속의 달빛이 조금씩 얼굴을 빠끔히 내보이며 그의 앞길을 밝히기 시작했다. 그 가느다란 달빛이 비치기 시작하자 어느덧 무시무시한 공포심도 사라지고 주위가 또렷해지면서 걸음이 자연스럽게 빨라졌다. 은아의 발길은 어느새 그가 항상 나오던 부대 후문에 도착했다. 약산동대 깊은 산골짜기는 염소나 소들을 이끌고 오르락내리락하던 그곳이다. 둘러친 쇠살창들 사이로 혹시나 호영은 물론 호영을 알 만한 사람이라도 나오지나 않을까, 하는 마음이 온 넋을 지배했다.

　달빛이 가려진 어둑어둑한 구석 한쪽에 웅크리고 앉아 있던 고은아.

갑자기 얼마 멀리 떨어지지 않은 거리에서 인기척 소리를 들었다. 군인 두 명이 소리를 죽여가면서 무엇인가 하는 것 같더니, 급기야 조그마한 누런 더미에서 불길이 확 일었다.

"타다닥, 딱딱!"

고소한 냄새가 나기 시작했다. 아마도 '콩청대'를 하는 것 같았다. 축사 일을 담당한 군인들이 취침 알람 전 몰래 감추어놓았던 콩대 한 단에 불을 단 것 같았다. 그 불길이 얼마나 잘 말랐던지 갑자기 타오른 불티가 은아에게로 바람에 휘~익 날아온 것이다.

"어마나!"

쭈그리고 앉아서 이들이 하는 행동을 주시하던 은아가 놀라 벌떡 일어섰다. 한편 바로 그 시간, 부대 안에서는 이날 따라 공교롭게도 까다롭기로 소문난 보위지도원이 지휘부 직일근무 차례였다. 갓 인계받은 초소들을 돌아보던 그의 매섭고 예리한 눈에 웬 수상한 여자의 거동이 들어왔다. 보위지도원은 급히 정문 초소장을 불러 저기 보이는 여자를 데려오라고 지시했다. 한참 후 초소장을 따라 들어온 그녀를 본 순간 보위지도원의 눈빛이 한순간 이상하게 번뜩했다. 날씬하고 이목구비가 예쁘장한 처녀의 입에서 금방이라도 은방울 굴리는 소리가 날 듯 청초해 보인다. 하지만 어디에선가 본 듯한 낯익은 얼굴이라는 의구심이 들었다. 보위지도원의 자그마한 방 안에는 단아한 책상과 나리꽃 같은 주황색 꽃이 핀 화분이 창문턱에 놓여 있었다.

"동무, 여기서 무엇을 하고 있소?"

은아는 무엇이라 대답하기 곤란했다. 하지만 말을 잘못하면 자칫 호영의 신상에 해를 입힐 수 있다는 생각이 들었던 것이다.

"여기서 이 야밤에 무엇을 하는가고 묻지 않소?"

"예, 저는 고은아라고 합니다."

은아가 질문에 대답하지 못하고 두서없이 동문서답하고 있다. 무엇인가 지금 이렇게 늦은 저녁에 부대, 그것도 핵탄두를 장착하는 실험을 진행하는 극비밀을 취급하는 곳 한쪽에 숨어 있었다는 사실을 무엇이라고 말하나. 더욱이 아버지가 이 부대와 직간접적으로 연결된 핵탄두연구사업의 현장기술자라는 사실, 또한 극비밀 문서를 잃어버린 아버지가 어디인가에서 조사를 받고 있다는 사실까지 떠올리고는 소스라치듯 놀랐다. 평정심을 잃으면 자칫 큰일이 일어날 것 같은 긴장감이 당황함을 압도했다. 그러자 두근거리던 심장이 점차 진정되는가 싶다.

'일단 호영 동지에 대해서 입도 벙긋하지 말아야 돼.'

"지나가다 불길이 일어 다가갔던 것입니다."

"흠, 고은아라고? 어디서 무엇을 하오?"

"저는 주변 농장원입니다, 사실……."

그는 거짓말까지 해야 하는 자기 자신이 수치스러웠다. 오늘따라 보고 싶고 만나고 싶은 사랑하는 애인을 만나러 왔는데……. 청춘 남녀의 만남 그 자체가 대놓고 말할 수 없는 그렇게도 부끄러운 것인가? 은아의 감정을 세밀하게 주시하던 보위 지도원이 다시 말했다.

"그래서…… 여기에 산다면 여기가 비밀기지라는 것쯤은 알 텐데……. 무엇을 하고 있었단 말이오?"

두 달 전 7·27 전승절 행사에 여기 왔었다는 걸 말해야 할까, 하는 생각이 미쳤을 때 갑자기 보위지도원의 끈적이는 눈길이 자신의 신체를 더듬고 있다는 사실을 알아차렸다.

은아는 어려서 어머니를 사별한 홀아버지 슬하에서 자라다 보니 눈치가 빨랐다. 어머니의 사랑을 충분히 받고 자란 또래들보다 안전 관련 불안감이 더 예민했다. 은아는 호영이 때문에 잠시 망각하였다가 야밤중 '위험한 구렁텅이'에 노출되어 있는 자신을 그제야 발견하게 되었다. 어쩌다 보니 제아무리 크게 소리를 지르고 발악을 해봤자 누구도 도와줄 수 없는 위험한 상황에 놓여 있다는 사실에 적이 놀랐다. 혹시 여자라면 누구에게나 위험한 경우가 발생할 수 있다는 생각에 온몸이 서서히 경직되고 신경이 날카롭게 곤두섰다. 군관의 게슴츠레한 눈길이 은아의 가슴과 하체를 탐욕스레 훑었다. 점점 다가오는 그의 발걸음에 은아는 저도 모르게 뒷걸음질을 쳤다. 순간 커다란 두 손이 이미 은아를 그러안고 더듬기 시작했고 아무리 뿌리쳐내도 막무가내다. 그는 점점 더 손아귀에 힘을 가하면서 밀어붙인다. 당황스러운 소리도 지를 수 없었던 은아는 허리춤으로 손이 들어오자 비명을 내질렀다.

"이 짐승 같은 놈아! 거기, 누가 없어요?"

소리치던 은아는 초인간적인 힘으로 그를 밀어내는 동시에 손톱으로 보위 지도원의 얼굴을 할퀴었다. 은아는 자신을 잡았던 보위지도원의 손이 풀려나가는 찰나의 순간을 놓치지 않았다. 그리고는 옆 창문가에 있는 화분을 들어서 그의 머리를 향해 던져버렸다. 화분에 맞은 군관의 이마에서 새빨간 피가 줄줄 흘러내렸다. 당황한 은아는 문을 열고 냅다 소리 지르며 달렸다.

"사람 살려요!"

46

인생의 길에 아무리 험한 계곡과 준령이 많다 해도 가족이 있으면 무섭지 않다. 호영은 성장하는 내내 집안의 자랑이었다. 잘생긴 외모에 전교 1등을 독차지했던 호영의 장래에 정연자는 기대가 컸다. 하지만 그런 정연자의 기대와는 달리 호영은 대학이 아닌 군대에 가서 나중에 입당하는 것이 인생의 가장 큰 목표라고 했다. 정 박사 자신이 입당의 중요성을 직접 느껴보았기에 아들의 희망을 막을 수 없었다. 지금에 와서 후회를 해봤자 소용이 없는 짓이다.

'입당은 좋은데 하필이면 왜 핵 기지란 말인가?'

호영을 두고 정연자는 오십 평생 공들여 만든 인생의 울타리가 송두리째 뽑히게 될 수도 있다는 예감이 들었다.

'그렇다고 가만히 있을 수만은 없다. 무슨 수를 써서라도 호영이를

핵 기지에서 빼내와야 한다.'

온 나라가 준전시로 긴장된 상황에서도 여러 사람의 도움으로 호영의 앞날은 조금씩 밝아지기 시작했다. 하지만 청진에서는 이미 가세가 기울기 시작했다는 소식이 들려왔다. 모두가 갑자기 배급까지 끊어버린 사회 변화에 제대로 적응하지 못하고 있다. 거기에 남편은 크게 사기를 당해 빚을 지다 보니 그 이자가 날이 갈수록 태산으로 불고 있다. 그러나 정연자는 이제 되돌아갈 수가 없다. 자신이 맡은 과학연구 사업에서 성과를 거두는 길만이 호영이를 돕는 길이라는 것을 잘 알기 때문이었다. 다행히 연구 사업에서는 성과가 나기 시작했다. 그렇게도 말썽이던 느타리버섯과 표고버섯의 품종이 대량생산할 정도로 고정되고 새 원(原)종균에 의해 생산속도가 2배 이상 늘었다. 종균에서 채취까지 24시간 안에 이루어질 수 있는 새로운 버섯재배기술이 도입되었다. 이제는 IAEA의 사찰단이 핵 전문가들을 이끌고 영변에 임의 시각에 나타나도 별달리 문제될 것이 없다. 방사능 성분 검출 우려가 없는 버섯 공장들이 순식간에 배치될 수 있게 완벽한 준비를 마친 셈이다. 정연자가 버섯연구소에 내려온 후 김진규 박사와 함께 새로운 품종의 버섯재배 기술을 발명함으로써 핵 검증시설에 배치할 이동식 버섯 공장들을 확보한 것이다. 또한 새로운 버섯 종균 방식을 체계화하여 군부대 산하 군단급은 물론 모든 사단·여단급 공장들에도 부식물로 공급하게 되었다.

어쩌면 중국에 신품종 버섯재배 기술을 수출할 수 있는 길도 열릴 것이다. 무력부와 대외국은 물론 외화벌이 관련 모든 단위들에서 버섯 연구소의 인기가 여느 때 없이 올라갔다. 알 만한 사람들은 정 박사가 무력부 후방총국에 있다가 원자력 총국으로 옮기는 바람에 후방총국이 큰 손해를 보았다고도 했다.

오후 해가 기울어 퇴근 시간이 가까워 올 무렵.

박천 농업전문학교를 갓 졸업한 실험공 처녀가 출입문을 다급하게 두드렸다. 소독실과 무균실 사이에 공기가 차폐되어 있어 밖의 소리가 잘 들리지 않는다. 연구실의 보조 인력으로 뽑힌 그녀는 손시늉을 하면서 큰소리로 외쳤다.

"정 선생님, 지금 금방 선생님을 만나러 평양에서 손님이 온답니다."

정연자는 종균 배양실에서 서로 다른 배지에 키워낸 품종들의 생산 주기를 조사하여 실험 노트에 기록하고 있었다.

"그래요. 곧 나갈게요."

잠시 후 연구실에서 나온 정 박사가 탈의실에 들어가자 열어놓은 창문 사이로 자동차가 멎는 소리가 들려왔다. 버섯연구소 소장과 함께 국방색 행사용 장성군복을 입은 장령 3명이 따라 들어왔다. 정연자는 그중 한 사람을 알아보고는 그만 어안이 벙벙했다. 바로 몇 달 전 영변으로 떠나 올 때 상급열차 안에서 만났던 그 감평원이다.

"아니, 그때 상급열차에 탔던 박사님이 어떻게? 안녕하십니까?"

그는 직업군인이어서인지 몸에 밴 군대식 차렷 자세를 취하면서 먼저 인사를 건넸다. 정 박사도 뜻밖에 그를 만나게 되어 반갑게 인사를 나누는데, 이를 눈치챈 진규가 물었다.

"아니, 이런, 서로 아는 사이요?"

감평원도 정 박사가 버섯연구소에 있는 것을 알고는 무척 놀라는 눈치다. 달라졌다면 대좌 군복을 입었던 때와 다르게 어깨에 금빛 소장(장성별 하나) 달린 것이다. 그사이 승진한 것이다. 감평원이 진규에게 정 박사를 만나게 된 사연을 간단히 설명했다.

"아니, 그럼 그때 만났던 그 박사님이, 바로 형이 말한 그 박사님이시고? 기막힌 우연이구만……. 박사님, 여기 연구소 소장이 저의 사촌형입니다."

정연자에 대해 진규에게서 미리 이야기를 들었는지 감평원은 오래된 친구처럼 편한 인상으로 이야기를 이어갔다. 진규는 함께 온 두 장령에게도 정연자를 소개했다.

"우리 연구소에 이번에 새로 온 정연자 박사님이십니다. 인사 나누십시오. 바로 강호영의 어머니입니다."

김진규는 사촌동생이 대규모 군사이동훈련 시 특출한 성과를 인정받아 대좌에서 소장으로 진급했다고 자랑처럼 한마디 더했다.

다른 한 명은 성규의 김일성 군사종합대학 대학원 반 동기생, 또 다른 한 명은 진규의 친구라고 소개했다. 정연자는 이들 모두가 군에서 호영의 대열 조동사업(조동)에 관여해서 보이지 않게 협조한 사람들이라는 것을 알게 되었다. 그중에 가장 큰 영향력을 발휘한 핵심인사는 진규의 동생 성규였다.

"저희야 뭐……. 참, 정 박사님, 세상에 이런 게 바로 진짜 인연 아니겠습니까. 연구실에서 이렇게 뵙게 되다니, 감회가 새롭습니다."

그는 조금은 수다스러울 정도로 반가움을 드러냈다. 처음 만났을 때 30대로 보일 정도로 멋진 군관이었던 그는 진규와 많이 닮아서인지 더 친근하게 느껴졌다.

"어머, 김진규 소장 동지를 통해 많이 들었습니다. 정말 이번에 수고하셨습니다. 내 일처럼 뛰어다닌 이 은혜를 어떻게 다 갚아야 할지 모르겠습니다. 고맙습니다."

정연자는 지금 속으로 호영의 부대 조동에 기여한 사람이 한둘이 아니라는 사실에 엄청 놀라고 있었다. 겉으로 잘 표현하지 않던 진규의 진심이 고맙고 또 고마웠다.

아들의 조동 문제를 놓고 정연자가 인사를 해도 모자랄 판에 이들을 대접하는 것도 진규가 준비했다. 이번에도 정 박사가 인생을 걸고 노력하지 않았다면, 또 곁에서 진규와 성규같이 좋은 인연이 없었더라면 정 박사의 희망은 물거품이 될 뻔했다. 피 한 방울 섞이지 않은 호영을 친자식처럼 대해주는 진규의 마음에 버섯연구 사업의 성과로나마 보답하는 것 같아 정연자는 참으로 다행이라고 생각했다. 아들을 구해낸 기쁨과 함께 애쓴 군 지휘부 간부들을 한자리에 만난 감격에 정연자는 꿈을 꾸는 것 같았다.

"정 박사, 이 친구가 그때 말했던 군사계획국의 채정근이요."

"정 박사님, 말씀 많이 들었습니다. 사실 저는 진규와 함께 정 박사님을 대학 때부터 많이 들어 잘 알고 있었습니다."

정 박사가 답례 인사를 하기도 전에 성규도 뒤질세라 정 박사에게 함께 온 친구를 소개했다.

"아, 정 박사님, 사실 이번에 제일 큰일을 해낸 친구는 총정치국의 이용봉입니다."

성규는 정연자에게 친구의 노력이 큰 몫을 차지했다고 자랑했다.

"안녕하십니까? 정연자입니다. 참으로 감사합니다."

간단한 인사를 나눈 후 김진규는 평양 손님들을 자기 방으로 이끌자 소장이 한 마디 건넸다.

"버섯연구소에 찾아오신 귀한 손님들이니 내가 대접하겠소. 이따 퇴근한 후 내 방에 들렀다 가오."

그날 밤, 그들은 김진규가 준비한 만찬 자리에 모였다. 진규는 평양을 오가면서 금수산 의사당 산하 용성 특수식료공장에서만 생산하는 고급 들쭉술, 용성 맥주 등을 술로 준비했고 푸짐한 식사를 차렸다. 귀한 손님들과 한자리에 앉은 정연자는 많은 이야기를 들을 수 있었다. 특히 아들 호영의 부대 조동 문제에 성규와 총정치국 친구, 그리고 진규의 군사계획국 친구까지 직접 나서서 호영의 조동 방법을 적극적으로 고안하고 실행한 상황까지 자세히 알게 되었다. 이미 군뿐만 아니라 최고지도부를 중심으로 하는 상위계층 내에서 유행하는 '뇌물작전'의 영향력, 버섯연구소의 설립목적이 사실은 국제원자력기구 IAEA의 핵물질 검증을 은폐하기 위한 위장 연구소였다는 사실을 다시금 확인하게 되었다. 동시에 이들처럼 중요한 군 장성들이 이렇게 모이면 자칫 혁명 '쿠데타'와 같은 반정부 음모죄에 걸려들 수 있다는 공포심도 들었다. 정연자 자신을 위한 진규의 인간애를 다시 한번 느끼게 되는 밤이었다.

정연자는 세상을 사람답게 살아가는 것이 얼마나 힘든 일인가를 새삼 느꼈다. 일평생을 오로지 당과 수령에 충성했고 '노동당 입당'이라는 한 길을 질주해온 정연자였다. 한때는 자식들에게 당과 국가에 충성하는 표본으로 남는 것이 인생의 목표라 생각하고 살았던 적도 있었다. 그런데 이제 50대 중반에 와서 삶의 발자국에 남긴 것은 무엇인가를 뒤돌아보았다. 아무리 찾아도 박사로서, 부모로서, 아내로서, 자부할 만한 것을 찾을 수 없다.

'삶이란 무얼까? 호영이는 이제 막 입당했는데 20여 년이 지나면 어떤 모습일까?'

앞이 보이지 않아 막막하였다. 무엇을 위해 어떻게 살아가야 하는지에 대해 이정표를 다시 세워야 할 때임을 절감했다. 분명한 것은 인생의 변곡점이 다가오고 있다는 것이다. 지금껏 공들인 삶에 경고등이 켜졌다고 여겨졌다. 지금은 아들을 빨리 제대시키는 것이 급선무라는 생각이 들었다.

47

10여 년의 시간이 주마등처럼 눈앞을 스쳤다.

'전역하는 날이 오긴 오는구나. 어머니에게 얼른 알려드려야겠다.'

건강상 이상 문제로 예정일보다 조금 더 일찍 전역하게 된 호영은 전혀 예상치 못했던 제대 소식을 어머니에게 가장 먼저 알렸다. 몇 번의 전화 연결이 실패한 끝에 수화기에서 정연자의 목소리가 새어 나왔다.

"정연자입니다. 누구십니까?"

언제 들어도 코끝이 시린 어머니의 목소리였다.

"어머니! 저예요! 잘 계시죠?"

호영은 끌어 오르는 흥분을 가까스로 가라앉히며 예정보다 일찍 전역하게 되는 자초지종을 설명했다.

"어머니, 좀 더 자세한 내용은 제대 후 편지로 전하겠습니다."

"수고 많았다. 내 아들……."

수화기 너머에서 정연자는 흐느끼고 있었다.

"어머니 울지 마세요. 제가 10여 년을 고생한 덕에 영광스러운 조선노동당원이 되었잖아요. 당증을 들고 전역하는 제 모습을 자랑스럽게 여겨 주십시오."

한참 흐느끼던 정연자는 고향 집으로 가지 말고 누이가 사는 지역으로 곧바로 갈 것을 당부했다.

'왜 누이네 집으로 가라는 거지?'

어머니의 알 수 없는 말을 듣고 호영은 부대 위병소를 걸어 나왔다. 청명한 하늘이 그의 전역을 진심으로 축하해주는 것 같았다. 12년 전 십 대의 호영이가 고향을 떠나던 날에도 하늘은 이토록 맑았었다. 제대 후 호영이 배치받게 되는 곳은 연진리에 있는 한 약초 재배 농장이다. 농장으로 가게 된 것에 적지 않게 놀란 호영이지만 그토록 원했던 입당을 하고 제대한다는 사실만으로도 안도했다.

그동안 간간이 메모해 온 몇 권의 일기장과 은아와 주고받았던 편지들, 그녀의 사진 몇 장이 든 배낭을 메고 호영은 곧바로 고향으로 가는 열차에 몸을 실었다. 자리가 없어 서로 빼곡히 서서 움직여야 하는 청진행 열차는 정차를 수없이 반복했다. 열차가 설 때마다 호영의 기억은 은아에게서 멈췄다.

사랑의 의미를 알게 해주었던 고마운 그녀, 태어나서 처음 호영을 설레게 한 것도 그녀였다. 호영은 고향에 도착하는 대로 은아에게 편지부터 쓰리라 다짐했다. 그리고 계획대로 잘 진행된다면 은아는 몇 개월 사이 호영에게로 올 것이다.

호영은 비장했다. 모든 일이 다 은아와 함께하기 위해 시작되었고 그렇기에 은아를 하루라도 빨리 영변에서 탈출시키는 것은 당연한 일이었다. 며칠이고 은아를 데려오는 상상을 한 끝에 열차는 청진역에 멈췄다. 짭짤한 바다 특유의 냄새가 청진임을 쉽게 알아채게 했다. 열차에서 내리는 호영은 붐비는 사람들 사이에서도 걸음을 재촉하지 않았다.

'얼마나 그립던 내 고향이었던가.'

불행하게도 입대할 때 나왔던 가족들의 모습은 어디에도 없었지만, 고향은 이름만으로도 가슴이 따뜻해졌다. 고향 마을 곳곳을 둘러본 호영은 어머니의 말대로 누이가 살고 있는 곳으로 가는 서비차(돈을 내고 타는 트럭)에 몸을 실었다.

호영의 전역 소식을 전혀 알 리 없던 인애는 제대 배낭을 메고 눈앞에 나타난 동생을 보며 너무 놀라 얼굴이 창백해졌다. 그리고는 믿을 수 없었는지 호영을 안고, 쳐다보고를 한참 동안이나 반복했다.

"솜털이 보송보송했던 내 동생이 수염이 시퍼런 아저씨가 되어서 돌아왔구나."

10년의 세월 앞에 두 사람의 얼굴은 서로 알아보기 힘들 정도로 변해있었다. 자신을 붙잡고 하염없이 눈물을 흘리는 누이를 가까스로 진정시킨 호영은 어머니가 왜 자신을 누이에게 찾아가라고 했는지에 대해 알게 되었다.

'가족들이 다 뿔뿔이 흩어진 걸 나만 모르고 있었네.'

급작스레 어려워진 형편에도 가족들은 호영을 전역시키기 위해 집안의 모든 가재도구를 팔고 각자 흩어져서 생활하고 있었던 것이다. 인애는 장사를 하다가 사기를 당한 아버지도, 어머니가 영변으로 떠난 후 거의 가장처럼 산 막내 여동생도 지금 어디에 있는지 모른다고 했다. 전역자의 기쁨은 한순간 불행으로 바뀌었다.

"일단 어서 들어가자. 네가 제대해 돌아오다니 지금 꿈을 꾸는 것 같구나."

인애는 마당 한복판에 얼어붙은 동생의 등을 안으로 떠밀었다.

"갈아입을 옷은 있니? 없으면 편한 옷이라도 좀 줄까?"

호영은 힘없이 고개를 끄덕였다. 가족들이 다 자신을 위해 애쓰고 흩어지는 동안 아무것도 모르고 있었다는 죄책감 때문에 호영은 생각의 수렁에서 헤어 나오지 못했다.

"호영아! 호영아!" 누이가 부르는 소리에 정신을 차린 호영의 손에는 티셔츠 한 장과 바지가 들려 있었다.

"아, 고마워요. 누이. 옷 좀 갈아입을게요. 근데 바지 말인데……. 긴 바지는 없어요?"

당황해하는 동생을 보며 인애도 당황했다.

"반바지를 입으면 안 되는 거니?"

"그게 아니라……"

인애가 무슨 생각이 난 건지 호영에게 달려들어 군복 바지를 걷어 올렸다.

"어머! 이게 뭐야?! 어머니에게서 들었지만 이렇게 심한 줄은 상상도 못했어! 어떻게 하면 좋니? 너 괜찮니?"

인애는 방사선에 피폭되어 피고름으로 덮힌 동생의 다리를 붙잡고 어린아이처럼 울음을 터뜨렸다.

"호영아! 너 어쩌다가 이 지경이 된 거야? 대체 누가 너를 이렇게 만들었느냐고?"

인애는 온몸을 떨었다.

"누이, 나는 아무것도 아니에요. 내 동료 병사들은 나보다 더 심해요. 그리고 내 몸이 이렇게 된 거 밖에 나가서 말하면 절대 안 돼요. 누설하지 않겠다고 십장(열 손가락의 지문을 찍고 목숨을 담보로 하는 도장)을 찍고 나왔어요. 그리고 이건 쉽게 고칠 수 있는 병이 아니에요."

"아니야, 아니야. 고칠 수 있을 거야. 누나가 알아볼게. 유능한 의사 선생님을 만나면 고칠 수 있을 거야."

충격에 휩싸인 인애는 반드시 호영이를 회복시키리라 다짐했다. 충격과 절망의 밤이 깊어갔다.

48

어느새 살을 에이는 쌀쌀한 날씨다. 누이네 집에서 그리 멀지 않은 약초재배반에서 일하게 된 호영은 이곳의 직속상관인 반장에게 외출 때문에 양해를 구한다.

"오늘은 왜 또?"

퉁명스러운 반장의 말투에도 아랑곳하지 않는 호영은 역시 제대군인답다.

"아 네, 반장 동지. 평북에 있는 친구에게 편지를 좀 쓰려고 하는데 말입니다."

"꼭 편지를 부쳐야 되겠나?"

"읍에까지 나가서 편지를 부칠 만큼 저에게는 중요한 겁니다."

"그래. 자네가 이렇게 부탁할 때는 분명 중요한 일이겠지. 다녀오게."

반장에게서 허락을 받자 호영은 즉시 읍에 있는 체신소로 향했다. 몇 번이나 은아에게 편지를 부쳤지만 답장이 오지 않은 지 수 개월이 지나가고 있다. 하지만 그렇다고 포기할 호영이 아니다. 요즘은 매일 오던 체신소 직원도 오지 않는데 곳곳에서 배급을 주지 않으니 이상한 일도 아니었다. 그래서 급한 일이 있어 편지를 부치거나 전보를 치려면 20여 리나 떨어진 읍에 있는 체신소에 나가야 한다.

오랫동안 은아의 소식을 알 수 없으니 그 어느 때보다 불길한 예감이 들었다. 서늘한 바닷바람을 등에 지고 걸음을 재촉하는 호영의 눈에 멀리 소나무 숲을 낀 자그마한 동네가 들어왔다.

'무슨 일일까? 한 번쯤은 편지가 와야 하는데……. 도대체 무슨 일일까?'

복잡한 마음은 쉽사리 진정되지 않았다. 기다림에는 늘 희망과 불안이 공존했다.

8장

굿바이 청진

49

한때 잘 나가던 호영의 집안은 가세가 기울면서 극심한 생활고에 시달렸다. 자신을 영변 핵기지에서 빼내기 위해 가산을 깡그리 부대에 갖다 바쳤다는 사실을 뒤늦게 알게 된 호영은 제대 후 깊은 죄책감에 사로잡혀 불면증에 시달렸다.

'부모 형제가 이렇게 사는 줄도 모르고 결혼을 꿈꾸다니.'

제대 배낭 하나도 편히 벗어놓을 곳이 없는 호영은 은아에게 반드시 책임지겠다고 큰소리치던 몇 해 전 자신의 모습을 돌이켜보았다. 제대를 했지만 자신의 미래는 암담하기만 하다. 호영은 답답한 심정을 억누르며 주머니에서 마라초를 꺼내 노동신문에 두텁게 말아 붙였다. 그리고는 깊이 들이켰던 담배 연기를 어둠이 깔린 허공에 길게 뿜었다.

생활고에 시달리는 누이와 매부를 매일 마주하는 것, 배고픔에 허덕이는 조카에게 알사탕 하나 쥐어 줄 수 없다는 사실이 그를 고통스럽게 했다. 피폭된 상처는 점점 심해져 팔다리 어디나 성한 데 없이 피고름이 나왔다. 게다가 팔다리가 잘리는 통증이 끊임없이 밀려왔다.

당과 조국 앞에 횃불처럼 활활 타오르는 청춘을 바쳐 당에 입당한 호영은 지금 피폭으로 죽어가는 자신의 모습 앞에 절망감을 금할 수 없다. 영혼까지 바친 10여 년의 군사복무가 이토록 허망하게 느껴진 적은 없었다.

'조선노동당원증, 진정 내 가족, 내 청춘, 내 인생과 맞바꿀 만한 가치가 있는 것인가?'

'이 꼴로 나는 무엇을 할 수 있을까? 은아를 데려오면 우린 예전처럼 사랑할 수 있을까?'

참으로 난감했다. 아직은 그나마 영변 원자력 연구기지에 있는 어머니 때문에 최소한의 식량이나마 공급받고 있어 안심이 되지만 그 또한 언제 끊길지 모르는 일이었다. 미래에 대한 확신이 흐릿해질수록 은아에 대한 미안함과 그리움은 커져만 갔다.

'은아 동무, 지금 어디에 있어?'

저도 모르게 고은아의 이름을 부른 호영의 두 눈에서 뜨거운 눈물이 흘러 내렸다. 못 견디게 그리운 고통이 두 볼을 타고 하염없이 흘렀다. 고향에 함께 돌아가 푸른 바닷가를 거닐며 예쁘게 사랑하자던 약속, 이젠 그 약속을 지킬 수 없을 것 같은 운명의 장난에 호영은 몸서리쳤다. 저만치 백사의 거센 파도 소리가 항구의 하늘을 마구 흔든다.

오만가지 생각을 좇던 호영은 불어오는 바람을 맞받아 걸음을 재촉했다. 도토리묵 몇 조각으로 때운 아침 식사 때문인지 배에서는 자꾸만 꼬르륵 소리가 났다.

오늘 새벽 인애는 행방 장사를 떠났다. 금방 돌아오겠노라고 약속했지만 호영은 걱정이 크다. 요즘은 앉았다 일어날 때마다 눈앞이 캄캄해지곤 한다. 빈혈이 심했다.

'몸이 정말 이상해지는 것 같아. 대체 왜 이러는 거지?'

호영은 괴기한 환상에 사로잡히기도 했다. 누빈 솜 동복 안주머니 속에 손을 넣어 은아에게 밤새 쓴 편지를 확인해 보았다. 정말 신기한 일이었다. 손끝으로 편지를 만질 때마다 불안감이나 육체의 고통이 잠시 잊혀지는 것 같았다. 갑자기 뒤에서 '따르릉'하는 자전거 소리가 들린다.

"거 앞집 유진이네 제대군인 삼춘 아이오? 일찍부터 어디 가오?"

뒤를 돌아보니 목도리로 얼굴을 꽁꽁 싸맨 한 아주머니가 다가왔다. 인애와 같은 마을에 사는 아주머니였다. 누가 봐도 억척스러운 여인이 끌고 가는 청진 산(産) '갈매기' 자전거 앞뒤에는 커다란 짐보따리들이 위태롭게 실려 있었다.

"안녕하세요? 저기 읍 체신소로 갑니다."

"아유, 거기까지 가려면 아직 한참 가야겠소."

그냥 지나치지 못하고 인사치레로나 하는 말이다. 풋낯이나 아는데도 별스레 인사를 건네주는 아주머니에게서 호영은 고향 마을에서만 느낄 수 있는 포근한 온기를 느꼈다. 자전거를 세우고 바구니에서 무엇인가 찾아낸 그녀는 호영을 향해 뭔가를 건넨다.

"이거 얼마 안 되지만 요기를 좀 하오!"

"아니 이건……."

예상치 못한 친절에 당황하여 손사래를 쳤지만 이미 호영의 손에는 뭔가가 쥐어졌다.

"별거 아니니 편하게 받소. 많지는 않소. 조반이나 제대로 하고 떠났겠소? 가만 보니 새벽에 유진 엄마가 서비차 타고 장사를 떠나는 것 같더니만……."

아주머니의 눈빛이 인애네 집안 형편을 잘 알고 있다는 눈치다.

"근데 삼촌 어디 아프오?"

"아, 아닙니다. 젊은 나이에 아프긴요."

아주머니에게 아픈 걸 들켜버린 것 같아 호영은 얼굴을 붉혔다.

"얼굴이 꼭 어디 아픈 사람 같소. 아니라니 다행이지만 말이오. 자 그럼 또 보기요!"

"네, 조심히 가십시오, 아주머니. 그리고 이거 뭔지는 모르겠지만 감사합니다."

아주머니가 저만치 갔지만 가슴은 쉬이 진정되지 않았다. 호영은 몇 걸음 못가서 자기도 모르게 비닐 주머니를 펴보았다. 자그마한 주먹밥 두 개에서 아직은 미지근한 온기가 느껴졌다. 허기진 배에서는 꼬르륵꼬르륵 연거푸 소리가 났다. 주먹밥을 먹으려던 호영은 잠시 고민하는가 싶더니 다시 잘 싸서 주머니에 넣었다.

'우리 유진이 갖다 주어야지.'

주먹밥을 받고 좋아서 매달릴 조카의 모습이 눈에 어른거린다. 부지런히 걸은 탓에 호영은 금방 체신소에 도착했다. 체신소의 커다란 문을 열고 들어가자 머리를 뒤로 질끈 묶은 여직원이 쳐다본다.

"저 등기편지를 붙이려면 어떻게 해야 합니까?"

"네, 이쪽으로 오세요. 편지에 돈이나 귀중품 같은 것은 없습니까? 공민증을 주십시오."

직원은 등기편지 기록카드에 우편물을 등록하며 공민증 사진과 호영의 얼굴을 대조했다.

"아니, 평양시 중구역 충성동이라면……."

영변 핵 연구기지는 공식적으로 '평양시 중구역 충성동'이라는 가주소를 이용한다. 아마도 특수한 주소다 보니 우체국 직원도 인지하고 있는 것 같다.

"여러 번 편지 보내셨죠?"

어색한 웃음을 지으며 여직원이 호영을 또 한 번 힐끔 쳐다보았다. 나이에 맞지 않게 당돌한 그녀의 태도에 호영은 순간 말문이 막혀버렸다.

"그게…… 아, 네, 그런 셈이죠. 근데 그걸 어찌 다?"

"편지가 다 반송된 것도 그렇고, 특별 주소라서 기억하고 있었습니다. 아, 마침 반송된 우편물이 있어요. 잠시만요."

잠시 후 여직원은 '반송'이라는 보라색 원형 도장이 찍힌 편지봉투 여러 개를 호영에게 내어준다. 요즘 체신소 직원이 마을로 오지 못한 사이에 한꺼번에 도착한 반송편지가 3개나 되었다.

"어떻게 할까요, 손님. 반송된 걸 보니 이 주소에 당사자가 없는 것 같은데 말입니다."

그 순간 호영은 눈앞이 아찔해지고 머릿속이 멍해졌다.

'은아 신상에 변고가 생겼나?'

상황을 냉정하게 돌이켜볼 새도 없이 숨이 턱밑까지 차오른다. 혹시나 했던 한 가닥의 희망마저 끊어지는 것 같은 찰나의 순간이었다.

'어찌 된 걸까?'

갈피를 잡을 수 없는 상황에 호영은 인내심이 와르르 무너져 내렸지만 애써 아무렇지 않은 인상을 지으며 체신소를 나왔다. 육체가 병들어가는 와중에도 호영의 마음을 다잡아 준 그녀가 아니었던가.

"은아 동무, 은아 동무……."

호영은 마음속으로 연인의 이름을 부르고 또 불러보았다. 바람이 부는 곳에서 그녀의 목소리가 들리는 것만 같지만 그녀는 없다. 어슴푸레한 기억 속의 은아는 슬픈 표정을 지으며 서서히 사라졌다. 아무것도 할 수 없는 호영의 머리 위로 서늘한 바람이 덧없이 불었다.

50

인애는 용하다고 소문난 의사를 만나려고 아침 일찍 장사를 다녀온다며 집을 나섰다. 수소문 끝에 멀리 함경남도 신흥의 깊은 산골에서 공화국 최고라는 용한 의사를 찾아냈다. 한때 김일성의 주치의였다는 그는 한국 시대에 일본에도 이름이 날 정도의 의술을 가지고 있었다. 그가 실력 하나로 사회안전부 종합병원 내과 과장까지 승진한 것은 그의 실력을 쉽게 짐작하게 했다. 1970년대 김정일이 정치보위부를 내세워 토대 출신을 따지던 때, 먼 친척이 왜정시대 때 일본 군부에서 잠시 일한 이력이 드러나 신흥 오지로 쫓겨 가게 되었다. 인애는 그 용한 의사를 찾아가는 길이다. 문제는 최소한의 진단비용이었다. 호영의 병을 무조건 치료해주리라 마음먹은 인애는 어느 날 친구로부터 새로운 소식을 듣게 되었다.

"인애야, 확실하게 돈을 벌 수 있는 방법이 있어."

"뭔데. 그게 뭐든 상관없으니 얼른 알려줘."

"국경연선인 혜산 쪽에 가서 피를 팔면 돈을 많이 벌 수 있대."

"피를?"

"응, 중국 장사꾼들이 피를 사는데 돈을 많이 준다고 하더라."

동생을 살릴 수만 있다면 무엇을 망설이랴. 인애는 호영의 병이 심상치 않음을 직감했다.

'피를 뽑고 뼈를 깎아서라도 호영이를 살려야 해!'

방사능에 피폭되어 죽어가는 동생을 그냥 보고만 있을 수 없다고 생각한 인애는 행상 장사를 떠난다는 말을 남긴 채 무작정 집을 나섰다.

부릉, 부르릉

자동차가 곧 떠날 차비인 것 같다. 석 줄짜리 노란 줄의 계급장을 단 조수가 '동방호' 트럭 적재함에 뛰어올랐다. 그는 얼굴을 험상궂게 찡그리고 적재함에 앉은 사람들에게 일일이 서비돈을 내라고 소리쳤다. 작년까지도 가까운 거리는 '고양이' 담배 한 갑이면 통했는데 요즘은 어림도 없다. 어디까지 가느냐에 따라서 짐의 크기와 개수를 합쳐 서비돈을 내야 한다.

"거기 움츠리고 앉은 아주마이, 차비 내기요, 아주마이?"

한쪽 구석에 앉은 인애는 혼자 골똘해 있던 나머지 조수의 고함 소리를 듣지 못했다.

"아이 씨, 아주마이! 내 말이 안 들리오? 돈이 없으면 당장 내리오!"

"아주마이! 아주마이!"

곁에 있던 청년이 어깨를 툭 쳐서야 인애는 조수가 자기를 두고 말한다는 것을 알았다.

"아까 차에 오를 때 서비돈 냈습니다."

인애를 본 조수는 그제야 생각났는지 고개를 끄덕였다.

의사를 찾아 신흥으로 가는 내내 인애의 마음은 천근만근 무거웠다. 얼마 전 호영의 팔과 다리를 보고 깜짝 놀란 인애는 동생에게 상처의 원인을 캐물었다. 하지만 호영은 아무것도 아니라며 인애를 안심시

컸다. 13년 만에 돌아온 고향이어서 물갈이를 한다고 둘러댔다. 그러나 피고름이 말라붙은 상처는 물갈이로 변명하기엔 소름 끼치도록 끔찍했다. 무턱대고 물갈이라고 얼버무리는 호영이 무언가 숨기고 있는 게 분명했다.

"호영아, 아무리 물갈이라고 해도 상처가 이렇게 되지 않아. 도대체 어떻게 된 거니?"

인애는 바짝 다가앉아 동생의 두 눈을 마주 보며 캐물었다. 누나의 안타까운 눈길을 피하지 못한 호영은 깊은 한숨을 몰아쉬었다. 잠시 침묵하던 호영은 누나의 두 손을 잡았다.

"누이, 나는 제대될 때 죽을 때까지 부대에서 본 것과 들은 것, 아는 것을 일체 누설하지 않겠다는 서약서를 쓰고 나왔소. 만약 누설할 경우 사형에 처해질 수도 있다는 약속으로 열 손가락의 십장(지문)을 찍고 나왔소."

진지하게 말을 뗀 호영은 무슨 감정에 북받쳤는지 참담한 표정을 지었다.

"뭣 땜에 십장까지 찍어. 이게 다 뭐냐고. 내 동생이 왜 이렇게 돼서 돌아왔냐 말이다."

인애는 울분을 참지 못하고 와락 호영의 바짓가랑이를 걷어 올렸다. 피와 고름이 한데 엉켜붙은 다리는 성한 곳이 없다.

"누이, 정말이지 나는 아무것도 아니요. 부대에는 나보다 심한 군인들이 너무 많소."

호영이보다 더 심한 군인들이 많다니 인애는 듣고도 믿기지 않는다. 호영의 상처도 눈 뜨고 볼 수 없는데 이보다 더하다면 젊은 군인들이 생죽음을 당하고 있단 말이 아닌가. 그래서 부대에서 군인들의 제대를 막는 것은 아닌가. 어느 누군가의 귀한 자식들이 군 복무라는 미명 하에 소리 없이 죽어가고 있다는 것이 아닌가. 인애의 결연한 표정에 호영은 누나에게 다짐을 받았다.

"누이! 오늘 내게서 들은 말은 못 들은 것이요, 어디서든 발설하면 안 되오."

"그래. 알았다. 걱정하지 마라. 근데 정말 기막히다. 네가 이 지경이 됐는데 지금 누설하고 말고가 뭐가 그리 대수란 말이냐."

"누이, 이건 군사기밀이오. 누설하는 날에는 나는 물론이고 우리 가족이 모두 바람처럼 사라질 거요."

"알겠다. 젊은 청춘을 다 바치고도 말 한마디 못하는 신세라니 참으로 개탄스럽구나."

"누이, 어쩔 수 없소. 그 부대에 입대한 내 운명이오."

"운명이라니, 이건 네가 군사복무의 나날에 국가로부터 피해를 당한 거란다."

인애는 친구에게서 소개받은 유명한 의사에게 편지를 써 보냈다. 편지 내용에는 호영의 건강상태가 구체적으로 적혀 있었다.

꽤 오랜 시간이 흘러 그 명의에게서 회답이 왔다. 그는 편지에서 눈으로 직접 보고 확인해야 하지만 편지에 적혀 있는 증상으로 보아 몇 가지 중요한 내용을 알린다고 했다.

"환자와 가족에게 간곡히 전합니다. 이렇게 상세하게 편지를 쓰는 것은 지금 환자의 증상을 본 누이가 갖게 될 상실감과 당황함을 누구보다 잘 알고 있기 때문입니다."

이렇게 시작된 의사의 편지에는 호영의 병에 대한 상세한 소견이 담겨 있었다. 인애는 편지를 몇 번에 걸쳐서야 읽을 정도로 가슴이 뛰고 숨이 가빴다.

"제 경험상 소견 결과 환자는 조혈계가 손상을 입었을 것이라 예상됩니다. 점차 혈액이 응고되고 내장 피부, 특히 위장관계 점막과 심혈관계가 손상을 입어 감염에 매우 취약할 것입니다. 이미 소화 기능의 장애가 있을 것입니다. 방사능으로 인해 피부조직 세포들이 이미 이온화되면서 유전자를 변화시킬 수준까지 접근되었을 가능성이 있다고 보입니다. 매우 죄송합니다만, 앞으로 영양이 제대로 공급되지 않는다면 점차 시력을 잃게 되고 아주 위험해질 수 있다고 얘기할 수밖에 없습니다."

의사는 환자가 외부로부터의 영양섭취가 부족해지고 환자의 의지까지 나약해지면 면역이 급격히 떨어져 감염 합병증으로 사망하게 될 것이라는 경고를 곁들였다. 더 나아가 현재의 병적 증상이 지속되면 죽음에 대한 공포와 사랑하는 사람들과의 이별로 인해 정신적 착란이라는 심리적 증상까지 겹쳐 돌이킬 수 없는 비가역적인 증상이 발생될 것에 대해서도 설명했다. 편지를 받고 인애는 이 상황을 누구에게도 알릴 수도 함부로 토의할 수 없었다. 엄마가 옆에 있다면 터놓고 논의를 하련만 정 박사는 영변에 있다. 그렇다고 남편에게 털어놓을 수도 없다. 자칫 호영의 병이 방사능에 인한 증상이라고 알려지면 호영의 제대와 연관된 부대의 간부들이 줄줄이 피해를 입을 것이다. 인애는 호영을 위해 애써준 엄마의 친구 김진규 소장과 부대 간부들과의 신의를 위해 버섯 연구에 매진하는 엄마에게 사실을 말할 수 없다는 것을 잘 안다. 인애는 호영의 건강 문제로 삶의 의욕마저 잃어갔다.

가끔 어딘가를 멍하게 바라보거나 극심한 고통을 참고 있는 것 같은 호영을 볼 때면 어린 날처럼 동생을 꼭 안아주고 싶었다. 이미 호영은 자기만의 이별을 준비하고 있는지도 모른다. 요즘 들어 술을 자주 마시고 잠을 자는 것 또한 죽음에 대한 번민과 공포로 인한 행동일 수 있다.

인애는 명의의 편지를 보고 나서야 호영의 최근 행동이 방사능 피폭으로 인한 병적인 증상이라는 것을 조금씩 이해하기 시작했다. 이제 인애가 할 수 있는 일은 더 늦기 전에 수단과 방법을 가리지 말고 의사의 처방을 받아오는 것이다.

51

어느덧 자동차에서의 하룻밤이 지났다. 기괴한 정적 속에 잠긴 마을 어귀에 차가 들어설 때는 이미 자정이 넘은 시간이었다. 여러 사람이 오르내리긴 했지만 함흥에서부터는 차에 탄 사람들이 거의 그 명의를 찾아가는 이들이었다. 그들은 의사를 만나려면 최소한 일주일 이상 기다려야 한다고 말한다. 매일 고통 속에 헤매고 있을 호영을 생각하면 일주일은 너무 긴 시간이다.

'무슨 방법이 없을까?'

내릴 채비를 하며 한 시간이라도 더 빨리 의사를 만날 방법을 찾던 인애에게 함께 차에 탔던 한 청년이 말을 건넸다.

"아주머니, 고생이 많습니다. 차에서 내리면 저를 부지런히 따라오세요."

오는 내내 인애와 이야기를 나누었던 청년이 그 명의를 찾아간다는 말에 친절하게 말했다. 차에서 내린 인애는 저만치 앞서가는 그 청년을 총총히 따라갔다.

"저, 저는 명의를 찾아가는 길인데, 어디로 가시는데 따라오라고 하시는 겁니까? 그쪽도 그 의사를 찾아가는 길입니까?"

청년은 미소만 지으며 말을 아꼈다.

"저기요! 난 신흥의 명의를 만나러 왔단 말입니다. 여기서부터는 제가 혼자 갈게요."

주저하는 인애의 말에 청년이 뒤를 돌아보며 입을 열었다.

"사실 저도 아주머니가 만나려는 명의에게 가는 길입니다. 그래서 따라오라고 한 거구요."

"아 그래요? 그럼 진작 말씀해주시지 그래요!"

인애가 멋쩍은 표정을 지었다.

"아까 차 타고 올 때 그런 말 한마디도 안 했잖아요. 누가 아파서 가는 거예요?"

인애는 대꾸도 없는 청년에게 계속 말을 붙였다.

"저는 어디 아파서 가는 건 아닙니다."

"아파서 가는 길이 아니라니 부럽네요. 무슨 일로 그 의사를 만나러 가는 거죠?"

"제가 그분의 처조카입니다. 이모부께서 연세가 많으시다 보니 제가 혜산 의대를 졸업하자마자 부르시더라고요. 의술 승계를 위해 떠난 길입니다."

"정말 놀랍네요. 그분이 조카시라니."

"들어보니 아주머니 상황이 매우 긴박한 것 같은데 제가 도움을 드릴 수 있을지 모르겠습니다."

"의사 선생님을 빨리 만날 수 있게만 해주세요. 염치없지만 부탁드릴게요."

"확신할 수 없지만 도움을 드리도록 최대한 노력해 볼게요."

청년과 이런저런 이야기를 주고받는 사이 인애는 큰 돌기와집 대문 앞에 도착했다. 청년은 익숙한 듯 대문을 열고 들어가자 인애도 얼른 그 뒤를 따랐다. 마당에 들어서자 정면에 백발의 남자가 원목으로 만든 테이블에 앉아 열심히 무엇인가 적고 있는 모습이 눈에 띈다. 일흔이 훨씬 넘은 나이라는 것이 믿기지 않을 정도로 백호의 그림을 등지고 앉은 그에게서 어쩐지 호기스러운 기상이 느껴졌다.

"이모부, 그동안 안녕하셨습니까."

이미 친구를 통해 인상 착의를 들었던 터라 인애는 그가 자신이 그토록 만나고 싶던 그 유명한 최천의라는 것을 쉽게 알아챘다. 인애의 초조한 마음을 눈치채기라도 한 듯 청년이 말했다.

"제가 이모부를 먼저 뵙고 올 테니 잠시만 기다려 보세요."

청년이 먼저 마루 위로 올라가고 인애는 초조한 마음으로 마당을 지켰다. 한참 후 청년이 인애의 곁으로 다가와 속삭이듯 말했다.

"올라가 보십시오. 이모부께서 아주머니의 절박한 사연을 들으시고 지금 면담을 허락하셨습니다. 행운이 있기를 바랍니다."

"정말 감사합니다."

인애는 조심스레 마루에 올라갔다.

"안녕하세요, 선생님. 저는 청진에서 온 강인애라고 합니다. 제 동생 건강이 위태로워서 선생님의 도움을 받으러 왔습니다."

아직 중요한 말은 꺼내지도 못했건만 인애는 눈물부터 앞선다. 한동안 흐느끼고 난 후 인애는 편지를 보내게 된 사연을 설명했다.

"동생이 제대한 지 얼마 안 됐다고……."

말끝을 흐리던 최천의는 꾸러미 하나를 내밀었다.

"이 약 중 백지에 싼 것은 곧 가서 처방대로 달여 환자에게 복용시키고, 황지에 싼 것은 처방대로 달여서 상처에 발라 주시오. 반드시 처방대로 달여야 합니다."

"선생님, 제 동생 건강해질 수 있어요? 선생님이 치료해주시니까 회복될 수 있지요?"

인애는 흘러내리는 눈물을 주체할 수가 없었다. 그리고는 품에 깊숙이 품어두었던 돈을 꺼내 내놓았다.

"선생님, 이 돈을 받아 주십시오. 동생의 병을 치료하려고 마련한 것입니다. 제 동생을 꼭 살려주십시오."

의사는 돈을 내미는 인애를 지긋이 바라본다. 허름한 옷차림과 핼쑥한 얼굴, 부스스한 머릿결에서 그의 처지를 한눈에 알 수 있었다.

"이런 경우는 잘 없습니다만, 그 돈은 내가 받은 것으로 할 테니 다시 가져가 환자의 병을 회복하는 데 보태 쓰시오."

"선생님……."

"세상이 이 지경이다 보니, 나도 위독하고 어려운 환자들조차 무상으로 치료해주지 못했다오. 하지만 이번만큼은 왜인지 이 돈을 못 받겠소. 그 돈으로 동생에게 맛있는 음식을 차려주시오. 그리고 군 복무하느라 수고 많았다고 이 늙은이의 인사를 전해주시오."

인애는 참았던 설움이 북받쳐 아이처럼 소리 내어 울었다.

"정말 고맙습니다. 평생 이 은혜를 잊지 않겠습니다."

"행운을 빌겠소."

뜨거운 눈물이 붉게 상기된 두 볼을 적시며 흘러내렸다.

52

사실 어제 정연자는 군수공업부 영변 핵 연구기지 담당과장으로부터 중요한 지시를 받았다. 내일까지 그동안 추진하던 버섯 연구의 마지막 시제품들을 보내고 미리 보낸 버섯에 오염된 방사능 함량을 잰 실험결과를 보고하라는 것이다. 정연자는 문득 이 버섯이 내일 도착할 IAEA의 사무총장 한스 그룹의 눈을 속이기 위해 연구 사업을 해야 하는 학자의 양심에 대해 다시 생각하면서 깊은 고민에 빠져들었다.

'지금의 연구에서 내가 성과를 내면 낼수록 호영과 같은 젊은이들의 생명을 더 많이 위험에 빠뜨릴 수 있다는 의미가 아닐까?'

진정한 학자로 산다는 게 얼마나 힘든 일인가를 생각하면서 자신을 자책했다.

'과연 핵 개발은 누구를 위한 것인가?'

많은 인간의 생명을 죽음으로까지 몰아넣으며 핵미사일을 개발하는 이유는 무엇인가. 물론 공화국의 존엄과 위엄을 위해 외래침략자들의 핵 전략무기에 똑같이 맞서야 하지만 말이다. 처음 이곳에 오면서 죽어간 젊은이들의 생명에 대한 생각이 스쳐 지나갔다. 그때에는 깊이 생각해보지 않았지만 정작 자기 아들이 직접 당하고 나니 무엇인가 본질적인 의문을 갖지 않을 수 없다. 정 박사는 다시 한 번 근본적인 삶의 목표에 대한 자아 반성을 했다. 지금까지 갖고 있던 자기 하나만의 행복에 대해, 개인과 집단의 삶의 목표에 대해 장단점, 더 나아가 현 제도의 불합리성은 어디서 기인된 것인가에 대한 고민을 거듭했다. 마치 안개가 짙어서 주위의 모든 것이 어렴풋한 것처럼 정연자 인생의 목표도 희미해졌다. 결정적 전환점이 필요했다. 자신이 걷고 있는 학자의 인생에 대한 결단을 해야 한다. 하물며 사회적 생명체라는 이 사회의 주인인 '위대한 수령'은 과연 어마어마한 재원과 자원이 드는, 젊은이들을 죽이면서까지 핵 개발을 왜 구태여 하려는 것인가? 또 이를 막기 위해 노력하는 한스 같은 국제원자력학계의 유명한 학자들이나 전문가들은?

어느 곳에 정의가 있는가? 과연 그러면 한쪽은 핵 개발을 통해 무엇을 얻으려고 하고, 이를 기어코 막으려는 다른 한쪽은 핵 개발을 막아서 무엇을 얻으려는 것일까? 어떤 보상을 준다고 해도, 심지어 내 목숨을 바쳐서라도 살릴 내 살붙이인 호영의 생명을 죽음으로 몰고 가 무엇을 얻으려는 걸까? 현재 한스 그룹과 같은 입장에 서 있는 나는? 정의가 어디에 있는지에 대해 다시 한번 묻게 된다. 핵 개발이 정의인가 아니면 핵 개발을 막는 것이 정의인가? 어느 곳에 정의가 있든 한마디로 아들이 없는 세상에서 나는 살고 싶지 않다. 사랑하는 호영이의 삶을 세상의 그 어떤 것과도 바꿀 수 없다.

'호영이 스스로 걸은 길이지만 방사능에 피폭이 되면서 얻은 조선로동당원증이 과연 호영의 장래를 담보할 수 있을까?'

여기에 생각에 미치자 정연자는 스스로 소스라쳤다. 10년 넘게 군복무를 한 아들이 심각한 환자가 되었고, 영변에서 근무한 수많은 젊은이가 원자병 환자로 죽어가고 있는 이 상황이 과연 누구를 위한 것인가? 김일성과 김정일 일가를 위해 이렇게 많은 젊은이들이 죽어가고 있는 현실을 나라 밖에서는 아무도 모르고 있지 않은가.

53

눈을 떠보니 새벽 4시다. 은아는 지금까지의 인생에서 최악의 밤을 보냈다. 컴컴한 감방 안은 바깥 냉기가 고스란히 퍼져 바깥 외벽에 허옇게 서릿발이 얼어붙었다. 감옥 안의 모든 사람이 잠이 들었는지 인기척 하나 없다. 은아는 호영의 부대에서 보위지도원의 짐승 같은 성추행에 대항하다 대형 인명사고를 냈음을 아직 모르고 있다. 다만 화분 모서리에 관자놀이를 맞은 보위지도원이 이후 불구가 되었을 수 있다는 정도로 짐작했다. 사실 그날 밤의 일은 은아가 구속이 된 결정적 요인이 된다. 동시에 핵미사일 탄두 설계도 분실과 관련한 아버지의 죄가 은아에게 가중되었다. 여기서는 한 사람의 죄가 가족에게 전가되는 경우가 비일비재했다.

"이제 머지않아 아버지의 생일이 다가오고 있는데……."

은아는 혼잣말로 중얼거렸다. 지난날들이 모두 진정으로 한스럽고 후회된다. 이럴 줄 알았다면 조금이나마 아버지에게 효를 다할 것을. 은아에게 아버지는 진정으로 애국자였고, 가족을 위해 그 어떤 모진 고난도 이겨낼 줄 아는 훌륭한 가장이었다. 더욱이 은아를 올바르게 살아가도록 이끌어준 아빠이기 전에 진실한 스승이었다. 오래전에 엄마와 사별했으니 새 부인을 맞을 수도 있었지만 의붓엄마에게 상처를 입을까 걱정하여 반평생을 독신으로 살아간 분이다. 심지어 어릴 때 한 살 위인 옆집 친구에게 맞았을 때도 그 아이에게 꾸지람을 못하는 마음 약한 신사였다. 혹여 남에게 해가 되는 짓을 본의 아니게 했을 경우에는 그날 밤 한숨도 자지 못할 정도로 심성이 착했다.

'내 아버지가 죄인이라니? 아마 아버지도 지금 나를 생각하고 계시 겠지. 이 가을도 막바지인데 어떻게 될까.'

날씨가 선뜩선뜩 추워지고 있었다. 아버지가 감옥에서 떨고 있을 거라 생각하니, 추위가 무척 야속했다. 문득 은아는 이 추위가 사랑하는 호영이에게도 머물 것이라 생각했다. 고단했던 인생의 발자국들 중에서 그나마 아름답게 추억할 사랑의 감회를 느낄 수 있었던 호영을 잊고 있었던 자신을 자책했다.

'호영 동지는 지금 어디에서 무엇을 할까? 분명 나를 애타게 찾고 있을 테지.'

누군가 다가오는 소리가 들리더니 갑자기 쪽문이 삐거덕 소릴 내면서 열렸다. 은아를 감시하는 계호원이 아마 교대를 했으리라. 감금된 지 오랜 시간이 지나서인지 이들의 근무교대시간도 다 꿰뚫고 있다.

'아버지의 과오가 아무리 위중해도 내가 협력이나 협조를 한 것도 아닌데 나를 보위부에 왜 이렇게 오랫동안 구속할까?'

실제적 피해자는 은아인데 오히려 은아가 보위지도원에게 의도적인 공격을 한 것으로 몰아가는 수사 방향이 이해가 되지 않았다. 심지어 은아를 불러내어 아무 관계도 없는 철웅과 특수한 관계가 아닌지를 시인하도록 유도하는 것에 짜증까지 났다.

"철웅이라는 분은 정말 제 친구 유미의 사촌오빠고, 유미 소개로 두 세 번밖에 만나지 못했습니다. 그분이 아버지와 관련된 부서에서 일한다고 했습니다. 그래서 아버지의 사고 규명 부탁을 했던 것 외에 아무런 관계도 없습니다."

은아는 철웅이 자기가 여성이기 때문에 도와주기로 했고, 또 당시에 철웅에 대한 자기의 감정이 유달랐다는 것을 이야기하는 것이 불리할 수 있다는 걸 예감했다. 모든 것을 다 이야기하면 할수록 자기가 위태로울 수 있음을 직감적으로 느꼈던 것이다. 그래서 철웅에 대한 사적 감정은 말하지 않았다.

수사관은 호영을 만나러 간 은아가 그 시점에 어떻게 그곳에 나타났는지에 대해서도 물었지만, 즉 호영과의 관계에 대해서도 함구했다. 사실 호영과 결혼까지 생각한 특별한 애정관계에 대해 말하지 않은 것은 잘한 일이었다. 호영이 정 박사가 내세운 진규를 비롯한 군부 계통의 여러 간부들에 의해 무사히 제대될 수 있었다는 사실을 은아는 알 수 없었다. 군부계통 간부들의 잘못이 조금이라도 있으면 '반체제정치범'이라는 굴레를 엮어 잡아넣을 때임을 은아는 알 수 없었지만 말이다. 혹여 은아가 호영에 대해 이야기했다면, 호영은 표원석과 만수의 직속상관인 분대장으로서 이 사건에 묘하게 얽힐 뻔하였다. 거기에 호영은 철웅과 고등중학교 시기부터 막역한 친구 사이다, 호영을 도운 고위 장군들이 있었다는 것은 더 큰 문제가 될 수도 있었다.

인생은 알 수 없는 누군가의 덕분에 잘 풀리기도 하지만, 반대로 알 수 없는 누군가에 의해 배배 꼬여 풀리지 않을 수도 있다. 또 누군가는 항상 어떤 인간에게든 돕는 귀인이 되지만 누군가는 항상 악인이 되기도 한다. 인간은 그래서 겸손해야 한다. 호영의 운명에 마지막이나마 도움이 되는 은아의 덕행이 얼마나 귀한지를 아직은 잘 모른다. 그래서 모든 존재는 어떤 이에게는 영원히 긍정적인 영향을 미치지만 어떤 존재는 아무리 좋은 일을 해도 부정적인 영향만 미치게 될 수도 있는 것이다.

"수사관 동지, 그 보위지도원이 저를 어떻게 해보려고 하는 걸 뻔히 아는데 제가 어떻게 가만있을 수 있습니까? 그때 제가 가만있었더라면 저는……."

수사가 지지부진하자 중성별 세 개가 박혀있는 계급장을 단 수사관이 왔다. 그에게는 말이 통할 것 같아서 은아가 드디어 입을 열었다. 그 수사관의 점잖은 물음에 개인적 안정을 찾았는지, 아니면 여성이라는 특별한 감촉으로 입을 열어도 된다는 안도감을 얻었는지, 아무튼 계속 입을 다물고 있던 은아가 처음으로 열었다.

"정말 저를 겁탈하려는 것을 느꼈습니다. 제가 그런 상황에서 가만히 있어야 했습니까?"

고은아는 수사 중에도 당시 억울하고 무서웠던 자신의 심정을 담담히 항변했다. 전에 수사하던 군관들은 모두 잘못이 없음에도 불구하고 은아가 먼저 공격했다고 상황을 몰아가고 있었기 때문이다. 어려서부터 겸손하고 현명하다는 평가를 늘 받아왔던 은아는 지금 이성을 잃기 직전이다. 특히 아빠의 과오에 대해 심리적으로 충격을 받은 상태였다. 은아의 아버지 김성택의 문제는 핵 개발이라는 극비를 둘러싸고 아주 미묘하고 복잡다단하게 얽혀 있었다. 철웅의 부탁으로 서상국 박사는 김성택의 과오에 대해 내밀히 조사해보았다. 서 박사는 영변 핵 연구기지에서 절대적인 권한을 가지고 있었다. 조직지도부의 인사나 행정 관련 사안에 감 놔라 배 놔라 할 수 있는 권한이 없지만 핵 개발 관련 최고 전문가로서 김일성과 김정일에게 직접 정책 관련 자문을 할 수 있는 권한은 은아의 아버지를 살리는 문제에 제한되지 않았다.

서상국은 애초에 복잡한 사람 관계에 끼어들기 싫어하는 인간이다. 그러나 서상국이 가장 아끼는 수제자인 철웅의 간절한 부탁이었고, 철웅의 아버지 이서인이 존경하는 선배라 은아를 돕기로 했던 것이었다. 하지만 그 과정에서 서상국은 지난 과거에 얽힌 김성택과의 부정적인 관계를 새삼스럽게 회고하게 되었다.

우선 철웅이 국가안전보위부 영변 핵 연구기지 관련 부서에 강제로 배속되었다면서 국방위원회 담당 책임 보위지도원이 서상국을 찾아왔다. 철웅은 사촌형 철수와의 관계로 당시 고의적인 반체제 간첩 관련해 내사를 받는 중이었다. 그래서 그때 서상국은 국방위원회 참사실에 전화를 걸어 은아 관련 문제이기도 한 김성택 사건의 해명을 부탁했다. 공교롭게도 핵탄두를 개발하는 현장 전문가인 김성택의 복원을 부탁한 것이다. 그러자 내사팀은 오래전부터 서상국과 철웅, 철웅과 고은아, 그리고 김성택 등이 어떤 인과관계가 있는지 알아내기 위해 참고인으로 서상국을 조사했던 것이다.

엎친 데 겹친 격으로 김성택은 러시아 유학 때부터 서상국과 인연이 있었다. 김성택이 구소련 유학 시기 핵 관련 연구 시 유체 역학 부문에서 촉망받는 연구자였다면, 서상국 역시 소립자론의 최고 대가로 인정받는 연구자였다. 단 이들의 이후 행보가 달랐다. 핵 개발 관련 연구에서 서로 구소련 스승들의 큰 기대 속에 이름을 날릴 때, 김성택은 홀연히 조국의 부름에 기꺼이 귀국했다. 반면 서상국은 연구를 더 하고 싶은 마음에 소련에 조금 더 오래 남았었다. 당시 드브나 핵 연구소에서 연구원으로 입적할 때 어느 국적을 가졌든 특출한 성과를 내는 연구자의 경우 연구소의 초청으로 교수직으로 남게 되는 조건이 있었다. 물론 서상국은 거부했다. 그러나 서상국이 귀국한 후 이 문제가 부각되면서 비판 무대에 서게 되었고, 반면 아이러니하게도 조국에 충성한 모델로 김성택이 비견되었던 것이다.

서상국은 귀국 이후 이런 관계로 정치범수용소에 잠시 감금되었는데 아물지 않은 그 상처가 철웅에 의해 도졌던 것이다. 은아의 아버지 김성택은 이후 국방과학원에서 미사일 탄두 설계연구에서 성과를 내다가 과오로 현장에서 일하고 있는 걸 서상국이 이 계기로 알게 된 것이다. 타이밍이 매우 절묘했다.

10여 년 전 잘못이 불거진 장본인인 서상국은 김성택으로 인해 정치범수용소에 갇혔다면, 지금은 반대로 서상국이 김성택을 죽일 수도, 살릴 수도 있는 막강한 권한을 갖고 있다. 완전히 주객이 전도된 것이다.

도둑맞은 핵탄두 관련 비밀이 새어나가지 않았기 때문에 김성택을 살릴 수 있는 여지도 분명히 있었다. 하지만 서상국은 정치범수용소에 한 번 감금되었던 트라우마가 있고, 자기 수제자인 철웅이 '푸룬제 군사대학 출신들의 반체제' 사건에 연관되어 조사받고 있음을 알고 있어 성택의 규명보다 자기 보신을 우선했던 것이다. 거기에 김성택의 딸이 철웅의 애인이라는 치정 관계로 몰아가면서 원래 소심한 학자인 서상국이 이 사건에 무관심한 태도를 취할 수밖에 없었다. 심지어 고은아는 핵탄두를 시험하는 부대의 보위지도원을 가격한 일로 감금되어 있다. 엄밀히 따지면 동료 학자로서 성택을 규명하는 게 인지상정이지만, 김원홍 군 보위국장이 김정일의 직접 지시로 철웅의 수사에 혈안이 되어 추진되는 것을 잘 알고 있는 서상국으로서 외면하는 것이 낫겠다고 판단한 것이다.

사실 당시 핵 개발 관련 최고의 실권을 가지고 있는 서상국이지만 개인적 원한과 복수를 떠나 체제에 반하는 사건에 개입하는 것 자체가 얼마나 위태로운 것이라는 것을 잘 알고 있었다. 심지어 가장 중요하게는 은아가 성추행을 피하기 위해 가격한 보위지도원의 부대에서 구소련에서 역설계 방식을 위해 들여온 고가의 최신 미사일 화재사건이 일어났다. 이로 인해 김정일이 얼마나 길길이 화를 냈는지를 알고 있는 서상국은 핵 개발 관련 극비밀 연구기지에서 연이어 일어나는 대형 사고들을 결코 평범하게 대할 수 없었던 것이다. 현실적으로 김정일의 친필 사인 지시에 의해 화재사건 시 군인(표원석)이 살아날 수도 있지만 11호 군 병원에서 의도적 사망으로 처리되었고, 살릴 수 있었던 핵미사일 탄두 장착 연구자들이 전사자로 처리된 사건을 옆에서 직접 지켜보아야 했던 서상국으로서는 더 관여할 용기가 없었다. 무지는 용감해지지만 경험은 무지를 넘어 지혜롭게 피해간다. 경거망동하기에는 인생의 후반기를 넘어선 중후한 나이다.

서상국은 지금 이 시각도 사실 한스 그룹의 영변 핵 연구기지 방문 시 짚은 2개 기지의 강제사찰 문제를 총괄하는 강석주 외무성 제1부상과 박송봉 군수공업부 제1부부장의 핵 관련 실무적 자문을 담당해야 하는 관계로도 바빴다. 이 문제도 김정일 최고사령관이 직접 책임지고 관여하고 있어서 지금 김성택과 철웅의 문제에 개입할 여력도 없다.

사실 구소련 유학 시 구소련의 주요 핵 개발 실습 기지인 드브나 연구소의 스승들의 지대한 관심이 없었다면 지금의 부귀영화도 없다. 정치범수용소에 있을 당시 김일성은 1984년 구소련을 방문했다. 원자력 연구에서는 최고의 연구기관인 드브나 연구소 소장에게 김일성은 몇 년간 북한에 와서 원자력 발전을 위한 '핵개발'을 직접 도와달라고 개인적으로 부탁한 적이 있었다. 그 백러시아인 소장은 김일성에게 북한에 자기보다 더 나은 인재(서상국)가 있는데 내가 가서 무엇을 더 도울 게 있겠느냐며 서상국을 추천했었다. 하지만 서상국은 김일성의 안중에 없었다. 그래서 정치범수용소까지 다 뒤져 찾아낸 장본인이 김정일이었고, 이런 연고로 서상국은 김일성과 김정일의 과학기술 담당 자문역으로 핵 개발을 담당, 수행하게 되었다.

서상국이 이미 학자로서 지난날의 서상국이 아님을 철웅은 알 수 없었다. 이미 서상국은 인간의 믿음, 특히 절대적 주군의 신임이 얼마나 쉽게 변할 수 있는지를 직접 체험한 인생의 베테랑이었다. 세상 만물이 다 변하듯 서상국도 변했고 인생은 새옹지마다. 오히려 서상국에게 부탁한 철웅의 노력은 사실상 화가 된 셈이다.

'호영의 따뜻했던 사랑을 온몸으로 느낄 그날이 과연 다시 올 수 있을까?'

은아는 답을 찾아보려고 했지만 지금은 호영에 대한 생각 자체가 과분하게 느껴졌다. 어디에 있든 호영의 행복을 진심으로 기원하는 게 연인으로서 호영을 향한 마지막 최선이다. 동틀 무렵이 가장 어둡다고 하지만 인생은 그렇지 않다. 특히 시대가 변하는 시점에서 한낱 개인의 삶에 드리운 구름의 장막은 또 다른 일출까지 집어삼킨다. 영원한 암흑일 수도 있다는 의미다. 지금은 김일성 시대에서 김정일 시대로 넘어가는 전환기이다. 인간은 이렇게 자기 안위가 우선인 속물인 것인가. 은아도 철웅도 이런 삶의 고차원적인 원리를 깨닫기에는 살아온 시간이 너무나 짧았다.

감방 안 외벽 맨 위에 뚫려있는 쇠살창 너머로 여린 햇살이 스며들었다. 은아는 조용히 눈을 감았다. 호영과 처음 만나던 오봉산의 진달래가 기억 속에서 하늘거린다.

54

연구소의 대기전화기가 울렸다.

"정 박사님, 청진시 병원에서 선생님께 전화가 걸려왔습니다."

실험공 처녀가 알려줘서 따라가 받아든 송수화기에서 교환수의 목소리가 울려 나왔다.

"곧 연결하겠습니다."

뚜뚜~ 딸가닥.

"여보세요? 정연자 전화 받습니다."

저쪽 전화기에서 "어머니, 저 인애예요"라는 딸의 목소리가 울렸다.

"인애야. 네 목소리 맞냐? 왜 그래? 집에 무슨 일이 있어?"

전화기 너머에서 불안에 떠는 인애의 목소리가 들려왔다. 정연자 역시 인애의 더듬는 목소리를 들어보고, 예상한 대로 아주 불길한 일이 생겼다는 것을 금시 깨달았다.

"흑흑, 엄마, 호영이가 많이 아파요. 흑, 여기 병원이에요."

"뭐라구?"

다음 순간 정연자는 가슴이 철렁 내려앉아 딸애의 다음 말을 듣고 싶지 않았다. 애써 외면하고 싶은 심정이었다. 잠시 동안 인애의 송화기에서도 더는 말이 들려오지 않았다. 정연자도 인애의 가라앉은 목소리를 듣고 무슨 말을 해야 할지 생각나지 않았다.

"엄마, 뭐 좀 긴히 알릴 게 있어요."

"그래, 그래, 무슨 말이냐?"

다소 차분해진 목소리로 말했지만 이미 온몸이 완전히 땅속으로 빨려 들어가는 것 같아 서 있기조차 힘들었다. 엄마로서 자식에게 무슨 불상사가 생긴 것이 틀림없다는 불길한 예감이 머리를 스친다. 말끝을 흐리며 송수화기를 잡은 손이 주체할 수 없이 떨렸다. 인애를 더 재촉할 수도 없었다. 한참이나 지나서 인애에게서 가느다란 목소리의 말이 들려왔다.

"엄마, 호영이가 심하게 아파요. 식구들이 근심할까 봐 그동안 계속 괜찮다고 했나 봐요. 직장에서 일하다가 의식을 잃고 병원에……. 엄마, 흐흑, 호영이가 소생실에 들어갔어요. 혼수상태에서 깨어나지 못하고 있어요. 엄마, 너무 무서워요. 빨리 오세요. 흐흑."

소생실에 들어갔다는 것은 생명의 연장시간이 얼마 남지 않았다는 것을 의미한다. 정연자는 그 말을 듣고 심장에 비수가 박힌 듯 통증이 오더니 심장이 멎는 것 같이 머리가 완전히 새하얘졌다.

"호영이가? 호영아!"

인애는 엄마에게 호영이가 직장에서 병원에 실려 가게 된 과정을 자세히 이야기했다. 그동안 참고 견디던 호영이가 산을 오르내리는 약초반의 노동을 견디다 못해 의식을 잃고 쓰러진 것이다. 하지만 호영이 쓰러진 것은 노동강도 때문이 아니었다. 이미 몸에 피폭되었던 방사능 성분이 장기마다 퍼져 악화된 것이었다.

그동안 인애가 신흥의 한 의원을 찾아 지어온 약을 복용하기도 하고 바르기도 하면서 호영의 병세는 차도가 있어 보였다. 우울감이 회복되고 어성버성했던 매부(매형) 마성우와 집 앞에 쌓아놓은 겨울 난방용 장작도 같이 패는 등 건강이 회복되는 것 같았다. 역시 명의가 지어준 약은 호영을 딴 사람으로 돌려놓아 식구들도 모두 기쁜 마음으로 지내고 있었다. 그러나 호영이의 회복은 식구들에게 걱정을 끼치지 않으려는 각오에 의한 발버둥 같은 것이었다.

호영의 건강은 이미 방사선 피폭으로 인한 조혈기관의 문제로 비정상적인 마비 상태였다. 명의의 약으로 조금 더 좋아진 걸 완치되고 있다고 오판한 것이다. 중태에 빠진 호영을 직장동료들이 업고 가까운 진료소로 향했다. 진료소에서 호영의 상태를 확인하고 즉시 청진시 구급병원으로 환자를 의뢰했다. 호송 과정에서 호영은 한두 번 의식을 회복했다고 한다.

시 구급병원 방사선과 과장과 내과 과장, 응급실 담당 의사들이 합동 협의를 통해 호영에 대한 수술이 결정되었다. 호영이가 의식을 잃고 호송되었다는 소식에 인애가 허겁지겁 달려왔다. 인애는 다짜고짜 담당 의사를 찾아 호영의 상태를 물었다.

"저는 강호영의 담당 의사입니다. 환자 강호영 동무의 누나라고 했지요. 환자의 상태를 그대로 말씀드려야 할 것 같은데, 음……."

잠시 뜸을 들이던 내과 과장이 차분하게 설명하기 시작했다.

"한마디로 지금 당장 환자를 수술한다고 하여 좋아진다는 담보는 없습니다. 생명에 대한 담보는 물론이구요. 아시는지 모르겠습니다만, 환자는 이미 위험한 방사능 피폭 같은 엄중한 질병 증상을 갖고 있는데다, 과도한 피로, 심각한 영양부족 상태가 겹쳐 위험한 상태에 있습니다. 그렇다고 지금 당장 원기를 회복할 때까지 기다리기엔 장기손상이 빠르게 진행될 가능성이 있어 치명적일 수 있습니다. 더 지체할 상황이 아닙니다. 자칫 시간을 끌다가 장기손상이 가속화되면 환자의 뇌 신경조직과 심장 동맥 계통의 퇴화로 이어질 수 있습니다. 그럴 경우 앞으로 기적적으로 다른 장기계통이 회복된다고 해도 환자의 정신적 문제에 돌이킬 수 없는 장애가 올 확률이 높습니다. 그러니 지금 당장 수술을 해야 합니다. 가족분이 보호자로서 수술동의를 해주어야 합니다."

따라 나온 간호사가 수술동의서를 내밀었다. 인애는 수술 결정에 대한 동의서에 보호자로서 이름을 쓰고 사인을 했다. 아래 집도 의사 난에 내과 과장의 사인이 있었다. 수술을 내과 과장이 직접 하는 것 같다.

수술은 장장 6시간이 넘게 진행되었다. 그사이 수술실 밖에서 기다리는 인애는 안절부절못했다. 호영이가 수술받는 것이 아니라 인애 자신이 받는 심정이다. 어떻게 알았는지 유진이도 아빠의 손을 잡고 나타났다.

'수술이 잘 되어야 할 텐데……. 제발, 제발……. 꼭 살아만 나오너라. 호영아.'

인애는 두 손을 모아 간절히 빌고 빌면서 사랑하는 동생을 지킬 수 없다는 절망에 빠져 야속한 이 세상을 저주했다. 삶과 죽음의 기로에서 있는 그의 곁에 잠시나마 함께하지 못하는 부모님에 대한 실망도 있었지만 또 그게 그들의 잘못이 아니라는 생각에 모든 것이 원망스럽다. 6시간의 수술이 끝나고 집도 의사를 따라 간호사들이 나왔다. 모두 지친 모습이 역력하다. 그들은 인애에게 뭐라고 말하려는 듯한 표정이었으나 곧 아무 말 없이 사라졌다.

"선생님, 수술이 어떻게 되었습니까?"

인애가 겁에 질린 얼굴로 조심스럽게 내과 과장에게 물었다.

"네, 아직 경과를 두고 봐야 하겠지만. 그런데 뇌하수체와 뇌신경 조직에 많은 문제가 발견되었습니다. 특히 혈전들이 실핏줄에 쌓여서 다 굳어져 신경조직을 압박하고 있었고……. 환자가 평시 두통이 심하다고 하지 않았습니까? 아마 힘들었을 것입니다. 아무튼 저희 의료진은 최선을 다했습니다."

내과 과장은 힘이 들었는지 조금 더 말을 하려다 쉬어야겠다면서 자기 방이 있는 복도로 걸어갔다. 혼자 남은 인애는 그 자리서 쓰러지듯 벽에 기대었다. 옆에는 졸다가 지쳐 잠든 유진이가 얕은 잠꼬대를 하고 있다. 잠시 후 인애는 중환자들이 들어가는 '소생실'에 들어가서 산소호흡기가 달린 호영을 거들었다. 간호사가 들어와 링거병에 약물을 보충하고 나간다. 그때 아버지와 막내동생이 나타났다.

"어떻게 알고 온 거야?"

불쑥 나타난 아버지와 동생을 본 인애는 놀라며 물었다.

"형부 친구들이 찾아와 알려졌어."

인애는 동생을 간호하면서 더욱 소홀했었던 남편에게 고맙고 측은한 마음이 들었다. 돌이켜 생각해보면 호영의 병 치료에만 몰두하면서 놓친 것이 한두 개가 아니었다. 인애는 아빠와 막내에게 호영의 곁을 지키라고 말하고 일단 집으로 돌아왔다. 그리고 병구완에 필요한 것들을 간단히 챙겼다. 그러다가 혹시나 해서 호영의 물건도 챙겨야겠다고 생각하고 호영의 방 안으로 들어갔다. 호영의 사품들을 펼쳐보기는 처음이다. 책상 한쪽에 그가 쓰던 물품들이 놓여 있었다. 그것을 정리하던 인애는 호영이가 은아에게 보내려다 만 한 통의 편지를 발견하고 조심히 펼쳐보았다.

"고은아 동무, 얼마 전에 보냈던 편지를 받아보았는지 모르겠소."

일필휘지로 쓴 낯익은 호영의 글씨체가 눈에 확 들어왔다. 문구로 보아 아마 저번에 보낸 편지에 대한 답장이 없었다는 것을 알아차릴 수 있었다.

"영변에서 동무가 꺾어주던 약산의 진달래 향기가 아직도 가슴에 은은하게 남아 있소. 그 향기가 나를 더 건강하고 씩씩하게 살도록 하는 것 같소. 아버님은 잘 계시리라 믿소. 훌륭하신 동무의 아버님을 생각할 때마다 앞으로 우리가 가정을 이루고 더 잘 모시는 게 자식의 도리가 아닌가 생각하고 있소."

편지에는 남녀 청춘의 애수와 애원이 담긴 따뜻한 격려와 관심이 그대로 적혀 있었다.

"고은아 동무, 나는 조선로동당원으로서 언제 어디서나 변함없이 당과 조국에 충성을 다할 것이오. 지금의 현실은 조금 어렵지만, 미래의 희망을 가지고 꿋꿋하게 기다려주길 바라오. 지금 어디쯤에 있을지⋯⋯. 동무 생각을 하면 가슴이 이토록 아리오. 참 그립소. 은아 동무."

호영의 마지막 편지를 한 자 한 자 읽어나가던 인애는 눈물을 훔쳤다. 자신의 건강이 이렇게 나빠질 것이라고는 조금도 의심치 않고 오히려 내일에 대한 희망을 품고 살아온 것이다. 쉽사리 진정되지 않는 마음을 안고 인애가 다시 호영이 있는 시 구급병원으로 왔다.

그때 인애는 호영의 수술결과가 좋지 않음을 알게 되었다. 인애는 곧바로 어머니가 있는 버섯연구소에 전화를 연결했다. 무슨 영문인지 어머니와 연락이 닿지 않던 인애와 정연자는 어렵사리 통화가 되었다.

"어머니! 호영이 상태가 아주 위독해요. 빨리 오셔야 할 것 같아요."

'빨리 오셔야 할 것 같다'는 딸의 목소리는 메아리가 되어 귓전에서 맴돈다. 정연자는 곧 직속상관인 진규를 통해 상급조직의 허락을 받고 사랑하는 아들이 있는 청진으로 출발했다. 정연자와 연락이 닿자 한결 마음이 놓이는 인애가 호영의 귀에 속삭였다.

"호영아! 엄마가 온대, 엄마에게 연락했어. 곧 도착하게 될 거야."

호영은 들었는지 말았는지 미동이 없다. 그런 호영에게 인애는 계속 말을 이어갔다.

"호영아, 창밖을 봐. 눈이 참 희다. 어서 회복하고 저 하얀 눈길을 멋지게 뛰어가는 너를 보고 싶구나."

인애의 말에 반응하듯 호영의 손가락이 미세하게 움직였다.

"좋아질 거야. 의사 선생님이 좋아진다고 했어. 힘낼 수 있지?"

인애는 동생의 얼굴과 손을 정히 쓰다듬고는 조심스레 가슴 위로 올려주었다. 손이 차가웠다. 잠시 후 호영의 손이 가슴에서 툭 하고 떨어졌다.

"선생님, 선생님! 우리 동생 좀 봐주세요! 빨리요, 간호사님!"

인애의 다급한 소리에 의료진이 달려왔다. 담당과장의 지시로 의사들이 달라붙어 몇 번의 심장소생술을 더 진행했다. 허겁지겁 간호사들이 호영의 코에 걸어놓은 산소 호흡기를 밟았다. 자동차 튜브로 된 산소호흡기에 여러 명의 간호사가 올라섰지만 호흡은 돌아오지 않았다. 이윽고 호영의 창백한 얼굴 상태를 확인한 과장은 지체없이 사망진단을 내렸다.

"강호영 님께서 운명하셨습니다."

엄마에게 전화를 한 지 두 시간도 채 되지 않은 시각이었다.

"거짓말이야. 내 동생은 죽지 않았어요! 지금 자고 있는 거란 말이야!"

부들부들 떨며 외쳐대는 인애를 간호사들이 부축하며 진정시켰다. 새파란 청춘의 허망한 죽음 앞에서도 하늘은 태고연했다.

하얀 눈이 소복이 쌓인 날, 호영의 장례식이 진행되었다. 누구도 호영을 떠나보낼 준비가 되어있지 않아 술에 취한 사람처럼 비틀거렸다. 자식을 앞세우는 부모의 마음을 누가 헤아릴 수 있는가. 정연자는 벌써 며칠째 자리에 앉아 일어서질 못해 부축을 받아 겨우 일어섰다. 싸락싸락 내리던 자그마한 눈발이 아침이 되면서 커지더니 급기야 하늘이 온통 시커먼 구름장으로 덮였다. 젊은이의 인생을 통째로 삼켜버린 이들을 심판하듯 온종일 태양은 구름 밖으로 나오지 않았다. 눈을 감고 소리 없이 피눈물을 쏟아내는 인애의 귓가에 환청이 들렸다. 호영의 목소리다.

'저는 이제 떠납니다. 나를 위해 수고한 모든 이들에게 고마웠다는 인사를 드립니다. 사랑하는 나의 가족, 아버지, 어머니, 동생, 특히 나를 극진히도 사랑해주던 누이, 세상을 더 버티지 못하고 가는 나약한 나를 용서해주세요. 그리고 사랑하는 은아 동무, 하늘나라에서 다시 만나게 된다면 동무가 있는 곳 어디라도 데리러 가겠소. 미안하오.'

소나무 널빤지로 짠 목관 속 호영의 가슴 위에 그의 붉은 당원증이 놓여 있다. 그가 일생을 깡그리 바쳐 그토록 힘겹게 거머쥔 당원증이다. 하지만 곧 그것마저 두고 빈 몸으로 이 세상을 떠난다. 따스한 여름날 한가로운 낮잠을 자는 것처럼 보이는 호영의 가슴에서 마침내 당원증을 떼어냈다. 그 얼굴은 그토록 편안해 보였다. 가족들과 마지막 인사를 나눈 운구가 서서히 산으로 오르기 시작했다. 뽀얀 눈보라가 장례행렬의 앞을 막으 며 거세게 휘몰아쳤다.

작가의 말

　이 소설은 한 개인의 비극적 생애를 넘어, 오늘 이 땅의 평화를 위협하는 북핵 문제의 민낯을 드러내기 위해 씌어졌다. 북한 평안북도 영변을 대표하는 약산동대, 약산의 진달래가 다시 피어나지 못하는 까닭을, 그 뿌리부터 추적하여 북한의 핵개발 실태를 다루고자 했다.

　북한의 핵무기는 남과 북, 동북아와 국제사회의 평화를 위협하는 군사적 위협일 뿐 아니라, 핵개발 현장에 동원된 수많은 군인들과 연구사, 종사자들, 그리고 그 곁에서 살아가는 주민들에게 이미 현실이 된 죽음의 그림자이다.

　북한의 핵개발은 '자위력'의 이름으로 포장되지만, 실상은 김씨 3대 세습체제를 떠받치기 위한 최종적 수단이며, 정권을 유지하기 위한 인명경시의 다른 이름일 뿐이다. 이 소설은 바로 그 핵개발기지 한복판에서 벌어지는 인권 침해와 구조적 국가폭력을 정면으로 응시한 기록이다.

이야기의 중심에는 13년 동안 영변 핵기지에서 근무하다가, 핵물질에 피폭되어 끝내 꽃다운 30대에 생을 마감한 한 군인이 있다. 그는 하나의 허구적 인물이 아니라, 작가의 가족(동생)이자 실제 경험을 바탕으로 각색된 존재이며, 이름 없이 사라져 간 수많은 피해자들을 상징한다.

소설은 운명하기까지 동생이 겪어야 했던 육체적 고통과 심리적 붕괴의 과정을 좇으면서, 방사능 피폭이 결코 한두 사람의 예외적 비극이 아니라는 사실을 끈질기게 증언하고자 한다.

북핵의 직접적 피해자는 현재 북한 주민들이라는 사실을 밝히기 위한 몸부림이 이 책의 모든 장면에 스며있다.

소설에는 작품을 관통하는 몇 가지 극적 장면이 나온다.

하나는 핵무기 개발에 대한 국제사회의 계속되는 감시와 핵사찰 검증을 회피하기 위한 북한의 유치하고도 치밀한 기만술책, 핵개발의 비밀유지를 위해 기지내 군인들과 관계자들을 영원한 종사자로 전환하여 그곳을 벗어날 수 없게 한 국가조치, 그럼에도 수단과 방법을 다해 기지를 벗어나는 주인공은 십장을 찍는다. 십장은 열 손가락 지장이다. 핵기지의 모든 것을 비밀로 엄수할 것을 강요당한 것, 다음은 운전병이었던 한 군인의 비참한 말로, 기지 내부의 굶주림과 인간관계를 상세하게 다루었다. 특히 기지에서 발생한 화재사건은 최고사령관(김정일)의 지시로 입구가 완전히 봉쇄된다. 화재를 진압해 시설은 건졌지만 지하터널 내부의 수많은 사람들이 불시에 죽임을 당한 사건은 김씨 정권의 잔악한 실체를 여과없이 드러내고 있다.

살아 있을 때, 동생은 치료목적의 탈북을 권유하는 나의 제안을 완강히 거절하였다. 죽음을 맞기까지 그는 세뇌된 당적 양심의 노예가 되어 최후를 맞이한 것이다.

소설이 전하는 매 장면은 작가가 직접 들은 내용과 핵시설 인근에서 살다가 탈출한 탈북민들을 인터뷰한 내용을 담고 있다.

이 작품은 작가의 가족사와 개인적인 상처를 세상에 드러내는 일이었기에 쉽지 않은 결단이었다. 그 길을 끝까지 함께 걸어준 봉순이에게, 이 책을 빌려 깊은 감사인사를 전한다. 그는 나의 딸로서, 동역 작가로서, 그리고 작품 속 주인공의 실제 조카로서, 고통의 기억을 다시 불러내는 일을 회피하지 않았다. 원고의 구상과 취재, 집필과 교정, 구성과 편집의 전 과정에 동행하며, 때로는 작가를 붙들고 함께 울어준 이가 바로 봉순이다.

작가가 이 소설을 세상에 내놓는 이유는 단 하나다. 핵기지에서 벌어지는 인명 피해와 인권 유린의 실태를 생생하게 드러냄으로써, 더 늦기 전에 북핵 개발을 멈추게 하는 세계의 양심을 깨우고자 함이다. 지금 이 시각에도, 이름 한번 불리지 못한 채 방사능 물질에 피폭되어 조용히, 그러나 처절하게 죽어가는 수많은 북한 주민들의 피타는 외침에 귀 기울여 주기를 바란다.

한반도의 영원한 평화는 북한의 3대 세습 체제를 떠받쳐온 핵무기 개발을 중단하고, 핵기지를 해체하는 데서만 비로소 시작될 수 있다. 북핵 문제의 심각성을 자각한 세계의 양심과 국제사회가 연대하여, 핵무기 개발에 광분하는 북한 세습 정권을 단죄하고, 더 이상의 희생을 막아 주기를 간절히 호소한다. 이 책이 그 연대와 응징을 향한 작은 신호탄이 되기를 바란다.

수년간 탈북작가들을 응원해주시고 귀중한 시간을 내어 이 작품이 완성되기까지 아낌없는 조언을 해주신 이승하 교수님께 감사의 인사를 드린다. 한결같은 마음으로 북한 인권문제에 관심을 기울여 주시는 방민호 교수님께도 깊은 감사를 드린다. 또한 장편소설『약산의 진달래』가 출판되기까지 2025년 남북통합문화 콘텐츠창작지원사업을 진행한 통일부 남북통합문화센터, 한양대학교 갈등문제연구소에도 감사의 마음을 전한다. 작품을 선정해주신 심사위원회 김종회 위원장님과 프로그램 진행담당자 박근희 연구원께도 감사 인사를 드린다.

마지막으로 북한 핵물질에 피폭되어 죽임을 당한 사랑하는 나의 동생을 비롯한 수많은 영혼들이 핵이 없는 하늘나라에서 편히 쉬기를 삼가 빈다.

서울에서 김정애

해설

방사능 '피폭'의 가족사, 그 가슴 아픈 고백과 증언
-김정애 『약산의 진달래』론

방민호(문학평론가, 서울대학교 국문과 교수)

1

한국인들은 소월의 시 진달래꽃을 누구나 알고 있다. "나 보기가 역겨워 가실 때에는 말없이 고이 보내드리오리다. 영변에 약산 진달래꽃 아름 따다 가실 길에 뿌리오리다. 가시는 걸음걸음 놓인 그 꽃을 사뿐히 즈려밟고 가시옵소서. 나보기가 역겨워 가실 때에는 죽어도 아니 눈물 흘리오리다." 한국인들은 누구나 이 시의 깊은 정한과 애이불비 (哀而不悲), 사랑의 강렬함을 알고 사랑한다. 이번에 작가 김정애 씨가 펴낸 장편소설 『약산의 진달래』는 바로 이 시에 나오는 진달래꽃이다.

약산은 평안북도 영변의 한 곳이다. 평안북도에서는 남쪽에 있는 영변의 이름난 명승지가 바로 약산(藥山)이요 거기 동대(東臺)다. '약산'은 약초가 자라고 약수가 있다 해서 약산이요, '동대'는 옛날의 지명으로

동쪽에 있는 산이라 해서 동대가 되었다고 한다. 기암절벽과 철 따라 피는 꽃들중에서도 봄의 진달래가 특히 이름이 높다. 약산에 봄이면 진달래꽃이 지천으로 피어나니, 소월은 이 높지 않은 절승(絕勝)에 피어나는 진달래꽃에 자신의 깊은 사랑의 사연을 담아 애절하게 노래했던 것이다.

그러나 언제인가부터 이 영변에는 가슴 답답하게 하는 사연이 하나 더 실리게 된다. 이곳에는 오래전부터 원자력 연구소 시설이 들어서 있었지만, 1980년대부터 본격화된 핵개발 과정을 거쳐, 2006년의 1차 핵실험, 2009년의 2차 핵실험을 위한 핵물질이 여기서 생산되면서 국제적인 의혹의 대상으로 떠오른 것이다.

조금 더 자세히 살펴보면, 북한은 1974년 5월 국제원자력기구(IAEA)에 가입했고, 1985년 12월 핵확산금지조약(NPT)에도 가입하여 국제사회의 간여를 일단 수용했었다. 그러나 북한의 핵물질 확보에 대한 IAEA 보고 내용이 사실과 다르다는 의혹이 일면서 국제사회와 북한 사이에 긴장이 일게 된다. 한스 블릭스 당시 IAEA 사무총장은 영변의 미신고 핵시설 2개소에 대한 특별사찰을 요구하고, 이에 북한은 군사시설들이라는 이유로 거부 의사를 표명한다. IAEA와 북한의 이 '북핵 1차 위기'는 1994년 10월의 제네바 합의로 일단 봉합된다. 그러나 2002년 10월 미국이 북한의 우라늄 농축 프로그램 의혹을 제기한 '고농축 우라늄'(HEU) 파동으로 '제2차 북핵 위기' 국면에 접어들게 된다.

1993년 3월 12일에 NPT 탈퇴를 선언했다가 6월에 유보했던 북한은, 2003년 1월 10일에 NPT 탈퇴를 재차 선언한다. 이로부터 북한의 일방통행과 국제사회의 압력 및 제재가 반복되는 양상이 반복되면서 오늘에 이른다.

 김정애 씨의 장편소설 『약산의 진달래』는 북한의 핵 개발 이야기이자, 무엇보다 이 핵 개발의 피해자, 희생자라 할, 벌써 고인이 된 작가의 남동생의 이야기다. 물론 소설은 본래의 이야기 그대로는 아니다.
 전자의 맥락에서 보면 이 이야기는 북한의 핵 개발이 한창 진행 중이던 1992년, 5월 11일에서 16일에 걸쳐, IAEA의 한스 블릭스 사무총장이 외부인으로서는 처음으로 영변의 핵시설을 방문할 때를 전후로 한 이야기다. 후자의 맥락에서는 작가의 남동생이 작품 속에 청진이 고향인 제대 말년의 군인 강호영으로 등장한다. 이 소설의 주인공은 바로 이 강호영이고, 이 비극적 운명의 청년의 상대역은 고은아라는 마음씨 고운 여성이다.
 더 구체적으로, 강호영은 함경북도 청진에서 당원이 되기를 목표로 군에 입대하여, 10년이나 영변 핵시설을 지켜온 말년의 군인이고, 고은아는 로켓 전문 기술자 김성택의 딸로 영변 분강 지구 협동농장의 작업반장이자 청년동맹위원회 부비서다. 호영은 월남자 가족이라는 출신성분의 굴레에서 벗어나기 위해 군입대를 택한 것이었고, 은아는 평양에서 영변의 분강 지구로 내려온 국방과학원 연구소에 다니는 아버지를 통해, 멋진 군인의 이야기를 들었다.

그런데, 정작 두 사람을 이어준 것은, 북한 당국이 IAEA를 속이기 위해 분강지구 바깥의 곤충들, 파충류들, 식물들을 채집하는 일에 분강지구의 모든 공장, 농장, 학교가 총동원된 일이었다. 이때 청년동맹 부위원장으로 아이들을 인솔, 채집에 나섰던 은아는 아이 둘이 늪에 빠지는 사고가 발생하여, 바로 이 호영에게 구조되는, 운명적인 우연에 맞딱뜨렸던 것이다.

2

이 두 안타까운 청춘 남녀의 이야기로 들어가기 전에 먼저 작품을 쓴 작가 김정애 씨에 관해 간단히 살펴보아야 한다. 앞에서도 간간히 밝혔지만 이 이야기는 작가의 실제 남동생의 가슴 아픈 사연을 바탕으로 쓴 소설이기 때문이다. 그보다, 이 작품『약산의 진달래』로 보건대 김정애 작가는 지난 십여 년 한국의 '탈북문학사'가 배태한 가장 문제적인 작가의 한 사람임에 틀림이 없다.

필자는 지난 십여 년 사이에, 북한을 탈출하여 중국 등 여러 경로를 거쳐 한국에 들어와 활동하고 있는 몇 사람의 작가를 알고 있다.『약산의 진달래』를 펴낸 김정애 씨,『인간 모독소』의 김유경 씨,『철과 흙』의 작가 이지명 씨,『잔혹한 선물』의 작가 도명학 씨,『태양을 훔친 여자』(2023)의 설송아 씨 등이 그들이고, 이외에도 열거하지 않았을 뿐 여러 분들이 더 있다. 필자는 이 작가분들과 함께 여러 권의 앤솔로지를 펴냈다. 『당신은 지금 어디에 있나요?』(2024), 『해주 인력시장』(2022), 『신의주에서 개성까지』(2021), 『원산에서 철원까지』(2020), 『단군릉 이야기』(2019), 『꼬리 없는 소』(2018), 『금덩이 이야기』(2017), 『국경을 넘는 그림자』(2015) 등이다. 이 가운데에는 필자 스스로도 작품을 함께 낸 창작집도 있으니 만큼 이 공동 창작활동에 대한 필자의 애착에 대해서는 두말할 것이 없다.

이런 '콜라보' 작업 과정에서 필자는 김정애 작가를 인간적으로나 문학적으로 어느 정도 헤아릴 수 있는 위치에 있었다. 필자의 시선에 비친 김정애 작가는 따뜻하고 분별력 있는 사람이었다. 1968년 북한 함경북도 청진 출생이니 필자보다 세 살 아래의, 그러나 탈북과 같은 경험의 폭이 말해주듯 인간 세상을 읽는 성숙함을 '감춘' 사람이었다. '탈북'은 2003년에 했지만, 2005년 한국에 들어와 2014년 『한국소설』을 통해 등단, 이른바 '탈북등단작가 1호'가 된다.

탈북 이전에 김정애 작가는 조선중앙작가동맹 소속의 함경북도 작가동맹위원회 문학소조원이었다. 고등중학교를 다니면서 1월 1일 신년, 김정일 생일인 2·16, 김일성 생일인 4·15를 경축하는 전국 글짓기 현상 응모전에 구역대표로 출전했었다. 필자는 작가로부터 출신성분 때문에 원하던 곳으로 진학할 수 없었다는 이야기를 직접 들은 적이 있다. 이 사실은 『약산의 진달래』에서 호영의 누나 '인애'의 사연으로 다음과 같이 제시된다.

동생 호영도 사실 이러한 출신성분을 극복해 보려고 대학이나 영화배우의 길을 접고 군에 입대한 것이 아닌가. 노동당에 입당하는 것만이 인생의 최종 목표라던 동생의 인생에 새로운 전환점이 생겼다. 입당을 위해 입대한 군인이 인생을 위해 제대되어야 하는 상황에 처한 것이다. 월남자 가족, 출신성분, 토대라는 프레임에 갇혀 살아온 비참했던 삶이 이제는 사랑하는 아들 호영의 삶을 지배하기 시작했음을 예감한 정 박사는 더는 물러설 길이 없다는 것을 알았다. 아들의 삶에 드리운 컴컴한 그림자는 공포와 죄의식에 사로잡힌 정 박사의 가슴을 무겁게 짓눌렀다.

한편 어려서부터 호영이 못지않게 뛰어난 글재주에도 불구하고 돌격대에 지원한 맏딸 인애의 구겨진 삶도 자신이 원인이었다는 자책마저 들었다. 정 박사는 저도 몰래 온몸을 부르르 떨었다. 그동안 가정에 드리운 그림자를 걷어내기보다 맡은 연구에 몰두하느라 맏딸의 장래도 돌보지 못한 죄의식까지 한꺼번에 몰려왔다. 이제는 집안의 기둥같은 맏아들의 운명에 검은 구름이 끼기 전에 엄마로서 나서야 한다는 결심이 확고해졌다. 어느덧 인생은 시와 노래처럼 흐르는 것이 아니라 냉정한 현실에서 자신의 잠재력을 총동원해 자식을 책임져야 한다는 의무감으로 북받쳤다. 특히 생명공학을 전공한 공학자로서 정 박사는 아들이 군 복무를 하고 있는 특수지역의 상황을 알고 있던 차에 이번 길에는 아들의 문제를

확실히 결정지어야 한다고 생각했다.(『약산의 진달래』, 132-133쪽)

계급 없는 사회라는 북한은 실상은 "월남자 가족"이라는 "출신성분", 곧 "토대"가 한 사람의 삶에 결정적인 작용을 하는 사회다. 이러한 출신성분 제도의 엄격성은, 호영과 인애의 할아버지가 "김일성 접견자"인 까닭에 친가 쪽 사람들이 모두 지방과 중앙의 간부로 재직하고 있음에도 불구하고, 어머니 정연자의 부친이 6·25 전쟁 중 월남자라는 이유만으로 호영과 인애가 출세의 길을 걸을 수 없는 현실에서 단적으로 드러난다. 그곳에서, "한 인간의 출생은 어떤 이에게는 영웅적 위훈이 될 수도 있고, 어떤 이에게는 저주스러운 과거가 되어 평생 발목에 건 쇠고랑처럼 무거운 것"이 된다.

김정애 작가는 소설가 및 시인으로 활동하면서 다른 한편으로는 '자유 아시아 방송'의 기자로 활동해 왔고, 국제펜클럽 '망명북한펜센터'의 이사장을 역임했다. 『월간북한』의 편집위원으로 활동했으며, 지금은 한국소설가협회의 중앙위원으로도 활동하고 있다. 망명북한펜센터 활동과 관련하여 2016년에는 국제 PEN 스페인 오렌세이 총회에, 2017년에는 우크라이나 리비우 총회에, 2018년에는 인도 푸네 총회에, 2019년에는 필리핀 마닐라 총회에 대표로 참가하기도 했다. 그러면서 많은 단편소설들을 발표함과 함께 장편소설로 『북극성』(등대지기, 2020)을 상자하기도 했다. 이번의 『약산의 진달래』는 두 번째 장편

소설이 되는 셈이다.

　탈북작가들 저마다 특장이 있지만, 여러 작품들을 통해 본 김정애 작가는 어떤 작품이든 주제가 문맥 위에 선연하게 떠오르면서 이를 실어내는 문장의 간결함과 아름다움이 돋보인다고할 수 있다. 이 작가의 선연함이란 작가적 사유의 단순성에서 오는 게 전혀 아니요, 작의(作意)가 분명해져서야 문장을 시작할 수 있는 작가적 성실함과 그 의식의 명료함에서 오는 것이라 생각한다. 이 작가의 문장들의 간결한 아름다움은, 탈북을 감행하고 나서도 잃어버리거나 잊지 않은, 작가가 소중히 간직하고 있는 북한의 보통 사람들의 소박한 인정미에서 오는 것이라 생각한다.

3

　『약산의 진달래』는 모두 여덟 개의 장에 걸쳐 아름다운 영변 약산의 산하를 배경으로 벌어진 호영과 은아의 비극을 이야기한다. 참으로 눈물 없이 마지막 페이지를 닫을 수 없는 가슴 아픈 감동의 소설이다.

　호영은 제대 말년을 앞두고도, 군 복무제가 10년에서 13년으로 바뀌는 가운데, 영변 핵 시설의 비밀을 지키려는 당국의 정책으로, 제대하고도 "분강 핵시설 노무자"로 재배치, "영주 노무"라는 "감금"상태에 빠져 고향에도 돌아가지 못하고 영영 "세상과의 문"이 닫혀버릴 위기에 처해 있다. 이를 작가는 "운명이 봉인"되는 것으로 표현한다. 군에 들어가면서 꿈꾸었던 당원에의 길도 좋지만 사랑하는 은아와 함께 청진으로 돌아가 고향의 백사장을 거닐고 싶은 꿈이야말로 원초적인 소망이라 하지 않을 수 없다. 그러나 호영은 채 정확히 알고 있지 못하다. "영변의 군인들은 마흔을 넘기지 못하고 스러"진다는 사실, 핵 방사능 물질에 피폭된 그네들의 젊은 몸에는 벌써 핵의 독소가 뿌리를 내리고 번져간다는 것 말이다.

실제로 김정애 작가의 동생은 영변에서 겨우 빠져나오기는 했으나, 십 년 군대 생활 끝에 서른 살에 고향에 돌아와 채 마흔 살을 채우지 못하고 세상을 떠났다고 했다. 제대해서 돌아온 동생은 온몸이 피부가 헐고 고름이 나고 또 거북 등처럼 살갗에 울퉁불퉁 더깨가 졌더라고 했다. 그러고도 자기는 아무 것도 아니라고, 안에 있는 군인들은 자기보다도 더하다고 말했다고도 한다. 작가의 실제 사랑하는 동생은 그렇듯 안타깝게 세상을 떠났으나 작중의 호영은 과연 죽음의 구렁텅이에서 무사한 몸으로 돌아올 수 있었을까?

영변 분강 지구 안팎을 오가는 모든 편지들은 철저히 감시를 당하게 되는 까닭에 호영의 어머니 정연자 박사는 이미 때가 늦어서야 자신을 구해달라는 아들의 편지를 받게 된다. 정연자는 앞에서 이야기했듯 월남자 아버지를 둔 까닭으로 어려운 출신성분을 이겨내려 과학도의 길을 걸었지만, 현재는 청진의 버섯 생산공장에서 우수한 품종 개량으로 국가가 인정한 연구사로 자리를 잡고 있다. 아들의 피어린 간청의 편지에 정 박사는 청진에서 영변 아들이 있는 곳으로 어려운 여행의 길에 오른다. 산이 높고 험준한 북한이다. 함경북도 청진에서 평안북도 영변 가는 맹중리 역까지는 남쪽의 고원 역으로 해서 멀리 에둘러 가야 한다.

정 박사의 여행길은 1980년대 말부터 시작된 사회주의 권의 몰락과 해체로 인해 촉발된 고난의 시대가 밀어닥친 때다. 『약산의 진달래』는 북한에서 '고난의 행군' 시절이라 부르는 시기를 배경으로 인민들, 병사들의 굶주림과 그 속에서 성행하는 도덕의 타락과 일탈을 요소요소에서 보여준다. 병사들의 식량과 피복, 심지어 담배 공급 실태는 열악하기 그지없다. 하루 식량 기준에 턱없이 못 미치는 식량 배급으로 병사들의 낯빛은 하루가 다르게 거칠어진다.

원래 군인들의 식량 규정량은 가공 식량으로 780~800g이던 것이 겉곡식으로 500g을 채우기도 버거운 상황으로 변했다. 겉곡식이라도 입쌀이면 다행일 테지만 겉벼마저 모자라 강냉이로 받을 때가 더 많았다. 거기에 전기마저 들어오지 않아 쌀을 도정하거나 강냉이를 타개 짝쌀로 만드는 일도 어렵게 되었다. 제대로 된 식사를 보장하기 위해서는 디젤유를 구입해 발전기를 돌려 겉곡식을 가공해야 했다. 끼니마다 군인들의 식사를 보장하는 것은 부대의 전투였다. 전력공급이 끊기고 발동기를 돌릴 디젤유도 구하지 못하면 어쩔 수 없이 통강냉이를 삶아야 한다. 밥량

을 늘리려고 몇 시간씩 물에 삶아낸 통강냉이는 퉁퉁 불어 거짓말을 보
태어 왕밤알만큼 커졌다. 하지만 껍질을 그대로 먹다 보니 소화를 시키
는 게 문제다. 특별히 체질이 좋은 군인들도 통강냉이를 소화시키기가 어
려워했다. 게다가 태생적으로 체질이 약한 군인들은 먹은 통강냉이를 그
대로 배설했다. 몇 개월씩 통강냉이로 식사를 때우다 보면 군인들은 하
나둘 지쳐갔다. 날이 갈수록 영양실조에 걸려 쓰러지는 군인들이 늘어났
다.(『약산의 진달래』, 159-160쪽)

이제 호영을 만난 정박사는 아들을 구하기 위해 대학 시절의 마음의
연인 '김진규'의 영변 버섯 연구소에 남기로 한다. 원자력 총국 산하의
버섯 연구소와 공장이다. 이 지역의 피폭 현실을 알고 있는 그는 그녀
의 결정을 만류하지만 아들을 향한 어머니의 마음을 꺾을 수는 없다.
　당국은 비밀을 철저히 은폐하려 하지만 연병 분강 지구를 중심으로
한, 핵물질에 의한 피폭의 실상은 끔찍하기만 하다. 작가는 작품 전체
를 통하여 영변 분강지구에 갇힌 사람들에게 밀어닥친 피폭의 현실을
독자들에게 호소한다. 예를 들어 다음의 대목, 13년 동안 핵물질 폐기
물을 운반한 한 운전병은 마지막에 백혈병에 걸려 특수병원에 입원하
는데 그곳에는 이미 피폭 환자들이 넘쳐나고 있다.

(가)
　운전병은 정해진 날짜에 부대 군의관과 함께 운전 군병원을 거쳐 131

국 요양병원으로 갔다. 소나무 숲속에 자리 잡은 4층짜리 요양병원 건물에는 대략 천여 명의 환자들이 꽉 차고 넘쳤다. 요양병원에는 신체가 잘리고, 패이고, 온몸이 헐어 죽어가는 군인들천지였다. 131국 요양병원은 생의 마지막 문턱에 선 환자들이 생의 마지막 시간을 보내는 곳처럼 보였다.(『약산의 진달래』, 168-169쪽)

(나)

그런데다 이곳은 사랑하는 사람을 불러들일 곳이 아니다. 국가에서 IAEA의 핵사찰 검증에 대비해 방사능 성분을 감추려고 일부러 신설한 버섯공장이라고 하지만 주변이 온통 방사능에 노출돼 있는 곳이다. 언제부터 이곳 주민들 속에서도 방사능 성분에 노출된 증거 현상 포착되기 시작했다. 대다수 주민의 수명이 다른 지역에 비해 현저히 짧은 것으로 집계되고 있다.

이상한 신체 현상은 젊은 층 부부의 하소연에도 나타났다. 한쪽 머리가 없이 태어나는 아이들과 빨간 눈동자의 아이, 발뒤꿈치가 잘린 것 같은 기형아들이 태어나기 시작한 것이다. 산 좋고 물 맑고 경치 좋은 약산 동대가 핵기지가 들어선 후 방사능 성분에 노출되어 몸살을 앓고 있는 것이었다.(『약산의 진달래』, 190-191쪽)

참으로 끔찍한 방사능 피폭의 현실이다. 이 소설은 말한다. 핵물질, 방사능의 위험은 먼 곳 일본 후쿠시마보다도 바로 우리 위에 그야말

로 끔찍한 형태로 존재하고, 또 모르는 사이에 확산되고 있노라고. 김
정애 작가는 이 작품을 쓴 뜻을 묻는 필자에게, 사랑하는 당신의 동생
이 그렇게 끔찍하게, 안타깝게 생을 마감한 것처럼, 지금도 그곳의 젊
은이들이 피폭의 현장에 노출된 나날을 보내고 있다는 사실이 너무나
안타깝다고 했다. 마음 같아서는 당장이라도 달려가 구해주고 싶은
것을, 그럴 수 없는 현실을 안타까워 한 것이다.

　작중에 그려진 북한의 1992년은 끔찍하다. 한쪽에서는 이렇게 '안
전장치' 없는 핵개발로 인한 피폭의 현실이 전개되는 가운데, 반대편
청진에서는 식량 사정이 급격히 나빠지면서 배급이 끊기고 영양실조
로 거리에 쓰려지는 사람들이 늘어간다. 김정애 작가 자신 역시 그곳
에서 끔찍한 아사의 위기에 빠져 있기도 했었다 했었다.

4

　이 소설의 흥미진진한 전개 속에서, 호영은 과연 이 사각의 폐허에서
벗어날 수 있을 것이냐, 호영과 은아의 사랑은 결실을 맺을 수 있을
것이냐 하는 문제는 아들을 사지에서 구해내려는 어머니의 정성으로
빛을 발한다.
　바야흐로 아들을 구하려는 어머니의 노력이 수면 아래에서 펼쳐지

는 가운데 국제원자력기구의 사찰의 감시망을 피하기 위한 북한 당국의 비상훈련 방식의 은폐 노력이 이에 뒤얽힌다. 숨 가쁜 최고사령부 작전 예비대 훈련 속에서 호영은 마침내 향산의 비행장 건설 현장으로 복무지를 옮길 수 있게 된다.

그러나 이야기는 결코 해피엔딩을 허용하지 않는다. 이러한 와중에서 호영을 따르던 부대 병사 원석과 만수는 호영의 전출을 축하해 주려다 격납고 휘발유에 불을 붙이는 사고를 내고 만다.

은아의 아버지 김성택은 청진시 소재 원자력연구소에서 완성한 유도 무기용 로켓 엔진 설계도면을 분실하는 바람에 어딘가로 행방불명이 된다. 이 대사건은 보위부에 의해 김성택 당사자와 구 소련 프룬제 군사아카데미 유학생 출신 군인들의 반 김정일 체제 쿠데타 모의가 연결되는 국면으로 급진전한다. 이에, 곤경에 처한 은아를 구하려던 그녀의 친구 유미의 사촌 오바 철웅이 연구사 신분에서 하루아침에 정치범으로 급전직하, 낙하하고 만다.

달리 말하면, 작가는 그 1990년대 전반기에 바야흐로 개막되고 있던 김정일 체제를 살아가야 했던 고통스러운 인민들의 삶, 그 자유의 부재를, 감시와 통제 속에서 견뎌가야 했던 사람들의 삶을 그려냈다고도 할 수 있다. 이것은 지금도 계속되는 부자유다. 이곳에서는 삶에 대한 철학이란 허용되지 않는다. 은아는 아버지의 행방을 잃고 "삶이란 무엇일까?"를 생각한다. 호영의 어머니 정연자는 구원을 요청하는 아들의 편지를 받고 또 "삶이란 무엇일까?"를 생각한다. 그러나 그곳에서는 "당과 국가에 충성하는 것보다 더 신성한 삶은 없다." 여분의 철학이 허용되지 않는 이 땅에서 호영은 청춘을 고스란히 장장 십년이 넘어가는 군생활에 바치고 허무한 당원증을 안고 고향에 돌아와 시름시름 앓다 세상을 떠난다. 은아는 행방을 알 수 없는 아버지에, 소식이 끊긴 호영을 그리워하다, 겁탈을 당할 위기에 빠져 자신을 가해하려 한 군인을 해치는 '중죄'를 범하고 만다.

핵 개발을 둘러싼 당국이 쌓아올리는 거대한 거짓의 산은 그곳을 살아가는 사람들로 하여금 진실에 관해 물을 수 없게 한다. "당이 결심하면 우리는 한다!"는, 뇌수의 수족이 되기를 강요받는 사람들은 자신의 삶이 왜 그렇게 결정되어야 하는가를 물을 수 없고, 그 삶이 어디를 향해 가는가도 물을 수 없다.

김정애 작가는 이 모든 물음을 『약산의 진달래』, 그, 진달래 산천의 아름다움과 핵 실험 현장의 참혹함의 대비법 속에서 그려냈다. 이 참혹한 비극은 김정애 작가를 우리 시대 한국의 가장 문제적인, '훌륭한' 작가의 한 사람으로 올려 놓는다. 필자에게 감히 이런 평가의 용어가 잠시나마 허용될 수 있다면 말이다.

탈북작가에게 가장 큰 문학의 자산은 슬프게도 그들 자신의 체험이다. 이 체험이 작품 속에서 빛을 발할 때 '그'는 가장 값있는 문학의 탑을 쌓아 올리게 된다. 또 그 작품은 증언(witness)과 고백(confession)의 이중적 화음으로 독자들의 심금을 울릴 수 있게 된다.

예옥 제7소설

약산의 진달래

초판 1쇄 인쇄 | 2025년 11월 18일
초판 1쇄 발행 | 2025년 11월 25일

지은이 | 김정애

펴낸곳 | 예옥
펴낸이 | 차지현
등록번호 | 제 2024-000219호
주소 | 경기도 고양시 덕양구 세솔로 122-22, 401호
전화 | 02) 325-4805
팩스 | 02) 6944-9036
이메일 yeokpub@hanmail.net

ISBN 978-89-93241-87-7   03810

이 책은 2025년 통일부 남북통합문화 콘텐츠 창작지원 사업 선정작으로, 통일부 남북통합문화센터와 한양대학교 갈등문제연구소의 지원을 받아 제작되었습니다.